Beate Vera
Wo der Hund begraben liegt

AF196628

Beate Vera

Wo der Hund begraben liegt

Ein Provinzkrimi aus Berlin

Jaron Verlag

Originalausgabe
2. Auflage 2016
© 2014 Jaron Verlag GmbH, Berlin
Alle Rechte vorbehalten. Jede Verwertung des Werkes
und aller seiner Teile ist nur mit Zustimmung des Verlages erlaubt.
Das gilt insbesondere für Vervielfältigungen, Übersetzungen,
Mikroverfilmungen und die Einspeicherung und Verarbeitung
in elektronischen Medien.
www.jaron-verlag.de
Umschlaggestaltung: Bauer+Möhring, Berlin,
unter Verwendung eines Fotos von plainpicture/Jakob Börner
Skizze S. 6: Sabine Lehmann, Schwäbisch Hall
Satz: Pinkuin Satz und Datentechnik, Berlin
Druck und Bindung: CPI books GmbH, Leck

ISBN 978-3-89773-738-9

Für
Maarten und Eric.
Ohne Euch ist alles nichts.

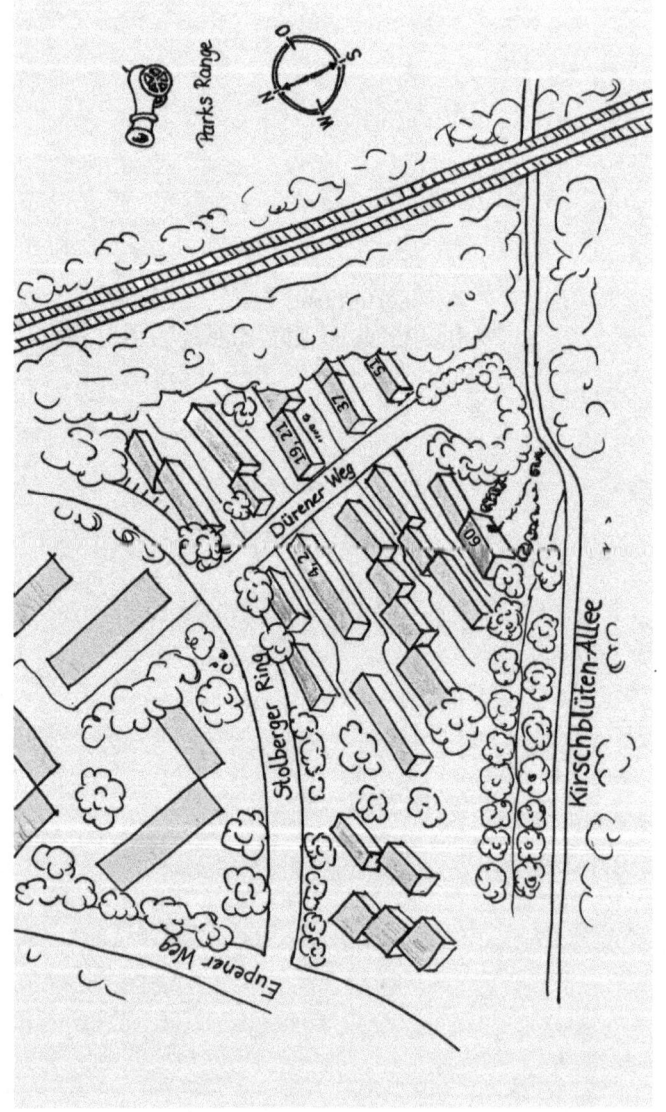

1

Lea Storm blickte resigniert auf das leuchtende Display ihres Weckers: 2.46 Uhr. Das würde eine weitere schlaflose Nacht werden, verdammt! Sie setzte sich im Bett auf und trank einen Schluck Wasser. Talisker, ihr rotbrauner Schottischer Hirschhund, gähnte, streckte sich im Flur vor der offenen Schlafzimmertür zu seiner beeindruckenden Länge und kam an Leas Bett getrottet. Erwartungsvoll legte er seine Schnauze auf den Rand ihrer Matratze und schien Lea mit seinen dunklen Augen zu mustern.

»Du freust dich wieder auf einen nächtlichen Ausflug, was, mein Großer?«

Seit vier Wochen ging das schon so, Lea fand keine Nachtruhe. Anfangs hatte sie gelesen und in der ersten Woche pro Nacht ein Buch verschlungen. In der zweiten Woche hatte sie alle achtzehn Folgen der britischen Krimi-Serie *Morse* auf ihrem Laptop geschaut und dann begonnen, *Krieg und Frieden* zu lesen. Seit einer Woche nun stand sie einfach auf, zog sich ihre Laufsachen an und joggte mit Talisker durch die Nacht. Danach stieg sie in die Badewanne, trank einen doppelten Whisky und fand wenigstens noch zwei Stunden Schlaf, bis sie um halb acht wieder wach wurde.

»*Up!* Na komm, Großer, dann drehen wir wieder eine Runde.«

Talisker fand großen Gefallen an diesen nächtlichen Ausflügen, das Angebot an Fährten entlang des Berliner Mauerwegs im Süden der Stadt war die pure Freude für jede Hundenase. Lea konnte von ihrem Garten aus direkt auf den ehemaligen Grenzstreifen treten, der Berlin von Teltow trennte. Sie besaß eines der von einigen Nachbarn neidvoll betrachteten Filetgrundstücke ganz am Ende der Eigenheimsiedlung im Eifelviertel. Die Siedlung umfasste rund einhundert kleine, quaderförmige Häuser mit putzigen Gärten davor und dahinter, angeordnet in Zeilen entlang dem Stolberger Ring und seinen kleinen Nebenstraßen, dem Monschauer Weg, dem Eupener Weg und dem Dürener Weg, an dessen Ende Leas Haus lag.

Ihr Mann Mark hatte das Reihenendhaus und das Grundstück, auf dem es stand, von seiner Großmutter geerbt. Als die und ihr Mann das Haus Mitte der sechziger Jahre gekauft hatten, waren die Bäume noch Setzlinge und die Häuserreihen in nur drei verschiedenen Farben gehalten gewesen. Mittlerweile hatte beinahe jedes Haus eine andere Farbe, manche wiesen gedämmte oder verklinkerte Fassaden auf, und ebenso unterschiedlich hatten die Besitzer im Laufe der vergangenen fünf Jahrzehnte ihre Vorgärten und ihre Hauseingänge gestaltet. Was früher an Bauhaus erinnerte, vermittelte heute einen eher kubistischen Eindruck inmitten der nun hohen, alten Bäume, die den Straßenrand säumten, in den Zeilen Schatten spendeten und mit ihren kräftigen Wurzeln das Pflaster der Bürgersteige und der Garagenhöfe anhoben. Der Dürener Weg war eine Sackgasse und lag dadurch sehr ruhig und beschaulich direkt an der Grenze zwischen Berlin-Lichterfelde und Sigridshorst in Brandenburg.

»*Tally, up, let's go!*« Lea gab dem großen Jagdhund das Zeichen, zu ihr zu kommen. Sie hatte ihre Laufschuhe geschnürt, steckte ihr iPhone und den Hausschlüssel in separate Fächer ihrer Neo-Belt-Gürteltasche und zog die Schiebetür zum Garten auf. Sie wusste, dass sie ihre Schlafstörungen nicht länger ignorieren durfte, aber sie verabscheute Wartezimmer und das deutsche Gesundheitswesen mit einer geradezu pathologischen Vehemenz und zögerte so den Besuch bei Dr. Schulte immer wieder hinaus. Sie wusste ja, was er ihr sagen würde: Er könne Tabletten verschreiben, aber begleitete Trauerarbeit wäre viel besser für sie. Lea fiel in einen leichten Trab, Talisker an ihrer Seite.

Der Buga-Wanderweg verlief auf dem ehemaligen DDR-Grenzstreifen vom S-Bahnhof Lichterfelde Süd am Teltowkanal entlang durch Kleinmachnow bis nach Potsdam. Der erste Abschnitt zwischen Lichterfelde Süd und Teltow, den Lea nun mit Talisker erreicht hatte, war mit japanischen Kirschbäumen bepflanzt. Jetzt im Juli waren sie schon abgeblüht, aber im Mai standen sie stets in voller zartrosa Pracht, und wenn das Brandenburger Gartenbauamt dann auch noch die Rasenflächen mähte, sah die Strecke zwischen Lichterfelder Allee und der Bahntrasse, die Lichterfelde mit Teltow verband, sehr malerisch aus. Tagsüber herrschte auf dem ehemaligen Todesstreifen ein reges Treiben, Radfahrer und Jogger bahnten sich ihren Weg zwischen Spaziergängern, Kinderwagen, frei laufenden Hunden und kleinen Kindern auf Laufrädern hindurch. Nordic-Walking-Trupps aller Altersgruppen zogen laut schnatternd an den anliegenden Gärten vorbei, und ab und zu feierten Jugendliche Partys bis in die frühen Morgenstunden.

Lea konnte die Pferde vom nahe gelegenen Hof schnauben und wiehern hören. Etwa eine Viertelstunde entfernt, wenn man zügig in Richtung Osten ging, begann flaches Brandenburger Land, und Lea genoss den offenen Blick über die weiten Felder bei jedem ihrer Läufe oder Spaziergänge, die sie dort entlangführten. Sie kam selbst aus Schöneberg und hatte ihre Kindheit und Jugend in der Innenstadt verbracht, bis sie Berlin verlassen musste. Sie liebte es, sich draußen aufzuhalten, und lief täglich mehrere Stunden mit Talisker, oft querfeldein durch das alte Truppenübungsgelände der Amerikaner, auch wenn das eigentlich nicht öffentlich zugänglich war. Heute Nacht wollte sie die Strecke am Feld entlang nehmen, um sich möglichst schnell auszupowern.

Sie hatten die Kurve hinter dem Bahndamm passiert und befanden sich kurz vor der Gedenkstele für Hans-Jürgen Starrost, eines der Berliner Maueropfer, als Talisker leise zu knurren begann. Lea war überhaupt nicht ängstlich, obwohl ihre nächtlichen Ausflüge natürlich nicht ganz ungefährlich waren. Mit einem Hund von der Größe Taliskers an ihrer Seite konnte ihr nicht allzu viel passieren. Trotz seines fast schon stoischen Gemüts genügte ein einziges Wort von ihr, und er würde sein Gegenüber zu Boden stoßen und stellen, bis ihr nächster Befehl über den weiteren Verlauf der Begegnung entschied. Talisker parierte aufs Wort, Mark und sie hatten viel Zeit und Geld in seine Erziehung gesteckt, und das hatte sich auch gelohnt.

Taliskers Knurren wurde intensiver, je näher sie dem Feld an der Abbiegung nach Sigridshorst kamen. Der Vollmond schien hell auf den Weg, Bäume und Büsche rechts und links von ihr lagen im Dunkeln. Darin verbarg sich aber nicht der Grund für Taliskers Unmut. Das Bild, das der Mond über dem Feld ausleuchtete, würde sie nicht mehr vergessen.

Der Weg, auf dem sie lief, führte auf einen kleinen Platz. Links ab ging es, mit dem Feld zur Rechten, in Richtung Osdorfer Straße, auf der anderen Seite befand sich das brachliegende, eingezäunte Areal des ehemaligen Truppenübungsgeländes der US-Streitkräfte. Rechts ab verliefen zwei Pfade nach Sigridshorst, einer in die Wohngegend, der zweite, mit dem Feld zur Linken, vorbei an einer Schrebergartenkolonie. Auf dem Platz standen vier Metallbänke, zwei nebeneinander mit Blick auf das Feld, die anderen beiden, denen Taliskers Aufregung galt, links am Rand mit Blick auf die Weggabelung.

Ein leichter Wind strich durch die Wipfel der Baumsetzlinge hinter den Bänken, und ganz in der Nähe hörte Lea ein Käuzchen rufen. Sie sah zwei Personen auf den Bänken sitzen, einen Mann auf der rechten der beiden Bänke und eine Frau auf der linken. Beide saßen regungslos da, und es dauerte einen Moment, bis Lea den Grund dafür erkannte. Etwas stimmte nicht mit ihren Köpfen. Der der Frau hing ein wenig schlaff zur Seite, und der des Mannes hatte eine ganz merkwürdige Form.

Talisker stand stocksteif an ihrer Seite. Er wirkte konzentriert, aber nicht so, als drohte Gefahr. Also beschloss Lea, sich der skurrilen Szene zu nähern. Sie hatte keine Angst, die Situation war viel zu unwirklich. Lea wandte sich zunächst der recht jungen Frau auf der linken Bank zu. Sie war vielleicht Anfang zwanzig, hatte langes dauergewelltes und blondiertes Haar, wie Lea im Lichtstrahl ihrer Taschenlampen-App bemerkte. Ein tiefer Schnitt klaffte an ihrer Kehle, man hatte ihr beinahe den Kopf abgeschnitten. Ihr Körper steckte in einem hautengen Schlauchkleid, das blutgetränkt war. Nur kleine Stellen, an die das Blut noch nicht gesickert war, leuchteten in Neongrün. Ihr Fleisch quoll aus dem Abschluss über der Brust. Die Hände der Toten waren in einer bescheiden anmutenden Geste im Schoß gefaltet, die Beine geschlossen, und die Füße in den extrem hohen Riemchensandalen standen eng nebeneinander. Wie konnte man in so etwas laufen? Ihre Fußnägel waren in einem leuchtenden Orange lackiert, ebenso wie ihre sehr langen Fingernägel. Die kamen sicher aus dem Nagelstudio. Die Haltung der Frau passte so gar nicht zu ihrer Aufmachung.

Lea drehte sich zu dem Mann. Er trug eine Jeans von einem Discounter, über deren Bund sich ein schlapper Bierbauch ergoss. Wie hielt diese Hose an ihm? Er musste sie doch bestimmt ständig hochziehen, wenn er sich bewegte. Und wenn sie unter der Bauchlinie mit einem Gürtel festgehalten wurde, musste sie dem Träger beim Sitzen die Blutzufuhr zur unteren Körperhälfte abschneiden. Eine leise Stimme in ihrem Hinterkopf wies Lea auf die Absurdität ihrer Gedankengänge hin, und sie konzentrierte sich wieder auf das, was sie sah. Der Mann trug ein gestreiftes kurzärmeliges Hemd, das nach Synthetik aussah und dessen Knopfleiste über dem Bauch zum Bersten gespannt war. In der linken Brusttasche steckte ein Kugelschreiber. Sein Schädel oder vielmehr das, was von ihm übrig war, hatte die Form eines Fußballs, der dem heftigen Zubeißen eines großen Hundes nicht hatte standhalten können und dem nun die Luft fehlte. Das Gesicht war blutüberströmt, und Lea wunderte sich für einen kurzen Moment, warum sie sich weder fürchtete noch übergeben musste. Sie blieb in kompletter Distanz zu der grauenvollen Szenerie vor ihr. Talisker ließ sie aus einigen Metern Abstand keinen Moment aus den Augen.

Dann erfasste der Lichtstrahl ihres Smartphones ein Büschel beinahe lachsroter Haare, die aus dem mit schwarzem Blut verklebten oberen Teil des Kopfes herausragten, fast so, als hätte jemand mit Haargel nachgeholfen. In dem Moment, als sie den Mann an seiner auffälligen Haarfarbe erkannte, winselte dessen Hund. Lea ging um die Bank herum und fand den Beagle, der ein paar Meter weiter im Gras lag. Sie wählte die 110 auf ihrem iPhone und sah sich die Hündin ihres Nachbarn genauer an.

Keine halbe Stunde später war die Szene in grelles Licht getaucht. Lea hatte das Fluchen des Kriminalhauptkommissars in der unwirklichen Betriebsamkeit deutlich hören können, als die Scheinwerfer der Spurensicherung auf ihre Fußabdrücke im Blut der Opfer gefallen waren. Der Fundort – noch wusste niemand, ob es sich auch um den Tatort handelte – war mit dem rot-weißen Absperrband der Polizei gesichert, und die in weiße Schutzanzüge gekleideten Gestalten der Spurensicherung waren dabei, Fotos zu machen und eben Spuren zu sichern. Lea hatte ihre Laufschuhe abgeben müssen, und die Beamtin hatte ihr dabei in Aussicht gestellt, dass man auch ihre restliche Kleidung noch im Laufe der Nacht werde mitnehmen müssen. Gerade hatte sie Ersatzschuhe aufgetrieben, und Lea sah sie mit einem Paar Flipflops in der Hand zusammen mit dem Hauptkommissar auf sich zukommen.

»Kriminalhauptkommissar Glander, LKA Brandenburg. Sie haben die Leichen also gefunden? Was machen Sie denn um diese Zeit hier draußen?«

Ein Mann von Takt und großer Zurückhaltung, dachte Lea mit einem Anflug von Ironie und konnte sich eines Zuckens um die Mundwinkel nicht erwehren. Glander entging das unterdrückte Lächeln nicht. Er war ungefähr einen halben Kopf größer als sie selbst, die mit ihren 1,78 Meter auch nicht gerade klein war. Seine Haare waren kurz und straßenköterblond. Er trug eine vermutlich schlammfarbene Cargohose und ein ungebügeltes Polohemd in dunklem Oliv oder vielleicht auch Grau, die Farben waren in dem kalten Licht nicht so genau zu erkennen. Seine Füße steckten in leichten Trekkingschuhen. Der Kommissar wirkte kräftig und trainiert, wie jemand, der regelmäßig Sport trieb, ohne es zu übertreiben. Sie fand ihn attraktiv, doch das Flüstern in ihrem Hinterkopf warf erneut ein, dass das ein gänzlich unpassender Gedanke war. Lea gab der Stimme recht.

»Ich kann nicht schlafen«, entgegnete sie und sah ihn an. Er hatte stahlblaue Augen, und auf einmal wusste sie ganz genau, an wen er sie erinnerte: Er war eine moderne und erheblich kernigere Version von Steve McQueen, es fehlte nur der im Hintergrund geparkte Ford Mustang.

Glander fragte sich derweil, ob die Frau vor ihm, wenngleich zweifelsfrei äußerst ansehnlich in ihren knappen Sportsachen, bescheuert war. Wer trieb sich denn mitten in der Nacht freiwillig auf so einer abgeschiedenen Strecke rum? »Und da fällt Ihnen nichts Besseres ein, als hier joggen zu gehen? Ist ja nicht gerade ungefährlich, so ganz alleine auf dem Mauerstreifen rumzustreunen.«

Etwas an seinem Tonfall musste Talisker missfallen haben, denn er erhob sich ein paar Meter hinter Lea und knurrte leise.

»Himmel, gehört der zu Ihnen?« Glander starrte den Hund an, der ihn fixierte.

»Das ist Talisker. Tagsüber ist er ein Lamm, aber nachts freelanct er als mein Bodyguard.«

»Mondkalb trifft es wohl eher. Was ist das denn für eine Rasse? Der wiegt doch sicher fünfzig Kilo.«

»›Der‹ ist ein Scottish Deerhound, und er wiegt genau 42,5 Kilo. Er ist recht schlank, weil wir viel laufen.«

»Na gut, das erklärt, wieso Sie sich bei der Dunkelheit nicht fürchten. Meine Kollegin bringt Sie jetzt erst mal nach Hause. Ich komme etwas später bei Ihnen vorbei, um mich weiter mit Ihnen zu unterhalten. Sie wissen ja«, er räusperte sich, »dass wir Ihre Kleidung für die Spurensicherung mitnehmen müssen.« Damit drehte er sich abrupt um und ging wieder hinüber zu den Leichen.

Lea sah die Polizistin an. »Ist er immer so charmant?«

»Wie würden Sie sich denn fühlen, wenn man Sie um diese Zeit aus dem Bett klingelt und zu zwei Leichen holt?«

»Ich wäre froh, wenn ich bis jetzt geschlafen hätte.«

2

Weitere zehn Minuten später stand Lea in ihrem Badezimmer und zog ihre Sportsachen aus. Die Polizistin –
Polizeimeisterin oder so ähnlich – Griese stand im Türrahmen und sah ihr dabei zu.

»Hätten Sie wohl die Güte ...«

»Tut mir leid, aber ich muss sicherstellen, dass ich
Ihre Kleidung vollständig erhalte. Wenn Sie die Sachen
bitte hier hineintun würden ...« Griese reichte Lea einige
große durchsichtige Plastiktüten.

Lea zuckte mit den Schultern. Sie war nicht prüde,
und sie wusste, dass sie eine gute Figur hatte. Damals,
nach der Geburt ihres Sohnes, hatte sie hart daran gearbeitet. Die Schwangerschaft war kompliziert verlau-
fen, Lea hatte sich im fünften Monat aufgrund einer
Gebärmutterhalsschwäche kaum mehr bewegen dürfen
und fünfzehn Kilo zugenommen. Sie hatte sich damit
getröstet, dass sie wenigstens zu Hause bleiben konnte
und nicht die restlichen Monate im Krankenhaus verbringen musste – zumal ihr die Ärzte gesagt hatten, dass
dies mit großer Sicherheit ihre einzige Schwangerschaft
bleiben würde. Duncan war im Mai per Kaiserschnitt
geboren worden, und sobald der Arzt ihr grünes Licht
gegeben hatte, war sie jeden Tag stundenlang mit dem

Kinderwagen durch die Gegend gelaufen. Im folgenden Herbst hatte sie ernsthaftes Lauftraining aufgenommen, das sie im tiefen Winter auf das Laufband in ihrem neuangebauten Wintergarten verlegt hatte. Ihre Figur hatte sich dann im Laufe der folgenden Jahren verändert, ihr Busen war etwas voller geblieben, auch ihre übrigen Kurven hatten sich erhalten. Sie hatte ihre alte Schlaksigkeit verloren, und ihre Bewegungen hatten eine athletische Geschmeidigkeit angenommen. Auch fast zwanzig Jahre später, mit Mitte vierzig, hatte sie diese sportliche Figur, seit dem letzten Jahr war sie eher noch drahtiger geworden. Sie war wirklich viel unterwegs gewesen.

Lea gab der Polizistin die Plastiktüten mit den Klamotten und trat in ihre ebenerdige Dusche. Die Beamtin zog sich zurück, vermutlich würde sie sich im Haus umschauen, dachte Lea, und es war ihr total egal. Sie war von Natur aus ordentlich und schätzte es, wenn alles seinen Platz hatte. Mark war da ganz anders gewesen, und Duncan hatte den Hang zu offenen Schranktüren und leeren Milchkartons im Kühlschrank von seinem Vater geerbt. Doch keiner der beiden war da, und so wirkte das Haus keineswegs unordentlich.

Sie hörte die Klingel und anschließendes Stimmengemurmel, während sie in ein knielanges Sommerkleid mit Paisleymuster in Grau- und Blautönen schlüpfte. Talisker folgte ihr die Treppe hinunter und knurrte leicht, als er Glander im Wohnzimmer sah.

»Calm, boy! Down! In your corner!«

Talisker strich vorbei an Glander, der sich unweigerlich versteifte, und warf sich auf die Decken in seiner Ecke.

»Sie sprechen englisch mit Ihrem Hund?«

»Ja, er ist ein schottischer Jagdhund. Wir haben ihn vor sechs Jahren von einer Züchterin aus Schottland übernommen, da war er schon die englischen Befehle gewohnt.«

»Wir?«

»Mein Mann Mark und ich.« Lea wusste, was nun gleich käme, und suchte den toten Winkel in ihrem Herzen, der es ihr möglich machen würde, das Gespräch fortzuführen.

»Und wo ist Ihr Mann heute Nacht?« Glander ließ den Blick nicht von ihrem Gesicht. Er spürte genau, dass mit dieser Frau etwas nicht stimmte, sie war viel zu ruhig für das, was sie gerade erlebt hatte. Er tippte auf Psychopharmaka, auch wenn das nicht zu ihrer sportlichen Erscheinung passte. Ihre attraktive Figur war ihm keineswegs entgangen, ebenso wenig wie ihr wirklich schöner Mund und die großen graugrünen Augen, die ihn jetzt mit einem Ausdruck trostloser Leere anblickten.

»Mein Mann ist tot, Herr Hauptkommissar. Er starb vor einem Jahr an Krebs.« Der Schmerz breitete sich in Leas Körper aus und nahm ihr fast den Atem. Ein Jahr, auf den Tag genau, war es her.

Talisker erhob sich, doch mit einer knappen Geste gebot Lea ihm liegenzubleiben. Äußerlich schien sie unbewegt, doch Glander war das leichte Zittern ihrer Hand nicht entgangen.

»Das tut mir aufrichtig leid, Frau Storm. Hätten Sie etwas dagegen, wenn wir uns setzen, damit ich Ihnen ein paar Fragen stellen kann?«

Lea war ihm dankbar, denn sie befürchtete jedes Mal, wenn der Schmerz sie durchflutete, dass ihre Beine nachgeben würden. »Natürlich nicht, Herr Hauptkommissar. Kann ich Ihnen etwas anbieten? Ich hätte jetzt gerne einen Whisky, wenn Sie nichts dagegen haben.«

»Habe ich nicht. Leider kann ich Ihnen dabei keine Gesellschaft leisten, denn ich bin ja im Dienst. Sie trinken gerne Whisky?«

Lea sah in an und lächelte, als sie antwortete. »Ja, ich trinke nur Whisky. *The water of life.* Mein Vater war Schotte, und ich weiß aus erster Hand, dass seine Landsleute wenig Ahnung von feiner Küche haben – es sei denn, man hält frittierten Mars-Riegel für eine Delikatesse. Aber sie machen in der Region Speyside für meine Begriffe den besten Malt der Welt. Und um Ihnen gleich Ihre nächste Frage zu beantworten: Ich trinke Whisky, wann immer mir danach ist und so viel ich will. Und: Nein, gestern habe ich keinen Whisky getrunken. Aber bevor dieser Tag rum ist, werde ich sicherlich noch eine Menge Whisky trinken.«

Sie goss sich zwei Finger breit eines Balvenie Rum Cask in ein Glencairne Glas, das Glander an der typischen, sich verjüngenden Form erkannte. Der Balvenie stand in einer Traube – sehr teurer, wie Glander annahm – Malt Whiskys auf einem Sideboard. Er erkannte eine Flasche und war überrascht, denn den hatte er noch nirgendwo anders gesehen.

»Es geht mich gar nichts an, Frau Storm ... Aber ich sehe, Sie haben da auch einen Bladnoch. Den sieht man nicht so oft.«

»Sie mögen Whisky?«

»Nicht ausschließlich, aber recht gerne in der kälteren Jahreszeit.«

»Der Bladnoch ist eine der wenigen Ausnahmen, die ich mache, er ist ein Lowland Malt. Ein bisschen ein Geheimtipp, man muss schon gut beraten werden, um auf den Bladnoch zu kommen. Mich hat eine alte Freundin drauf gebracht.«

Glander lächelte sie an. »Frau Storm, ich müsste Ihnen ein paar Fragen stellen.«

»Natürlich, Herr Hauptkommissar.«

»Glander reicht völlig. Frau Storm, meine Kollegin sagte mir, Sie kannten den toten Mann.«

Leas kurzes Zögern blieb Glander nicht verborgen, diese Frau erschien ihm etwas rätselhaft. Sie hatte wirklich schöne Augen, die sicherlich leuchteten, wenn sie lachte, aber Glander vermutete, dass sie lange nicht gelacht hatte, denn in ihren Zügen lag tiefe Traurigkeit.

»Ja, das ist ... das *war* Wolfgang Hantschke, ein Nachbar hier aus der Straße. Er wohnt ... *wohnte* in der Neunzehn.«

»Kannten Sie Herrn Hantschke gut?«

»Nein. Hantschke war ein Vollidiot. Entschuldigen Sie, Herr Glander, aber er gehörte zu der Art von Nachbarn, die niemand braucht. Immer meckern, Feiern der Nachbarn durch die Polizei beenden lassen, Kinder anbrüllen, dass sie zu laut seien, mittags schon voll ... Einige wenige Nachbarn haben ihn gegrüßt, ich fand ihn grauenvoll und hab ihm schon ein paar Mal die Pest an den Hals gewünscht. Jedenfalls immer dann, wenn ich sah, wie er mit seinem Hund umging.«

Glander konnte aus ihrem Gesicht geradezu ablesen, wie unsympathisch ihr dieser Hantschke gewesen war. »Was hat er denn mit dem Hund gemacht?«

»Ihm völlig falsches Futter gegeben, sich zu wenig mit ihm bewegt, und obwohl das arme Tier keinerlei Erziehung hatte, trat er es, wenn es nicht spurte. Ein ganz widerlicher Kerl. Weiß man, wer die Frau bei ihm war?«

»Wir vermuten, eine Professionelle, haben ihre Identität aber noch nicht feststellen können. Frau Storm, bitte erzählen Sie mir doch genau, was heute Nacht passiert ist, als Sie rausgingen!«

Lea überlegte kurz und entgegnete dann: »Wir sind gegen drei Uhr hinten raus durch den Garten und dann direkt auf den Mauerweg. Ich bin gleich losgelaufen, ich wollte heute schnell joggen, dafür nicht so weit, um möglichst bald müde zu werden, dafür eignet sich die asphaltierte Strecke gut. Talisker fing irgendwann zu knurren an, er klang immer angespannter, je weiter wir liefen. So zwanzig Meter vor den Bänken kam der Mond raus, und ich sah die beiden ... also, sah sie da sitzen.«

»Kam Ihnen das nicht merkwürdig vor?«

»Ja sicher, aber eigentlich wunderte ich mich nicht, *dass* sie da saßen, sondern *wie* sie da saßen. Es hat ein paar Momente gedauert, bis mir auffiel, dass es an den Köpfen der beiden lag. Das war irgendwie total absurd, ich wusste, dass etwas nicht stimmte, aber nicht genau, was es war.«

»Was haben Sie dann gemacht?«

Lea überlegte erneut. »Ich habe Talisker befohlen sich zu setzen und zu warten. Dann bin ich zu der Frau gegangen. Vielleicht ihrer hellen Haare wegen, ich weiß nicht. Danach rüber zu dem Mann. Es tut mir leid, ich habe gar nicht daran gedacht, dass ich irgendwelche Spuren versauen könnte.«

»Dafür haben wir ja Ihre Turnschuhe mitgenommen, und die Spusis sind ganz gut darin, Fußabdrücke zuzuordnen.«

»Gab es denn noch andere?«

Sie hat einen wachen Verstand, fand Glander und schüttelte den Kopf. »Das wissen wir noch nicht genau. Ich meinte damit, dass die Kollegen Ihre Schritte nachverfolgen können. Die Tiefe der Abdrücke im Blut, logische Schrittfolgen und solche Punkte. Haben Sie denn jemand gesehen oder etwas gehört, als Sie sich ...«, er zögerte kurz, »... die Leichen ansahen?«

»Nein. Und wenn da jemand gewesen wäre, hätte das Talisker ganz sicher bemerkt, und Sie hätten Ihren Täter bereits.«

Glander schmunzelte. Er mochte diese Frau und stellte überrascht fest, dass er sie gerne unter anderen, angenehmeren Voraussetzungen kennengelernt hätte. »Das hätte mir allerdings ausgesprochen gut gefallen, Frau Storm. Haben Sie denn irgendeine Idee, ob Ihr Nachbar Feinde hatte?«

»Feinde? Ich weiß nicht. Keiner mochte ihn, und ich denke, fast alle fanden ihn schrecklich unangenehm, aber man schlägt ja seinem Nachbarn nicht den Kopf ein, nur weil der ein Misanthrop ist. Was er sonst mit seinem Privatleben anfing, keine Ahnung, vielleicht können Ihnen seine direkten Nachbarn weiterhelfen, ich nehme an, sie müssten mehr von ihm mitbekommen haben.«

Es klingelte an der Haustür. Als Lea öffnete, stand

sie einem sehr großen, sehr beleibten Mann gegenüber, der ihr seine Dienstmarke entgegenhielt.

»Kriminalhauptkommissar Prinz, ich bin von der Berliner Kripo. Kann ich hereinkommen?«

»Nur zu, Ihr Kollege Glander ist auch hier. Wir sind alle im Wohnzimmer. Geradeaus und nach rechts.«

Die Miene des Mannes verdunkelte sich. Er ging an ihr vorbei ins Wohnzimmer, wo Glander sich erhob.

»Prinz. Was machen Sie denn hier?«

Prinz nickte ihm zu. »Glander. Der Tote ist in Berlin gemeldet, und der Mauerweg gehört zum Berliner Zuständigkeitsgebiet. Solange der Tatort nicht eindeutig in Brandenburg liegt, denke ich, ist das unser Fall. Außerdem sind Sie doch gar nicht im Dienst heute.«

»Blödsinn! Die Leichen wurden in Brandenburg gefunden, also sind wir zuständig.« Mit einem Blick auf Lea fügte er hinzu: »Ich denke aber, das klären wir besser draußen oder bei uns auf dem Revier. Ich war ohnehin fürs Erste hier fertig, und ich bin sicher, Frau Storm hat auch genug für heute Nacht. Frau Storm, ich lasse Ihnen die Kollegin Griese hier, wenn es Ihnen recht ist.«

Lea schüttelte den Kopf. »Nein danke, Herr Glander, das ist wirklich nicht nötig. Ich habe ja Talisker.«

Prinz starrte ungläubig auf den Hund, der in der Ecke des Wohnzimmers den Kopf hob, als er seinen Namen hörte. Dann blickte er auf Glander runter und nickte. »Ja, dem möchte ich auch nicht im Dunkeln begegnen. Der Griese aber auch nicht, ehrlich gesagt.« Er lachte anzüglich, drehte sich um und warf Glander im Rausgehen zu: »Na gut, Glander, dann klären wir das morgen auf dem Dienstweg. Ich hätte bis dahin aber gerne Ihren Bericht. Vor neun bitte, per Mail. Ich finde alleine hinaus, Frau Storm. Guten Morgen!«

Lea sah Glander fragend an.

»Kriminalhauptkommissar Prinz ist vom LKA 1, das ist die für Tötungsdelikte zuständige Dienststelle in Berlin. Ich war dort viele Jahre tätig, arbeite jetzt aber in Brandenburg. Eigentlich habe ich gar keinen Dienst heute, aber der Kollege von der Einsatzleitung wusste, dass ich ganz in der Nähe bei meiner Schwester in Teltow bin. Sie hat gestern ihren Geburtstag gefeiert.« Er wandte sich ebenfalls zum Gehen und gab Lea seine Karte. »Wenn Ihnen noch irgendetwas einfällt, egal, was es ist, rufen Sie mich bitte an, Frau Storm, ja? Ein Streifenwagen wird Sie im Laufe des Vormittags abholen, damit wir Ihre Aussage aufnehmen können. Bitte stellen Sie sicher, dass die Kollegen Sie antreffen!«

Er ging zur Tür vor, an der Polizeimeisterin Griese bereits wartete. Lea schüttelte beiden die Hand und trat dann ein paar Schritte vor die Tür, um zuzusehen, wie sie die kurze Zeile hinunter zur Straße gingen, in der ein Streifenwagen mit Blaulicht parkte. Glander drehte sich kurz um, nickte ihr noch einmal zu und stieg vorne neben dem Fahrer ein.

»Ich wette, er ist ein miserabler Beifahrer, Tally.« Lea kraulte den großen Hund, der neben ihr stand, hinter einem Ohr.

Als sie wieder ins Haus zurückkehren wollten, ging die Tür ihrer Nachbarn auf, und die beiden Lehmann-Schwestern traten in grellgeblümten wattierten Morgenmänteln und heller Aufregung in die Zeile hinaus.

»Lea, was ist denn passiert? Was macht die Polizei hier?«

Unmittelbar verspürte Lea eine bleierne Müdigkeit. Sie wollte nur noch in ihr Bett gehen und schlafen. »Es tut mir leid, aber ich muss mich jetzt wirklich wieder hinlegen.«

Danach schlief sie fünf Stunden am Stück.

Während Lea ihren dringend benötigten Schlaf fand, saß Glander seiner Schwester in deren Küche in Teltow gegenüber und fluchte über den arroganten LKA-Kollegen. »Das glaubst du nicht, da schwabbelt die Prinzenrolle in das Wohnzimmer von dieser Storm und macht mir 'ne Ansage! Und das richtig Miese daran ist, dass die den Fall vermutlich auch kriegen. Scheiße! Der Prinz findet doch seinen eigenen Breitarsch nicht, so dämlich ist der.«

Melanie Rust, geborene Glander, grinste breit und gähnte dann noch breiter. »Dabei ist der dir gar nicht vorgesetzt, ihr habt doch denselben Dienstrang. Aber sag mal, diese Frau Storm, die war ganz ruhig, nachdem sie zwei Leichen findet und ihr dann das volle Spusi-Programm vor ihr abzieht? Das ist doch nicht normal, oder?«

Melanie war Verwaltungsangestellte bei der Berliner Polizei, und ihre Frage war durchaus berechtigt. Glander stellte fest, wie wichtig es ihm war, dass Melanie keinen falschen Eindruck von Lea Storm bekam. »Ach, ich weiß nicht, vermutlich nimmt sie irgendwas. Ihr Mann ist vor einem Jahr gestorben, und es war offensichtlich, dass sie nicht drüber hinweg ist. Obwohl

Valium nicht zu ihr passt.« Nachdenklich häufte er sich den dritten Löffel Zucker in seinen Espresso.

Seine Schwester sah ihn überrascht an. »Sie gefällt dir, Martin, ich glaub es ja nicht! Die gefällt dir wie keine mehr seit Jessica. Und – was wirst du tun?«

Glander rührte missmutig in seiner Tasse herum. »Nichts werde ich tun. So ein Quatsch, von wegen gefallen! Die Frau hat 'ne Menge Probleme, außerdem ist sie Zeugin in einem Mordfall, ist ja nicht so, als hätte ich sie in einer Kneipe kennengelernt.«

»Sicher nicht. Wann warst du das letzte Mal in einer Kneipe?«

»Sei doch froh, dass dein Bruder einer der wenigen Kripobeamten ohne ein Alkoholproblem ist. Sag mal, hast du noch den Whisky, den du mal für mich besorgt hast? Ich hab grad richtig Lust auf einen kleinen Schluck davon.«

Melanie holte die Flasche aus dem Wohnzimmerschrank, murmelte etwas von »So geht es los ...« und stellte den Whisky vor ihrem Bruder auf den Tisch.

Glander hob ihn hoch und konnte sich ein Grinsen nicht verkneifen. »Sie hat diesen Monsterhund, Schottischer Rindhund oder so was. Und den hat sie nach diesem Whisky benannt, glaubt man das?« Kopfschüttelnd schenkte er sich zwei Zentimeter von dem zehn Jahre alten Talisker ein und dachte an Lea Storms kastanienbraunes Haar, das ihr sicherlich über die Schultern fiel, wenn sie den Zopf öffnete.

Melanie feixte den ganzen Weg nach oben in ihr Schlafzimmer, wo sie sich an ihren schnarchenden Mann kuschelte und sofort einschlief.

In einem Reihenmittelhaus im Dürener Weg, nicht weit von Lea, blickte ein Mann sehr zufrieden auf eine Namensliste und strich den Namen *Hantschke* aus. Zwei weitere Namen waren bereits durchgestrichen. Es gab noch viel zu tun, aber er hatte Zeit, und gut Ding brauchte nun einmal Weile. Der Mann schob das Papier in seine Schreibtischschublade, nahm einen Schluck Tee und schaute sich den dritten Teil von *Berlin – Tag und Nacht* vom Vorabend im Internet an.

3

Glander hatte richtig vermutet: Das LKA 1 übernahm
den Mordfall Hantschke, und der Streifenwagen, der
Lea am folgenden Tag um elf Uhr abholte, brachte sie
in die Keithstraße. Sie fand Prinz genauso unangenehm
wie bei ihrem kurzen Treffen in der vorangegangenen
Nacht, aber überraschenderweise hatte er gar kein großes Interesse an ihrer Aussage und ließ diese von einem
Kollegen mit niedrigerem Dienstrang protokollieren.
Der Beamte nahm ihr auch Fingerabdrücke ab. Reine
Routine. Auf dem Heimweg bat Lea den Fahrer, sie am
Thuner Platz abzusetzen, von dort würde sie laufen
oder den Bus nehmen. Nachdem sie ausgestiegen war,
überquerte sie die kopfsteingepflasterte Straße und
ging auf den gegenüberliegenden Parkfriedhof.

Marks Vater, ein britischer Soldat mit einem schweren
Alkoholproblem, ließ ihn und die Mutter sitzen, als
Mark zehn war. Der Vater kehrte nach England zu-
rück und meldete sich nie wieder. Marks Mutter kam
nicht darüber hinweg, und nach ihrem dritten Suizid-
versuch übertrug das Amt die Vormundschaft für den
Sohn der Großmutter. Bei ihr lebte er, wenn er nicht im
Internat auf Schwanenwerder war. Der vierte Versuch

seiner Mutter, ihrem Leben ein Ende zu setzen, glückte, als Mark sechzehn war. Trotz dieses belastenden familiären Hintergrunds war Mark ein sehr guter Schüler. Nach dem Tod seiner Mutter stürzte er sich in seine Ausbildung, legte ein glattes Einser-Abi hin und zog sein direkt anschließendes Architekturstudium ebenso konsequent durch. Er machte den besten Abschluss seines Jahrgangs und bewarb sich im Büro des britischen Architekten Richard Rogers um einen Job. Als einer der jüngsten Mitarbeiter war er knapp ein Jahr später an den Bauvorhaben am Potsdamer Platz beteiligt.

Marks Großmutter Elisabeth war eine resolute und pragmatische Frau, die die ersten Zeichen ihrer beginnenden Krebserkrankung sofort richtig einschätzte. So überschrieb sie Mark das Haus und richtete ihm sämtliche Vollmachten ein. Sie sprach ausführlich mit ihm über ihre Wünsche und versicherte ihm, dass er sich keine Sorgen um sie zu machen brauchte. Elisabeth war über siebzig, hatte ein erfülltes Leben geführt, von dem sie nur die wenigsten Dinge bereute, und sah dem Tod gelassen entgegen. Als es ihr langsam schlechterging, kündigte Mark seinen Job entgegen allen Warnungen seiner Kollegen und Freunde und pflegte Elisabeth. Zunächst alleine, später mit der Unterstützung zweier Pflegerinnen. Er hielt Elisabeths Hand, als sie starb.

Nach ihrer Beerdigung buchte er einen Flug nach Glasgow, packte seinen Trekkingrucksack und begann eine lange Wanderung durch das Schottische Hochland. Lea begegnete ihm bei Duncansby Heads, vor den Stacks, der spektakulären Felsformation im Norden des Landes. Bereits ein Jahr nach ihrem ersten Treffen kam ihr Sohn Duncan in Berlin zur Welt. In den folgenden Jahren bauten sie das Haus aus, in dem Elisabeth bis zu ihrem Tod gelebt hatte, gestalteten den großen Anbau und legten den Garten ganz neu an.

Mark hatte seinen Tod genauso ordentlich geregelt wie seine Großmutter den ihren. Und Lea hatte ihm versprechen müssen, nicht öfter als einmal im Monat auf den Friedhof zu gehen. Sie sollte nach vorne blicken und ihr Leben neu gestalten. Bislang war ihr das noch nicht gut gelungen.

Mark wurde verbrannt und seine Asche in einem Urnengrab auf dem nächstgelegenen Friedhof beigesetzt. Heute tauschte Lea die Lavendelpflanze in dem Topf vor seinem Grabstein aus und steckte die alte in eine kleine Plastiktüte, die sie aus ihrer Vintage Schultertasche zog. Sie setzte die alten Lavendelpflanzen alle zwei Monate in eine Ecke ihres Gartens, diese würde die siebente sein. Bis jetzt war keine eingegangen, auch die nicht, die sie im Winter in den gefrorenen Boden gepflanzt und mit warmem Wasser gegossen hatte.

Nachdem Lea die alte Pflanze eingepackt hatte, zog sie einen silbernen Flachmann aus ihrer Tasche und hob ihn wie zum Toast in die Höhe. »Rum Cask, unser ewiger Favorit. Ich denke, die Flasche schaffe ich heute. Die zu Hause, du Schaf, nicht den Winzling in meiner Hand! Den mache ich hier alle. Es ist genauso mies wie im letzten Monat, nur kann ich inzwischen so gar nicht mehr schlafen. Letzte Nacht habe ich Hantschke gefunden, tot, auf dem Mauerweg. Mit 'ner toten *prossie* an seiner Seite. Nee, glaubste nicht, is klar. Die Polizei hat meine Nikes mitgenommen, so ein Scheiß! Hoffentlich laufe ich mir in dem Ersatzpaar keine Blase. *Slainte, my heart!*« Sie nahm einen zweiten Schluck und fluchte dem unglaublichen Abgang nach. »*Holy pirate rum influence!*«

Sie hatten beide so gelacht, als sie diese Beschreibung des Whiskybouquets auf einer Website entdeckt hatten. Mark hatte da gerade seine erste Chemo hinter sich gehabt, keine Haare mehr und sich grauenvoll gefühlt. Sie hatten beide im Bett gelegen, es war ein Sonntagmorgen gewesen, Lea hatte den Laptop auf ihren Knien gehabt und ihm die Neuigkeiten auf der Balvenie Website vorgelesen. Durch Zufall war sie danach auf die amerikanische Seite gestoßen. Sie hatte die Flasche geholt und ihn daran riechen lassen, danach hatten beide einen Schluck davon getrunken. Es war der letzte Whisky gewesen, den Mark hatte schmecken können.

Lea steckte den leeren Flachmann zurück in ihre Tasche, als sie Frau Wieland auf sich zukommen sah. Frau Wieland ging seit vierzig Jahren zweimal in der Woche zum Grab ihrer Tochter, die kurz nach ihrem vierten Geburtstag an einer Hirnhautentzündung gestorben war. Tragisch, dachte Lea, und dann im direkten Nachgang: Ja, super, schau dich mal selbst an!

Frau Wieland war noch sehr gut zu Fuß, fiel Lea auf. Sie musste doch schon an die siebzig sein. Sah man ihr jedenfalls nicht an. Die alte Dame stand vor ihr und schaute auf Marks schlicht gehaltene Grabstelle. Die Fläche von einem Quadratmeter war mit dem hellen Sandstein gepflastert, der auch vor ihrem Haus lag. Darauf stand der steinerne Topf, der die Lavendelpflanzen hielt. Der Grabstein war ein kleiner graublauer Findling, der erste, den sie beide vom Mauerweg für ihren Garten mitgenommen hatten. In den Stein war gemeißelt: *Mark Storm. 1964–2011. Na mo chrìdhe daonnan.* Gälisch für »Immer in meinem Herzen«.

»Lavendel. Wunderschön, Frau Storm! Es ist heute ein Jahr her, oder irre ich mich?«

»Nein, Frau Wieland, Sie irren sich nicht. Es ist genau ein Jahr.«

»Ihnen geht es nicht gut, nicht wahr?«

»Nein, gar nicht gut. Ich kann nicht schlafen.«

»So ging es mir auch am Anfang. Es wird besser, meine Liebe, es wird besser. Kommen Sie, lassen Sie uns was essen gehen, heute sollten Sie nicht alleine sein!«

Lea wollte zunächst ablehnen, aber sie war tatsächlich hungrig, und Frau Wieland war ihr sympathisch, auch wenn sie sie nicht so oft traf. Vielleicht mochte sie die alte Dame genau deswegen.

»Gleich um die Ecke ist ein thailändisches Restaurant, das ist neu und richtig gut. Mögen Sie die thailändische Küche, Frau Wieland?«

»Ich habe keine Ahnung, mal sehen. Sie können mir sicher etwas empfehlen.«

Das neueröffnete Restaurant war überraschend gut besucht für einen Donnerstagnachmittag. Aber es hatte sich wohl schnell herumgesprochen, dass das Essen im »Thai by Thai« exzellent war. Sie nahmen einen Tisch im hinteren Bereich des Restaurants, Frau Wieland bestellte sich einen halben Liter Weißen Burgunder, Lea ein Mineralwasser.

»Was mögen Sie denn, Frau Wieland? Huhn, Rind, Schwein oder Ente? Oder sind Sie Vegetarierin?«

Frau Wieland lächelte. »Ach, Ente klingt interessant. Hab ich lange nicht gegessen.«

»Wie scharf darf es denn sein? Es gibt mild, scharf und höllisch.«

»Scharf, aber so, dass ich die Ente noch schmecke, bitte.«

Lea bestellte Frühlingsrollen für sie beide, Ped Pat Kimao – Ente in Austernsauce – für Frau Wieland, das sie für sie ein wenig milder zubereiten ließ, und Chu Chee Pha – kross gebratene Dorade in rotem cremigem Curry mit Chili und Thai-Basilikum – für sich selbst.

»Haben Sie noch die schönen Disteln vor Ihrem Haus, Frau Storm?«

»Sagen sie doch bitte Lea, Frau Wieland. Die Disteln blühen ganz phantastisch dieses Jahr, die lieben es direkt an der Hauswand. Kommen Sie doch einfach mal vorbei! Wenn Sie mögen, gebe ich Ihnen meine Telefonnummer, dann können Sie vorher kurz anrufen, damit ich auch zu Hause bin.«

»Das ist eine nette Einladung, die nehme ich gerne an. Stellen Sie sich vor, der Kretin vor mir hat letzte Woche seinen Hund schon wieder in mein Beet gelassen. Glaubt man das?«

»Sie wohnen doch hinter dem Hantschke.«

»Ja, blau wie nichts war der am frühen Nachmittag, hing halb über dem Gartenzaun, und als ich ihn bat, seinen Hund und dessen Hinterlassenschaft aus meinem Beet zu entfernen, schimpfte er los, dass er sowieso bald viel Geld haben und dann ›diesen Slum‹ verlassen würde, und danach brüllte er noch lauter unflätiges Zeug. Unmöglich, der Mann! Ich bin erst einmal wieder ins Haus gegangen und hab den Dreck später in seinen Garten geschippt. Hoffentlich ist er reingetreten!«

Frau Wieland kicherte und schenkte sich Wein nach. Als sie Leas ernstes Gesicht sah, fragte sie: »Was ist denn los? Sie sind ja richtig blass geworden, Kindchen.«

»Frau Wieland, der Hantschke ist tot. Ich hab ihn gestern Nacht auf dem Mauerweg gefunden.«

Jetzt wurde Frau Wieland ein wenig blass. »O Gott, das ist ja schrecklich, Lea! Einen Toten zu finden. Er starb an einem Herzinfarkt, nehme ich an?«

»Nein, er wurde ermordet.«

»Ermordet? Der Hantschke? Wie grauenvoll!« Frau Wieland schüttelte den Kopf und leerte ihr Weinglas. »Letzte Nacht, sagen Sie? Ich könnte schwören, dass er gestern Abend noch Besuch hatte, da war noch spät Licht bei ihm, und ich hab Schatten hinter den Gardinen gesehen.« Frau Wieland beugte sich zu Lea vor und senkte ihre Stimme. »Ich glaube, der hatte 'ne Frau da.«

»Vermutlich klingelt die Polizei gerade bei Ihnen, um Sie genau dazu zu befragen. Die sagten mir heute Nacht, sie würden die ganze Nachbarschaft abklappern.«

»Na, dann kommen sie eben noch einmal wieder, oder meinen Sie, ich sollte bei der Polizei anrufen?«

»Das sollten Sie vielleicht tun, Frau Wieland.«

Dann kamen die Hauptgerichte. Lea und Frau Wieland waren einige Minuten still und konzentrierten sich aufs Essen, bis Frau Wieland erneut den Kopf schüttelte und ihr Besteck zur Seite legte. »Das ist ganz phantastisch, Lea, es schmeckt hervorragend! Der Hantschke war ein schlechter Mensch. Sicher hat er es nicht verdient ermordet zu werden, aber traurig über seinen Tod wird bei uns kaum jemand sein, meinen Sie nicht auch?«

Lea schaute sie nachdenklich an. »Ja, da werden Sie recht haben. Aber irgendjemand ist nicht nur nicht sehr betroffen, sondern wohl höchst zufrieden mit sich selbst.«

Nach dem Essen hatte Lea für sich und Frau Wieland ein Taxi rufen lassen und sich erfolgreich gegen die fünf Euro gewehrt, die ihr Frau Wieland unbedingt hatte geben wollen. Lea hatte gerade ihre Haustür hinter sich geschlossen und Talisker begrüßt, als ihr Handy klingelte. Svenja Ritter, eine weitere Nachbarin aus ihrer Straße, rief an.

Svenja und Lea hatten sich angefreundet, nachdem Svenja mit ihrem Mann und der gemeinsamen Tochter vor zehn Jahren in die Siedlung gezogen war. Sie vermuteten beide, dass ihre Kinder später erste einschlägige Erfahrungen miteinander gesammelt hatten, wollten das aber eigentlich gar nicht so genau wissen. Svenjas Ehe lief nicht gut. Ihr Mann war ehrgeizig und achtete sehr auf Äußerlichkeiten. Er arbeitete als Projektleiter bei einem großen, renommierten Anbieter von Unternehmenssoftware und war regelmäßig geschäftlich unterwegs. Svenja hatte ihn im Verdacht fremdzugehen, war aber zu ängstlich – oder zu bequem, Lea wusste es nicht –, ihn zur Rede zu stellen, und so bügelte sie weiter jeden Sonntag sieben Hemden für ihn. René Ritter verdiente sehr gut, so dass Svenja seit Bellas Geburt Teilzeit arbeiten ging und sich ausgiebig sich selbst und ihren Fitnessaktivitäten widmen konnte. Sie sah immer aus wie aus dem Ei gepellt, und in ihrem Haus herrschte penibelste Sauberkeit. Reichlich Zeit hatte sie ja, dachte Lea. Das war zwar gemein, aber doch wahr.

»Svenja, hallo, ich bin eben erst zur Tür rein.«

»Hallo, Lea, ich weiß, ich hab dich kommen sehen. Hast du nachher mal Zeit? Ich würde gern vorbeikommen.«

Große Lust verspürte Lea nicht, schon gar nicht heute, sie hatte ganz andere Pläne. »Eigentlich hab ich schon was vor, Svenja, geht's nicht auch morgen?«

»Es dauert auch nicht lange. René bringt um sieben zwei Typen von seiner Bürgerinitiative mit, da muss ich noch ein paar Happen vorbereiten.«

»Okay, aber ich muss erst mit Talisker raus. Komm doch um fünf, dann hab ich Zeit.«

»Super, dann bis nachher!«

Lea schaute ihren Hund an, der legte den Kopf schief. »Ich bin gespannt, was René jetzt wieder für 'nen Bock geschossen hat. Nach den Kondomen, die Svenja in seinem Kulturbeutel gefunden hat, kann es eigentlich nicht mehr viel schlimmer kommen. Es sei denn, es stellt sich heraus, dass er irgendwo eine zweite Familie hat, die er während seiner Dienstreisen besucht.«

Lea mochte René Ritter überhaupt nicht. Svenja zuliebe hielt sie sich zurück, aber René wusste genau, dass sie ihn nicht ausstehen konnte. Er war in Leas Augen ein Mann, der Frauen nicht sonderlich schätzte. Er sah sich selbst als den archaischen Ernährer, der einen warmen Platz am Feuer erwartete, wenn er nach Hause kam. Das hätte im 21. Jahrhundert lächerlich wirken müssen, wenn er nicht in Svenja eine Frau gefunden hätte, die sich seinem manipulativen Verhalten nicht entziehen konnte. Aus Gründen, die Lea völlig rätselhaft waren. Dass Svenja überhaupt arbeiten ging, war René ein echter Dorn im Auge, und es gab regelmäßig Streit deswegen, aber hier setzte Svenja sich durch. Sie war Marketingkauffrau und arbeitete zwanzig Stunden die Woche als zweite Teamassistentin in einer mittelständischen Marketingagentur. René machte sich regelmäßig über ihren Job lustig, am liebsten vor Publikum. Sicherlich würde sie keine glanzvolle Karriere machen, aber darum ging es auch gar nicht, nur verstand dieser Holzkopf das nicht. Er war überdies extrem eifersüchtig und machte seiner Frau ständig Szenen, bestand aber gleichzeitig darauf, dass sie, wenn er mit ihr ausging, ihre gute Figur »angemessen zur Geltung brachte«, wie er es nannte. Immer wenn sie an die Ritters dachte, fühlte Lea sich ein wenig erschöpft, ging dann aber sofort mit sich ins Gericht. Es war nicht fair von ihr, sich ein Urteil über die Ehe der beiden zu erlauben. Sie hatte eine so ehrliche Beziehung mit Mark gehabt – was wusste sie denn schon von den Problemen anderer Paare? Svenja war erwachsen, und irgendetwas musste sie an René finden, sonst könnte sie ihn ja auch verlassen. Vermutlich war das alles normal, und sie und Mark hatten nur großes Glück gehabt. Wie auch immer, sie hätte nicht so ein Leben führen können.

Lea gab Talisker ein Zeichen und ging mit ihm hinaus.

4

Glander schaute den unrasierten und übernächtigt wirkenden Mann hinter der Ladentheke so erstaunt an, als habe er sich verhört. »Der kostet wie viel?«

»280 Euro. Das ist eine seltene Abfüllung, dafür muss man schon ein bisschen tiefer in die Tasche greifen.«

»The World of Spirits« beherbergte ein erkleckliches Angebot an Spirituosen und war stadtweit vor allem für seine gute Auswahl an Malt Whiskys bekannt. Bezahlbar seien diese, hieß es, woran Glander gerade zweifelte. Er beschloss, dem Mann sein Anliegen zu erklären, vielleicht konnte der ihm ja weiterhelfen. »Schauen Sie mal, ich möchte einer Frau, die ich gerade erst kennengelernt habe und die am liebsten Speyside Malts trinkt, einen Whisky schenken. Sie mag sehr gerne den Balvenie Rumfass oder so ähnlich. Es soll was Spezielles sein und zeigen, dass ich mir Gedanken gemacht habe, darf aber auch nicht zu viel des Guten sein. Sie verstehen, was ich meine?«

Der Inhaber griente Glander ein wenig anzüglich an. Er hatte nur wenige weibliche Kunden und nur eine einzige, die regelmäßig bei ihm The Balvenie oder andere Abfüllungen aus der Region Speyside kaufte, auch in den höheren Preislagen. Berlin war zwar eine europäische Metropole, aber die Welt des Whiskys war hier doch eine überschaubare. Die Frau war sehr lange nicht in seinem Geschäft gewesen, und er beschloss, diesem traurigen Experten vor ihm unter die Arme zu greifen, für den Fall, dass es sich tatsächlich um diese Kundin handelte.

»Also, wenn die Lady gerne den Balvenie Rum *Cask* trinkt, empfehle ich aus derselben Region entweder den BenRiach Horizons für knapp fünfzig Euro oder den Macallan Masters Edition Fine Oak 2007 für einen Zehner mehr. Beide sind ein bisschen außergewöhnlich. Der BenRiach ist dreifach destilliert mit Finish in Oloroso-Sherry-Fässern. Der hat's mit fünfzig Prozent ganz ordentlich in sich, ist dafür aber überraschend mild, was der Dame vermutlich wichtig ist. Der Macallan hat ebenfalls ein Sherry-Fass gesehen und ist regelrecht samtig, sehr lecker und eine limitierte Abfüllung. Leichter auch, mit nur knapp 43 Prozent.«

Glander stand vor dem Besitzer des Spirituosenladens und war sich schlagartig darüber im Klaren, dass er nicht länger so tun musste, als verstünde er wirklich etwas von Whisky. Der Bladnoch war ein Geschenk gewesen, und der Zufall wollte es, dass er ihm richtig gut schmeckte. Bis dahin hatte es aber auch ein Jack Daniels getan. Schön auf dem Teppich bleiben, dachte er sich. »Wissen Sie, was, ich nehme beide und entscheide mich spontan, welchen ich ihr schenke.«

»Vielleicht kommt sie ja auch mal zu Ihnen, dann haben Sie was Ordentliches zum Anbieten ...« Der Mann nahm die beiden Flaschen und packte sie in eine

Papiertüte mit dem Aufdruck des Ladenlogos. »Sagen wir, glatt hundert Euro, dann mache ich heute zwei Menschen eine Freude.«

Glander schaute ihn ein wenig säuerlich an. »Jeden Tag eine gute Tat, was? Sehr löblich. Vielen Dank!«

»Aber gerne.«

Als sich die Tür hinter Glander schloss, fragte sich der Besitzer, ob dieser Vogel bei der Kundin wirklich eine Chance hatte.

Zum selben Zeitpunkt traf Lea mit Talisker auf Höhe des Eupener Wegs auf eine wildgestikulierende Gruppe von Nachbarn. Als sie sich der Gruppe näherte, winkte sie Herr Michalke schon zu sich heran. »Frau Storm, schön, dat Sie jrad vorbeikomm'! Et hat schon wieda een awischt.«

Lea traute ihren Ohren nicht. Noch ein Mord? Das konnte doch nicht sein! »Wen hat es erwischt, Herr Michalke?«, fragte sie vorsichtig.

»Na, den Kalli von die Renners.«

Frau Renner hatte rotgeweinte Augen, wie Lea jetzt bemerkte, und Herr Renner legte den Arm um sie. Kalli war der dauerkläffende Foxterrier der Renners, mit dem sie – zum Leidwesen aller Nachbarn mit einem etwas leichteren Schlaf – immer um Punkt halb sieben das erste Mal am Tag Gassi gingen. Freundliche Hinweise, dass man gerne auch mal ausschlafen würde, wenigstens an den Wochenenden, prallten an den Renners ab. Kalli war ihr Augenstern, im Winter bekam er eine Weste übergestreift, um sich nicht zu erkälten, und gefüttert wurde er mit einer Mischkost, die probiotischen, linksdrehenden Biojoghurt und Beerenmüsli enthielt und gleichermaßen teuer wie unsinnig war. Kalli hinterließ ungeniert Durchfallpfützen mitten auf dem Gehweg, was die Renners komplett ignorierten. Was sollte man da auch aufheben und in einen Beutel tun?

»Frau Renner, Herr Renner, das tut mir sehr leid. Was ist denn passiert?«

»Er wurde ermordet! Das war sicher der Hantschke. Oder die Krahmer. Die mit ihren Katzen, die hat unseren Kalli gehasst, nur weil er mal eins von ihren blasierten Biestern gepackt hat.«

Frau Renner schaute empört in die Runde, die ein bekräftigendes Gemurmel hören ließ. Neben den Renners standen Herr Michalke aus dem Dürener Weg 4, die Ehepaare Schulze und Rohde aus dem Dürener Weg 25 und 39, das Ehepaar Hartmann aus dem Stolberger Ring 39 sowie Carola Sabersky aus dem Dürener Weg 21. Die Saberskys wohnten neben Hantschke.

Fifi, die Pudeldame von Frau Michalke, mit der jetzt immer Herr Michalke unterwegs war, seit er vor einem halben Jahr in den Frühruhestand gegangen war, ließ sich gründlich von Bismut, dem Rüden undefinierbarer Herkunft der Hartmanns, beschnuppern. Die Hartmanns waren beide Chemiker, und ihr Hund Bismut hatte tatsächlich die leicht ins Rosa gehende weiße Färbung, die so typisch für dieses Element gleichen Namens war. Außerdem, so Herr Hartmann, zeichnete den Hund die gleiche schlechte Leitfähigkeit wie das Metall aus: Er zeigte sich generell eher desinteressiert an den Rufen seiner Besitzer, und waren sie ohne Leine unterwegs, konnte es oft Stunden dauern, bis er wiederauftauchte.

Horst, der Basset von den Saberskys, lag von allem unbeeindruckt im Schatten eines geparkten Autos. Carola Sabersky und ihr Mann Arne hatten vier Kinder, die alle extrem sportlich waren. Carola hetzte ständig hin und her, um sie zu diversen Trainingsorten zu fahren, nachdem sie sie von zwei verschiedenen Schulen eingesammelt hatte. Lea dachte wie immer, wenn sie Carola sah, an Berge von Wäsche, die dort täglich durch die Maschine laufen mussten. Alle Kinder spielten Hockey, dazu kam noch Tennis bei Nicole, der Mittleren, Fußball bei Marcel, dem Kleinen, und Baseball bei den Zwillingen Yannick und Noah, den Ältesten. Carola Sabersky hatte das Gemüt einer Holsteiner Stute und leider auch deren Statur, wie sie selbst sagte. Ohne diese beiden Eigenschaften würde sie vermutlich in der Klapse enden, betonte sie ebenfalls recht regelmäßig, bevor sie wieder mindestens fünf Einkaufstüten vom Auto ins Haus schleppte. Carola und Arne schliefen im ausgebauten Keller, damit die Kinder jeder ein Zimmer für sich im Obergeschoss hatten, die Zwillinge teilten sich das größte. Sie hatten eine zweite Garage angemietet, um ihre Sportgeräte und Kisten voller Kleidung, Bücher und Kinderspielzeug unterzubringen, die Carola seit Jahren sichten und ausrangieren wollte. Es konnte einem schwindlig werden, wenn man die sechs zusammen sah, aber die Sabersky-Kinder waren offen und freundlich und ausgesprochen hilfsbereit. Sie mähten Rasen bei einigen Nachbarn, wuschen deren Autos oder erledigten kleinere Besorgungen. Gut in der Schule waren die vier ebenfalls.

Frau Renner nahm Fahrt auf. »Wir sind gestern

Abend mit ihm wie üblich um zehn Uhr die letzte Runde Gassi gegangen. Da laufen wir immer in Richtung Supermarkt und dann durch die Eschweiler zurück. Als wir wieder in unsere Straße eingebogen sind, sahen wir den Hantschke am Straßenrand, er sah aus, als wartete er auf jemanden, und hat uns auch nicht gegrüßt. Da war mit Kalli noch alles in Ordnung, aber als wir dann zu Hause waren, fing er an zu würgen und sich zu erbrechen, und er hatte Schaum vorm Mund, und Blut kam ihm aus den Augen. Es war ganz furchtbar mitanzusehen ...« Wieder brach sie in Tränen aus.

An einer Vergiftung einzugehen war ein grausamer Tod für einen Hund, das wusste Lea. Um solche Köder auszulegen, musste man diese Tiere wirklich hassen und ein komplett mitleidsloser Mensch sein. Das war jetzt der fünfte Hund innerhalb von drei Monaten, der an Giftködern verendet war. Dagegen musste man wirklich etwas tun. »Frau Renner, haben Sie Anzeige erstattet?«

Die Renners schauten Lea erstaunt an. »Geht denn das, Frau Storm? So ein Hund interessiert doch bei der Polizei keinen.«

»Herr Renner, hier greift das Tierschutzgesetz.« Lea zitierte: »*Paragraph 17: Mit Freiheitsstrafe bis zu drei Jahren oder mit Geldstrafe wird bestraft, wer erstens ein Wirbeltier ohne vernünftigen Grund tötet oder zweitens einem Wirbeltier aus Rohheit erhebliche Schmerzen oder Leiden oder länger anhaltende oder sich wiederholende erhebliche Schmerzen oder Leiden zufügt.* Das heißt, auch wenn ein Hund den Anschlag überlebt, sollte man Anzeige erstatten, damit solche Hundehasser auch bestraft werden können. Die Polizei nimmt solche Fälle recht ernst, denn schließlich kann so ein Giftköder auch in die Hände von kleinen Kindern gelangen, oder es kommen Tiere um, die unter Artenschutz stehen.«

Carola Sabersky warf ein: »Da gab es doch so eine Serie im April, dreißig vergiftete Hunde in der Innenstadt, und einer ist gestorben. Stand in der Zeitung.«

Dass die Frau bei ihrem täglichen Programm noch zum Zeitunglesen kam, war in Leas Augen eine logistische Meisterleistung. »Ja, ich habe davon gehört, denke aber nicht, dass es sich hier bei uns um denselben Irren handelt. Ich kann Ihnen nur raten, Ihre Hunde bis auf weiteres an die Leine zu nehmen oder ihnen einen Maulkorb anzulegen. So können die Tiere nichts fressen, was irgendwo herumliegt. Bleiben Sie alle aufmerksam, und gehen Sie beim ersten Anzeichen von Übelkeit oder anderen Symptomen direkt zum Tierarzt! Rattengift wirkt erst nach drei Tagen, es ist also wirklich besser, die Hunde gar nicht erst etwas fressen zu lassen, was nicht von Ihnen kommt.«

Michalke nickte anerkennend. »Mönsch, Sie sind aber juht informiat!«

»Herr Michalke, schauen Sie sich meinen Hund an! Was meinen Sie, was ich mir schon alles anhören musste? Dass er an die Leine gehöre und es asozial sei, überhaupt so einen großen Hund zu haben, und andere, weniger nette Kommentare. Früher habe ich noch versucht, die Leute davon zu überzeugen, dass er aufs Wort pariert. Manche haben aber auch einfach Angst vor Hunden, und andere sind – oft zu Recht – von rücksichtslosen Hundebesitzern genervt. Da kann man dann argumentieren bis zum Umfallen.«

Die Runde nickte zustimmend. Von Horst waren leise Schnarchgeräusche zu vernehmen.

Lea fügte hinzu: »Vielleicht sagen Sie auch den anderen Hundebesitzern Bescheid, dass sie unbedingt aufpassen sollen. Ich muss weiter, ich krieg nachher Besuch. Einen schönen Tag noch!«

Die Nachbarn verabschiedeten sich von Lea. Carola Sabersky riss Horst aus dem Schlaf und zog ihn hinter sich her. »Lea, warte mal kurz!« Sie holte Lea ein und lief neben ihr her. »Sag mal, war die Polizei auch bei dir? Die standen heute Vormittag vor meiner Tür und haben mich lauter Sachen über den Hantschke gefragt. Ob der Damenbesuch hatte und so was. Ich kann das gar nicht glauben, dass der tot sein soll.«

Lea nickte. »Glaub es, der ist tot! Hatte er denn Damenbesuch?«

»Nee, nie. Bis auf gestern Abend. Ich bin sicher, dass da 'ne Frau bei ihm war. Arne und ich haben uns fast totgelacht, als wir ihn nebenan hörten. War aber auch schnell vorbei.« Sie schlug sich die Hand vor den Mund. »Mensch, das ist so pietätlos von mir. War jedenfalls irgendwie komisch, aber wir haben ferngesehen und dann nichts mehr gehört.«

»Weißt du noch, wann das war?« Leas Neugier war geweckt. So einen Leichenfund machte man schließlich nicht alle Tage, da durfte man sich ja wohl ein bisschen für die Ermittlungen interessieren.

»Gegen Mitternacht. Da lief erst *The Closer* und danach *Crossing Jordan*. Dabei haben wir ihn kurz gehört, dann war Ruhe. Ich hab noch meinen heißen Kakao getrunken und bin ziemlich schnell eingeschlafen.«

Das hieß also, dass Hantschke um Mitternacht noch gelebt hatte und zwischen Mitternacht und drei Uhr morgens umgebracht worden sein musste. Sie hatte ihn um halb vier gefunden. Aber zwei Morde begehen, Leichen herumschleifen und dann die Szene so arrangieren – das war nicht in einer Viertelstunde erledigt, nahm Lea zumindest an. Es war niemand in der Nähe gewesen, als sie und Talisker bei den Toten aufgetaucht waren, daran hatte sie keinen Zweifel. »Hat der Hantschke mal irgendwas von viel Geld erzählt, das er bald hätte?«

»Und ob! Seit einer Woche, immer wenn ich ihm vorm Haus begegnet bin. Ich hab den ja quatschen lassen und nie so richtig zugehört. Er redete von einer Stange Geld und davon, dass er bald ›aus diesem Getto‹ rauskäme und wir gut dran täten, uns auch vom Acker zu machen.«

Sie waren auf Höhe von Carolas Zeile angekommen. »Ich hoffe, ihr kriegt jetzt nettere Nachbarn, Carola. Muss weiter, Svenja kommt gleich noch rum.«

»Wenn sie das Haus überhaupt verkauft kriegen, vielleicht ist er ja sogar da drin umgebracht worden. Grüß Svenja von mir! Vielleicht können wir bald alle mal wieder tuppern, frag sie doch mal!«

Nicht so dringend, dachte Lea und winkte ihrer Nachbarin hinterher, als diese die Straße überquerte.

Leas Handy meldete sich mit *Stand and Deliver* von Adam and the Ants, als sie vor ihrer Haustür stand. Sie erkannte keine Nummer und war prompt genervt, denn auf Superneuigkeiten von ihrem Provider, exklusiv für sie, hatte sie rein gar keine Lust. Lea nahm das Gespräch entsprechend kurz angebunden an. »Storm.«

»Martin Glander. Hallo! Frau Storm, hätten Sie heute Abend Zeit für mich? Ich habe noch ein paar Fragen.«

»Herr Glander, hallo. Entschuldigen Sie, ich dachte, Sie sind so ein Typ vom Callcenter, der mir auf die Nerven gehen will. Aber haben nicht Ihre Kollegen hier in Berlin den Fall übernommen?«

Scheiße, aufgeflogen!, dachte Glander, entgegnete jedoch mit fester Stimme: »Schon, aber die wollen ja trotzdem einen Bericht von mir. Und um den ordentlich abzuschließen, fehlen mir noch ein paar Details. Je eher ich die kläre, desto schneller habe ich den Papierkram vom Hals.« Glander verdrehte die Augen, das hatte sicherlich nicht sehr überzeugend geklungen. So dämlich hatte er sich wirklich noch nie angestellt.

Lea am anderen Ende der Leitung stand vor dem Spiegel in ihrem Flur und zog ebenfalls ein Gesicht. Der Balvenie würde wohl noch länger warten müssen. »Klar, kann ich verstehen. Wann wollten Sie denn vorbeikommen?«

»Wäre Ihnen halb acht recht?«

»Ja, das ist okay. Essen Sie Steak?«

»Sie müssen sich keine Mühe machen, Frau Storm ...«

»Herr Glander, ich esse heute Abend Steak und Salat, und zwar so gegen halb acht. Wenn Sie also um diese Zeit vorbeikommen, essen Sie ruhig mit, ich koche ohnehin immer noch zu viel, seitdem ...« Lea ließ den Satz in der Luft hängen.

»Dann esse ich gerne mit Ihnen, Frau Storm. Bis um halb acht dann! Wiederhören.«

Das war erheblich besser ausgegangen, als er erwartet hatte. Glander schaute die beiden Malt-Flaschen vor sich auf dem Tisch an und grübelte über ein paar Fragen, die er Lea Storm stellen konnte, um seinen Besuch zu rechtfertigen.

Kurz nach fünf klingelte Svenja Ritter bei Lea. Die Disteln vor dem Küchenfenster leuchteten in einem kräftigen Blaulila. Lea hatte es wirklich schön hier am Ende der Straße mit dem Doppelhaus, dem großen Wintergarten, der sich an der Außenseite um das Haus zog, und der edlen Backsteinfassade. Ein wenig neidvoll schaute Leas Nachbarin auf das Pflaster vor dem Haus und hoffte, sie würden sich auf die Terrasse setzen. Dann würde Leas Standpauke wenigstens nicht so laut ausfallen, denn Svenja war sich sicher, dass sie dieses Mal eine zu hören bekommen würde. Aber mit irgendjemandem musste sie dringend reden, und Lea war eben in der Nähe. Sie sah die Silhouette ihrer Freundin auf die Haustür zukommen.

»Hi Svenja, komm rein!« Lea trug ein schlichtes schwarzes Etuikleid aus Leinen mit U-Boot-Ausschnitt, der einzige Schmuck war ihr silberner Ehering am linken Ringfinger.

Svenja musste einmal mehr Leas Stil anerkennen, er passte zu ihr. Sie selbst hatte dauernd etwas an sich auszusetzen. »Lea, du siehst toll aus! Hast du noch was vor heute?«

Lea schüttelte den Kopf. Es war so typisch für Svenja, dass sie das heutige Datum nicht im Kopf hatte. Der war immer randvoll mit ihren eigenen Problemen. Sei nicht so blöd!, schalt Lea sich dann, sie hat es ja auch nicht leicht. Der gehässigere Teil ihres Innenlebens warf jedoch ein, dass Svenja erwachsen war und ihre unglückliche Ehe jederzeit beenden konnte, sich aber wohl in ihrer Leidensrolle auch ganz gut gefiel. Lea ignorierte ihn. »Ja, ich bin für den Abend verabredet mit meinem Balvenie.«

Svenja schlug sich die Hand vor die Stirn. »Mensch, Lea, es tut mir leid! Heute ist der erste Todestag von Mark, und ich dumme Kuh hab das total verpeilt. Du, ich komm einfach morgen rum, okay?«

»Nee, lass mal, komm ruhig rein! Aber deine Gummibärchen musst du alleine essen, ich mach nachher noch Abendbrot.«

Svenja hatte immer Gummibärchen dabei, wenn sie über ein Problem sprechen wollte. Kein Fett.

Lea grinste ihre Freundin an, die an der Tüte herumnestelte. »Was hat dein Ritter denn jetzt wieder verbockt? Drinnen oder draußen?«

»Sind die Runen nebenan?«

Die Runen, Gudrun und Sigrun Lehmann, manchmal auch die Lehmann-Sisters genannt, da die eine Bankerin und die andere Maklerin war, konnten als angenehme Nachbarinnen bezeichnet werden, wenn man sich nicht an ihrer Nachlässigkeit störte. Sie arbeiteten beide viel und gerne und besaßen zwei Pferde, die in einem Brandenburger Stall untergebracht waren. Da sie die Tiere jeden Abend noch versorgten, waren sie selten vor zehn Uhr daheim. Dieses Hobby ließ ihnen offensichtlich wenig bis gar keine Zeit, sich um Haus und Garten zu kümmern. In der hinteren Gartenhälfte gab es eine alte Badewanne, die kaputte Töpfe und andere beschädigte Keramik beherbergte. Sie war umringt von verrottenden Holzbodenplanken, Kunststoffdeckenpaneelen und Stühlen, denen mindestens ein Bein oder die Rückenlehne fehlten. Der Blick aus den oberen Fenstern von Leas Haus auf diese Installation bot genug Kunstgenuss, und so hatte Lea bei der Neugestaltung ihres Garten eine dichte Hecke von Glanzmispeln gepflanzt, die jetzt stolze drei Meter Höhe maß und im Sommer von weißen Blüten durchzogen war.

»Nein, die sind sicher noch bei ihren Pferden, wir können ruhig auf die Terrasse.«

»Schön, das Wetter ist so toll.«

Auf der Terrasse stand eine Karaffe mit eisgekühltem Wasser, und obwohl Svenja lieber einen Sekt getrunken hätte, schenkte sie sich ein Glas ein. Früher hatte es bei Mark und Lea immer reichlich Wein und Crémant gegeben, aber Lea hatte für die Trauerfeier alle Flaschen aus dem Keller geholt, und die übriggebliebenen hatte sie den Gästen bei der Verabschiedung in die Hand gedrückt. Einige Freunde waren mit wirklich teuren Weinen heimgegangen, und Lea hatte seitdem keine neuen mehr gekauft. Bei ihr gab es nur noch Whisky, und den fand Svenja ganz scheußlich. Whisky war ja auch ein Männergetränk, aber was sollte man machen, das war eben Leas Macke.

Lea legte ihre gebräunten Beine auf den Hocker vor ihrem Stuhl und sah Svenja fragend an. »Also, was ist los?«

Svenja blickte auf ihre makellos gepflegten Hände, öffnete die Gummibärchentüte und nahm sich eine Handvoll heraus.

Es fällt ihr nicht leicht, dachte Lea, da muss der Vollpfosten sich ja unfassbar danebenbenommen haben.

Leise sagte Svenja: »René liest seit einem halben Jahr meine E-Mails.«

Lea nahm die Beine vom Hocker und setzte sich gerade hin.

Svenja sah ihre Freundin an und wandte dann den Blick ab.

Lea entgegnete leise: »Er macht was?«

»Er liest meine Mails. Scheiße! Seit einem halben Jahr. Gestern hat er sich verquatscht und was erwähnt, was er nur aus 'ner Mail wissen konnte. Und weißt du, was er gesagt hat, als ich ihn zur Rede gestellt habe?«

Svenjas Imitation ihres Mannes war normalerweise immer ein Anlass zu großer Heiterkeit, aber dieses Mal war Lea nicht zum Lachen zumute.

»Wenn du zu bescheuert bist, deinen Account zu sichern, lädst du mich ja förmlich dazu ein, deine Mails zu lesen. Dein Account ist jeden Abend geöffnet, dass ich dann auch mal reingucke, ist doch wohl klar.«

»Das hat er nicht gesagt!« Lea war sprachlos. Das schlug alles, was René sich bisher geleistet hatte. Sie war ehrlich empört.

»Doch, hat er. Dann hat er blöd gegrinst und wollte mich in den Arm nehmen und ... na, du weißt schon. Eh, der spinnt doch wohl!«

»Svenja, mit ›spinnen‹ kann man das nicht abtun. Du weißt, ich hab mich mit Kommentaren über René immer zurückgehalten, aber damit geht er jetzt wirklich zu weit. Das kannst du ihm nicht durchgehen lassen! Das ist ekelhaft.« Sie zögerte und fragte ihre Freundin dann vorsichtig: »Hat er irgendwas gelesen, das er besser nicht hätte lesen sollen?«

Svenja hatte sich auf dem letzten Firmensommerfest ein bisschen betrunken und einen Flirt mit einem zehn Jahre jüngeren Kollegen aus der IT-Abteilung angefangen. Bis jetzt war nichts passiert, aber wie lange das noch so bleiben würde, wusste nur der Äther.

Svenja war sofort klar, was Lea meinte. »Nee, das läuft nur im Büro, ich bin ja nicht blöd! René ist doch so schon eifersüchtig genug, wenn der davon wüsste, würde er durchdrehen.«

»Svenja, du musst da echt was tun! Das ist so widerwärtig – wie der Typ in der vollen U-Bahn, der das Gedränge ausnutzt, um dich zu betatschen, und du kannst dich nicht wehren. Das geht gar nicht!«

»Ich weiß ja, aber was soll ich denn machen?«

Da war sie wieder, die ewig gleiche Frage nach jeder von Renés Missetaten. Lea fiel eine ganze Reihe möglicher Reaktionen ein, angefangen vom Kauf eines eigenen Laptops, der passwortgesichert war, endend mit einer ausgedehnten Psychotherapie für diesen selbstgefälligen Schwachmaten. Aber sie hatte keine Lust, dieses Thema weiter zu besprechen. Sie würde gute Ratschläge geben und sich Svenjas Gejammer noch eine weitere halbe Stunde anhören, während die Freundin die Gummibärchen aufaß. Dann würde Svenja gehen und rein gar nichts tun. Lea verstand sie nicht, und heute war sie es leid, so zu tun, als ob. Sie sah ihre Freundin an und sagte dann ruhig: »Svenja, es tut mir leid, aber ich kann das jetzt nicht länger mit dir bereden. Nicht heute. Wenn du meinen Rat willst: Verlass ihn! Der Typ ist einfach nicht gut für dich. Und nicht gut für irgendeine andere Frau. Mehr kann ich dazu nicht sagen.«

Svenja schaute sie überrascht an und entgegnete dann mit einem recht beleidigten Unterton: »Du weißt, dass ich das nicht kann. Was soll ich denn machen? Wo soll ich hin? Wovon soll ich leben?«

Lea wurde ärgerlich. »Nee, Svenja, ich will das jetzt nicht länger diskutieren. Du kannst mehr arbeiten gehen und dein eigenes Geld verdienen, du musst dir so einen Dreck nicht bieten lassen. So einfach ist das. Und jetzt muss ich mich ums Abendessen kümmern.« Damit stand Lea auf und ging ins Haus.

Talisker lag in seiner Deckenecke. Er hob den Kopf und schaute ihr nach.

Svenja folgte ihr in die Küche und verabschiedete sich dann, konnte aber ihre Neugier nicht zügeln. »Es tut mir Leid, Lea, das war heute kein guter Tag, um dich mit so was vollzuquatschen. Was machst du denn heute noch?«

Bevor Lea ihr eine Antwort geben konnte, hatte Svenja die Uhrzeit auf der Küchenuhr gesehen und einen kleinen Schrei ausgestoßen. »Huch, schon so spät! Ich muss die blöden Happen noch machen und mich umziehen. Ich geh dann mal besser. Tschüs, Lea!«

Die rupfte die Stiele des Rucola ab, den sie vorher gewaschen hatte, und drehte die Lautstärke ihrer Anlage höher.

5

Glander parkte seinen Audi A4 hinter einem BMW 3er Touring kurz vor Lea Storms Zeile. Er hatte sich für den BenRiach entschieden, einfach weil der Name für ihn außergewöhnlicher klang. Glander war nervös, und das war ein Gefühl, das er ganz und gar nicht mochte. Mann, er war über vierzig! Und obwohl er länger nichts mit einer Frau gehabt hatte, war er sich seiner Wirkung auf das weibliche Geschlecht sehr wohl bewusst.

Er hörte die Musik aus Lea Storms Küche schon am Anfang der kurzen Häuserzeile und schmunzelte beim Weitergehen. Für einen Moment blieb er stehen, um zu lauschen. Es war eine Live-Aufnahme, ein Mann sang sich die Seele aus dem Leib, begleitet von einer Gitarre: Glen Hansard. Glander erkannte den irischen Sänger und Songschreiber sofort. Dann hörte er die Stimme von Lea Storm. Sie sang das nächste Lied mit, das zu seinen Favoriten gehörte: *White Trash Beautiful* von Everlast. Die Frau sang gar nicht mal schlecht und war bemerkenswert textsicher.

Glander war nicht überrascht. Lea Storm, voller Name Penthesilea Storm, geborene Holtmann. Geburtsdatum: 9. Mai 1968. Eltern: Friederike Holtmann und Gordon Mackay, er gebürtiger Schotte mit einem Lehrstuhl für Geschichte an der FU, sie Psychologin mit eigener Praxis, beide 1981 bei einem Autounfall verstorben. Nach dem Tod der Eltern erhielt Leas Tante Patricia, die Schwester des Vaters, das Sorgerecht. Sie ging mit Lea ins schottische Stirling, wo sie an der Universität Englische Literatur lehrte und mit Lea die folgenden Jahre verbrachte. Lea Holtmann machte ihren Abschluss in den Sprachen Deutsch und Englisch im Jahr '91 und schloss eine Ausbildung zur Simultandolmetscherin ab. Sie begann ihre Tätigkeit in London mit kleinen Aufträgen aus der Wirtschaft. Im Jahr '92 hatte sie Mark Anthony Storm kennengelernt, einen Architekten aus Berlin, und war mit ihm in die deutsche Hauptstadt heimgekehrt, wo sie regelmäßig von verschiedenen Ministerien bei Besuchen ausländischer Delegationen eingesetzt wurde. Gelegentlich begleitete sie auch deutsche Gesandte nach Großbritannien. Geburt des Sohnes Duncan ein Jahr darauf, im September 1993, Heirat am 21. Dezember 1994, verwitwet am 18. Juli 2011. Seitdem nahm sie eine Auszeit. Ihre Eltern waren nicht verheiratet gewesen, was bei dieser Generation recht ungewöhnlich war. Vielleicht erklärte das, warum sie Glander nicht so wie die meisten anderen Frauen erschien, die er kennenlernte. Sie war das Kind freigeistiger Akademiker, zweisprachig und erfolgreich in ihrem Beruf, wie ihm die durchweg erstklassigen Referenzen verrieten. Glander war ein wenig unsicher geworden, als er ihre Vita heute Morgen auf dem Bildschirm gelesen hatte. Sie las Kafka, er den *Kicker*.

Er blickte durchs Küchenfenster und sah Lea Storm dabei zu, wie sie zu dem Lied durch die Küche tanzte und kurz ein Dressing abschmeckte. Wieder vor dem Fenster, hob sie den Kopf und sah ihm direkt in die Augen. Er hatte das Gefühl, als änderte sein Herz schlagartig den Takt, von Everlast auf Underworld, und dann lächelte sie ihn an. Purer Bob Marley!

Lea fragte sich, wie lange der Hauptkommissar wohl schon vor ihrem Küchenfenster stand. Ob er sie mitsingen gehört hatte? Sie wischte sich die Hände an einem Küchenhandtuch ab und ging ihm die Tür öffnen. Talisker, der quer im Flur lag, spitzte die Ohren, ohne sich weiter zu rühren.

»Hallo, Herr Glander, kommen Sie rein! Ich bin noch in der Küche. Vorsicht, fallen Sie nicht über mein Mondkalb!«

»Guten Abend, Frau Storm! Ich ... Hier, den hab ich Ihnen mitgebracht.« Grundgütiger, jeder fünfzehnjährige Pennäler war souveräner als er, dachte Glander, als er ihr den Whisky überreichte.

»Der BenRiach Horizons! Den wollte ich schon lange mal probieren. Was für eine großartige Idee! Ich danke Ihnen.«

Keine Höflichkeitsfloskeln wie »Das wäre doch nicht nötig gewesen!«. Das gefiel Glander. Er machte einen Schritt, einen sehr großen Schritt, über den Hund und folgte ihr in die Küche. Lea Storm schwenkte einen grünen Salat mit halbierten Kirschtomaten, es roch nach Gesottenem, und sein Magen knurrte hörbar. »Verzeihung, ich habe seit heute Morgen nichts mehr gegessen ...«

»Na, dann passt das Timing ja prima, die Steaks

müssten fertig sein.« Lea öffnete den Ofen und holte zwei Alufolienpakete heraus, die sie an der Seite einritzte und aus denen sie dann den austretenden Bratensaft in die Spüle tropfen ließ. »Es ist schade um den Saft, der geht sonst in eine Soße. Ich hab jetzt einfach angenommen, dass Sie Ihr Steak medium essen. Meins ist immer außen schwarz und innen komplett durch, ich kann kein Blut auf meinem Teller sehen.«

»Medium ist perfekt. Kann ich was helfen?«

»Sie könnten den Salat auf die Terrasse bringen – oder essen Sie lieber drinnen?« Sie blickte ihn fragend an.

»Nein, nein, draußen ist mir lieber, es ist ein viel zu schöner Abend, um drinnen zu bleiben.« Dabei fiel ihm durchaus etwas ein, das er gern mit ihr *im* Haus gemacht hätte, so, wie sie in ihrem kleinen Schwarzen vor ihm stand. Er spürte, wie er ein wenig rot wurde.

Lea Storm hatte sich glücklicherweise wieder den Steaks zugewandt. Ihm den Rücken zugekehrt, sagte sie: »Dann einfach durchs Wohnzimmer, die Tür ist offen, und der Tisch ist schon gedeckt.« Sie drehte sich wieder um. »Oje, ich habe gar kein Bier oder Wein im Haus, daran habe ich nicht gedacht!«

»Was trinken Sie denn? Da schließe ich mich einfach an.«

»Nur Wasser. Whisky ist mein einziges Laster.«

Glander nickte lächelnd. »Wasser zum Essen ist total in Ordnung, trinke ich oft.« Er nahm die Salatschüssel, stieg wieder über ihren Hund und ging hinaus auf die Terrasse.

Lea fluchte wie jedes Mal, wenn sie sich wieder an

der heißen Alufolie die Finger verbrannte. Sie betrachtete das zweite, größere Stück Fleisch, das sie ganz automatisch gekauft hatte. Es war gut, heute nicht alleine zu essen. Sie freute sich über Glanders Gesellschaft, auch wenn er irgendwie komisch drauf war. Er hatte etwas sehr Angenehmes an sich, sie konnte es jedoch nicht so recht einordnen. Seine blauen Augen und die Fältchen in seinen Augenwinkeln gefielen ihr. Er war unrasiert, und auch das fand sie zu ihrer Verwunderung ungemein reizvoll. Es war lange her, dass sie solche Gedanken gehabt hatte.

»*Up, Tally!* Komm, mach mal Platz, Großer!« Sie nahm die beiden Teller und folgte Glander auf die Terrasse hinaus.

Er stand auf, als sie an den Tisch kam und die Teller abstellte, was sie mit einem Lächeln zur Kenntnis nahm.

»Guten Appetit! Vorsicht, die Teller sind heiß!«

Das Fleisch war sehr gut, ganz leicht gewürzt und weich wie Butter. Den Salat verfeinerte ein Dressing aus süßem Senf und Himbeeressig.

»Das schmeckt hervorragend, Frau Storm!«

»Erlauben die Vorschriften, dass Sie Lea zu mir sagen?«

»Da ich eigentlich gar keinen Dienst habe, sehe ich kein Problem. Ich bin Martin.«

»Woher kommen Sie? Ich meine, ein bisschen Norddeutsch bei Ihnen rauszuhören.«

»Da hören Sie richtig. Meine Familie stammt aus Eckernförde. Mein Vater hat aber viel Zeit auf Montage in Berlin verbracht und die ganze Familie dann Anfang der Siebziger hierher verfrachtet. Die Sommer meiner Kindheit habe ich größtenteils bei meinen Großeltern an der Küste verbracht, dann bin ich irgendwann bei der Kripo in Berlin gelandet. Jetzt arbeite ich allerdings seit einem Jahr in Brandenburg.«

»Und? Wie finden Sie es dort?«

»Mir fehlt das Meer. Sonst finde ich nicht viel, ich arbeite.«

»Unternehmen Sie gar nichts?«

»Nicht sehr viel, ehrlich gesagt. Ich treibe ein bisschen Sport, und alle paar Wochen besuche ich meine Schwester und ihre Familie hier in Teltow, so wie jetzt gerade. Ich wohne eigentlich in Eberswalde. Da ist der Sitz des Brandenburger LKA.«

Glander wand sich innerlich. Was musste sie von ihm denken? Aber er hatte sein Privatleben nach der Sache mit Jessica tatsächlich ziemlich vernachlässigt und sich nach der Versetzung nur noch auf die Arbeit konzentriert.

»Von Berlin nach Eberswalde – das ist sicher eine Herausforderung. Wie sind Sie denn überhaupt dort gelandet?«

Sie grinste ihn an. Dabei kräuselte sich ihre Nasenwurzel, was Glander irgendwie rührend fand. Wie sich wohl ihre Haut anfühlte? Aber er sollte sich vielleicht lieber auf ihre Frage konzentrieren. Er hielt eine ehrliche Antwort für das Beste. »Mit Eberswalde wollte man mir einen Dämpfer verpassen. Ich hatte mich mit einem Kollegen geschlagen.«

Er machte eine kurze Pause, um vom Steak zu essen. Ihr fragender Blick war ihm nicht entgangen. »Es ist tatsächlich erheblich schöner dort, als ich dachte. Kloster Chorin, das Schiffshebewerk Niederfinow, im Norden die Schorfheide mit viel unberührter Natur, im Süden der Zoo ... Ich habe aber viel zu wenig Zeit, die Stadt so richtig kennenzulernen. Immerhin habe ich den Kiosk meines Vertrauens gefunden, der mich morgens eine Querstraße weiter mit Kaffee und Brötchen versorgt.«

Sie schwiegen eine Weile, während sie aßen. Jede andere Frau hätte jetzt nachgebohrt, das wusste Glander, und er war beeindruckt von ihrer Zurückhaltung. Gleichzeitig hoffte er, dass das kein Zeichen von Desinteresse war. Talisker kam aus dem Wohnzimmer getrottet und ließ sich neben Glander fallen. Der guckte erst den Hund, dann Lea erstaunt an.

»Keine Sorge, der will nur dösen.« Lea lächelte. »Hunde haben ein gutes Gespür für Menschen, wenn man es ihnen nicht abgewöhnt. Talisker ist eine Art Sympathie-Detektor. Sie müssen ein netter Mensch sein.«

»Der Todesstoß für jeden Mann: nett.«

»Nein, so meine ich das nicht, ich meine das ganz ehrlich. Dabei hab ich erst gedacht, Sie sind stoffelig. Wie ein Schläger kamen Sie mir allerdings nicht vor.«

Subtil nachgefasst, sie war also doch neugierig. Lea Storm gefiel ihm immer mehr. »Die Schlägerei war ein Aussetzer. Glauben Sie mir, mein Partner hatte es verdient! Meine Schwester sagt, ich sei ein Muffel, hält mir aber zugute, dass ich morgens nie schlecht gelaunt bin. Ich wache als Optimist auf, mit gespannter Vorfreude auf den Tag, und gehe dann achtzehn Stunden später als Muffel wieder ins Bett. Der Kripo-Zyklus.« Mit einem Seitenblick auf Talisker fügte er hinzu: »Aber ich fühle mich geehrt. Und bin sehr erleichtert, denn ich würde Ihrem Hund nicht gegenüberstehen wollen, wenn er mich nicht mag.«

Nachdem sie beide mit dem Essen fertig waren, half Glander Lea, das Geschirr in die Küche zu tragen. Wieder im Wohnzimmer, blieb er vor dem Sideboard stehen, das am Treppenvorsprung stand und auf dem rund zwanzig gerahmte Fotos aufgereiht waren. Alle zeigten Lea und ihren Mann, auf den meisten war noch ein Kind an ihrer Seite. Die Aufnahmen waren nicht in Berlin gemacht, sie zeigten verschiedene Sehenswürdigkeiten, einige erkannte er, andere nicht. Glander war fasziniert von den Bildern, sie waren nicht geordnet, und trotzdem wurde das Motiv des gemeinsamen Älterwerdens ganz deutlich. Wie das des Zusammen-Wachsens. Lea trat neben ihn.

»Das sind sehr schöne Fotos«, bemerkte Glander mit gedämpfter Stimme.

»Wir haben jedes Jahr im Sommerurlaub eines gemacht. Und wir sind ganz schön rumgekommen, wenn ich mir das so ansehe. Dieses Jahr bleibe ich zu Hause. Wie schon im letzten.«

»Es tut mir sehr leid, Lea.«

Glander kam sich vor wie ein Idiot. Was hatte er sich nur dabei gedacht, sich einfach so bei dieser Frau einzuladen? Ein Blinder mit Krückstock konnte erkennen, dass sie weit weg war von anderen Männern. Sie schien ihm sogar weit weg von anderen Menschen überhaupt. Wieder kam ihm der Gedanke, dass sie womöglich Valium oder ein ähnliches Mittel nahm.

Sie brach abrupt das Schweigen. »Kommen Sie, Herr Kommissar, begleiten Sie mich nach Speyside! Ich hatte eigentlich vor, die Flasche heute Abend alleine zu leeren, aber The Balvenie verdient Besseres.« Sie ging hinüber zu der Traube Flaschen, fischte eine mit der linken Hand heraus, nahm zwei Gläser in die rechte und winkte ihm zu, ihr wieder auf die Terrasse zu folgen.

In dem Reihenmittelhaus im Dürener Weg, nicht weit von Lea und Glander, strich der Mann einen weiteren Namen aus. Es lief wirklich gut, viel besser, als er es sich vorgestellt hatte. Der Mann lächelte zufrieden und legte die Liste zurück in den Schreibtisch. Er klappte seinen Laptop auf und schaute den dritten Teil von *Berlin – Tag und Nacht* vom Vorabend im Internet.

6

Das spontane Tasting wurde ein recht ausgiebiges. Der Balvenie blieb stehen, stattdessen probierten Lea und Glander einen Glenfiddich aus der Malt Masters Edition, einen 25 Jahre alten Glenfarclas und einen 17 Jahre alten Mortlach. Danach beschloss Lea, dass es Zeit für einen Abstecher in die Lowlands zu dem 10 Jahre alten Bladnoch war, und bot Glander das Du an. Zum Abschluss tranken sie einen Aberlour A'Bunadh, unfassbar mild und weich bei einem Alkoholgehalt von fast 61 Prozent.

Glander war begeistert: von den Whiskys, der Unterhaltung, der Musik und nicht zuletzt von Lea selbst. Sie schien sich ebenfalls wohl zu fühlen und bot einen Fundus an Anekdoten rund um ihre Malts. Wie die der Aberlour Destille, die ihre Whiskys mit Wasser aus dem Brunnen des Heiligen Drostan braute, der damit im sechsten Jahrhundert Kelten getauft hatte. Oder die Geschichte über den Whisky-Ort schlechthin: Dufftown. *Rome was built on seven hills, Dufftown stands round seven stills,* so ging das geflügelte Wort über das kleine Dorf in Speyside, das für seine Destillen berühmt war. Der Ort hatte früher Balvenie geheißen, und so stand dort auch die Ruine des Balvenie Castle, einer der Burgen, die für die Stuarts eine wichtige Rolle gespielt hatten. Im dreizehnten Jahrhundert residierte dort Edward I., im sechzehnten Jahrhundert Mary, Queen of Scots, deren Geschichten hinlänglich bekannt waren. Weniger geläufig war dagegen die Geschichte von James Graham, dem ersten und einflussreichen Marquess of Montrose, der sich in der ersten Hälfte des siebzehnten Jahrhunderts dort aufhielt. Als glühender Anhänger des englischen Königs Charles I. kämpfte der Marquess von 1644 bis 1649 im Englischen Bürgerkrieg in Schottland für die königliche Seite. James Graham war aber nicht nur Soldat gewesen, sondern auch Dichter, wie Lea weiter ausführte. Von ihm stammte unter anderem das berühmte Zitat über die Angst, mit der sich der britische Feldmarschall Montgomery am Vorabend des D-Day an seine Truppe wandte: *He either fears his fate too much / Or his deserts are small / That puts it not unto the touch / To win or lose it all.* Glander hätte der Frau ewig zuhören können ...

Gegen ein Uhr ließ er sein Auto stehen, und Lea begleitete ihn mit Talisker in Richtung seiner Schwester. Sie gingen nicht über den Mauerweg, sondern liefen die Hannemannstraße entlang. An der Brückendurchfahrt verabschiedete sich Lea von ihm mit einem Kuss auf die Wange. Für einen Moment war er schwer versucht, sie in die Arme zu nehmen und richtig zu küssen, entschied sich aber dagegen.

Glander schlief unruhig in dieser Nacht.

Lea wurde am nächsten Morgen von Taliskers nasser Hundeschnauze geweckt. »*Get off, Tally!* Das ist ja ekelhaft!«

Sie setzte sich im Bett auf und schaute ihren Hund an, während sie eine innere Bestandsaufnahme machte. Kopfschmerzen: keine. Übelkeit: keine. Müdigkeit: wenig. Sie hatte sechs Stunden geschlafen, es war zehn vor acht, und sie hatte nicht einmal einen schlechten Geschmack im Mund. *The water of life.* Die alten Schotten wussten einfach, was sie taten. Beim Gedanken an den vorangegangenen Abend lächelte Lea Talisker an. »Das war richtig nett gestern.« Dann imitierte sie Glander: »Der Todesstoß für jeden Mann: nett. Ach Tally, so einen Abend habe ich ja nun gar nicht erwartet. Und ich habe ewig nicht mehr so viel geredet, fürchte ich. Der muss denken, ich bin die absolute Labertasche. Du willst raus, was? Na komm, Großer, drehen wir eine Runde vor dem Frühstück und holen Brötchen.«

Lea schlüpfte in ihre Nike Air Capris, zog ein T-Shirt über ihren Sport-BH und packte die übliche Pooperscooper-Ausrüstung, bestehend aus Schippe und Tüten, sowie Geld, Handy und Schlüssel in einen kleinen Rucksack. Sie putzte ihre Zähne, trank einen Schluck Wasser, und dann liefen sie los: am Teltowkanal entlang bis zu dem kleinen Weg, der durch die Schrebergartenkolonie führte, durch den Engadiner Weg bis ins Schweizer Viertel. Sie kaufte einige Vollkornbrötchen im Bioladen und nahm noch ein Paket Kichererbsen mit.

Als sie wieder am Kanal waren, klingelte ein Radfahrer hinter ihnen. Lea gebot Talisker, eng an ihrer Seite zu bleiben, und hielt sich links.

Dem Klingeln folgte ein Rufen. »Lea, guten Morgen! Das ist ja schön, dich mal wieder zu sehen! Wie geht es dir?«

Jörn Groß bremste sein mattsilbernes Sportrad, drehte es dabei scharf um neunzig Grad und kam kurz vor ihr zum Stehen. Jörn, genannt Shorty, war einer der alten Jugendfreunde ihres Mannes. Er war vor einigen Monaten wieder bei seiner Mutter im Dürener Weg eingezogen, nachdem ihn seine Frau aus der gemeinsamen Wohnung geworfen hatte. Er zahlte Unterhalt für sie und die beiden Kinder und behielt danach nicht viel übrig von seinem eher bescheidenen Gehalt als Controller eines Unternehmens, das Schrauben herstellte. Jörn beklagte das Ende seiner Ehe und seine daraus resultierende Geldknappheit ausdauernd.

Zusammen mit Michael Renner, genannt Schnecke, und Andreas Klingbeil, genannt Feile, waren Mark und Shorty in ihrer Kindheit und Jugend eine unzertrennliche Clique gewesen. Mark nannten sie Brise – glaubte man das? Nachdem sie alle die Schule beendet hatten, war jeder seiner Wege gegangen, und ihre Kontakte wurden seltener. Alle Jahre wieder im September trafen sie sich jedoch für ein Wochenende in der Ferienwohnung der Renners in Braunlage. Im vergangenen Jahr war Mark zu erschöpft von der ersten Chemo gewesen, um nach Braunlage zu fahren, und so kamen seine Freunde zu ihnen nach Hause. Die Jungs hatten Lea versichert, dass sie sich bestens um Mark kümmern würden, und so flog sie für das Wochenende zu ihrer Freundin Sarah nach London. Als sie am Montag wiederkehrte, war Mark müde, aber bester Laune, und die drei Jungs verabschiedeten sich. Es war das letzte gemeinsame Treffen der vier Jugendfreunde gewesen.

Groß gab Lea einen verschwitzten Kuss auf die Wange und wuschelte Talisker über den Kopf.

»Hi Jörn! Seit wann fährst du denn Rad?«

»Seit ich dieses endgeile Teil über eBay abgestaubt habe. Hab mir heute extra Urlaub genommen. Ein Cannondale Scalpel 29er. Ist das nicht der Hammer? Das ist das ultimative Trail-Bike. Carbon-Konstruktion, Si-front-end mit System Integration und einer megaleichten Lefty-Gabel, ECS-TS Steckachsen ...«

Lea unterbrach ihn. »Uhura an Brücke: Hallo, Jörn, ich versteh kein Wort.«

»Das Teil rockt.«

»Ach so, sag das doch gleich!«

Sie spürte, dass er auf die Frage nach dem Preis wartete, und beschloss, ihm den Gefallen zu tun. »Was hat das ›endgeile‹ Gerät denn gekostet, so ein Cannondale ist doch bestimmt teuer, oder?«

»Aber hallo! Im Laden zahlste viertausend dafür, ich habs einen Dusi billiger gekriegt. Geil, oder?«

Lea betrachtete Rad und Fahrer. Er hatte dreitausend Euro für ein Fahrrad ausgegeben ... Na ja, irgendwie musste es sich ja auszahlen, wieder bei Mutti zu wohnen. Jetzt fiel ihr auch die recht teure Funktionsklei-dung auf, die er trug. Leider sah sie an ihm besonders übel aus. Radsportbekleidung war für Lea das modische Grauen. Erwachsene Männer, die sich in hautenge, knallbunte Lycraoutfits zwängten und sich Weltraumschnakenhelme aufsetzten, um dann einen Tag lang bucklig und bauchspeckig durch Brandenburg zu radeln, fand sie höchst albern. Jörn, knapp 1,70 Meter groß und um die Mitte herum mehr Frontlader als Waschbrett, stand diese Kleidung jedenfalls überhaupt nicht. Aber jeder, wie er's mag, dachte sie. Sie schlenderten beide weiter, Jörn schob sein Fahrrad neben sich her.

»Was treibst du denn so, Lea? Ich hab öfter überlegt, einfach mal vorbeizukommen und zu schauen, ob du Zeit hast.«

Jörn war ein wirklich netter Kerl, aber Lea war froh, dass er das nicht getan hatte. Der einzige Freund von Mark, mit dem sie weiterhin regelmäßigen Kontakt hatte, war sein Partner in der gemeinsamen Firma, Max Speyer. Sie hatte Marks Hälfte des Architekturbüros geerbt, und sie hatten noch zu dritt beschlossen, dass zunächst alles beim Alten bliebe, bis Max und Lea sich überlegt hatten, ob Max sie rauskaufen oder einen anderen Partner suchen würde, der ihre Anteile übernahm. Bis dahin erhielt sie alle drei Monate eine feste Summe, die am Ende des Jahres mit der üblichen Gewinnausschüttung verrechnet wurde. Mit ihrer Witwenrente, dem von Mark und ihr Gesparten und dem gut angelegten Erbe ihrer Eltern kam sie komfortabel über die Runden. Lea und Max trafen sich einmal im Monat zum Essen, sprachen über die Firma, über die Kinder, geplante Urlaube, ab und zu über eine Ausschreibung, die Lea übersetzen sollte, und natürlich über Vergangenes. Es waren angenehme Treffen mit Max. Mit Jörn konnte sie sich so einen Abend nicht vorstellen – und schon gar nicht einen so angenehmen Abend wie den gestrigen mit ihrem Kommissar. Jetzt ist er schon »mein Kommissar«, dachte Lea und schüttelte den Kopf.

Jörn deutete diese Geste als Anerkennung seines teuren Kaufs, was ihn zu einem Vorschlag ermutigte.

»Ja, ich weiß, echt krass, das Bike. Sag mal, ich hab da eine Idee: Was hieltest du davon, wenn wir uns alle zusammen im September wieder treffen? Ich habe die Jungs seit Marks Beerdigung nicht mehr gesehen. Feile und Schnecke könnten ihre Frauen mitbringen, und ich hab da auch was am Laufen, wenn das was Festes wird, kommt sie bestimmt gern mit.«

Lea entgegnete ausweichend: »Schauen wir mal, ich plane im Moment gar nichts, und schon gar nicht so weit im Voraus.«

Jörn war die Enttäuschung deutlich anzumerken, und es tat Lea ein wenig leid, ihre Absage nicht freundlicher formuliert zu haben.

Er schluckte kurz und blickte auf den Boden, lächelte sie dann aber mitfühlend an. »Ja klar, das kann ich verstehen. Aber wenn du mal wieder unter Leute möchtest, meldest du dich, okay? Wohn ja jetzt wieder gleich die Straße runter. Also, ich fahr dann mal, Mutti hat sicher das Frühstück fertig. Mach's gut, Lea, man sieht sich!«

Während sie dem alten Freund nachsah, fiel Lea auf, dass Glander sie gar nichts mehr zu dem Mord an Hantschke gefragt hatte. Ein Grinsen breitete sich auf ihrem Gesicht aus. »Tally, der Herr Hauptkommissar hat es ja faustdick hinter den Ohren. Ich bin aber auch ein Schaf!«

Talisker wedelte mit dem Schwanz und stupste seine Nase gegen ihre Hand.

»Ich weiß, Großer, ich mag ihn auch ganz gerne.« Sie zog das Tempo an und lief denselben Weg zurück, den sie gekommen war.

Glander tat, was er immer tat, wenn er nachdenken musste: Er ging schwimmen. Nicht im Schwimmbad, er konnte gekacheltem Wasser und der Enge in öffentlichen Bädern nicht viel abgewinnen. Glander fuhr also zum Wannsee. Er ging zur Feuerwache im Kronprinzessinnenweg, sein Auto ließ er in der Scabellstraße stehen. Die war 1976 nach dem ersten Branddirektor der Berliner Feuerwehr benannt worden. Glander war der Freiwilligen Feuerwehr Wannsee in ihrem Gründungsjahr 1988 beigetreten und hatte seitdem einen Spind dort. Er wechselte in seinen Neoprenanzug, setzte die Schwimmbrille auf und ließ sich vom Steg des Löschbootes ins Wasser hinab. Er überschwamm die in sechs Metern Tiefe liegende Arbeitsplattform der Feuerwehrtaucher und begann dann, bei jedem fünften Zug Luft holend, in gleichmäßigen Kraulzügen den Großen Wannsee zu durchschwimmen. Er würde am Strandbad vorbei- und dann wieder zurückschwimmen.

Lea Storm ging ihm nicht aus dem Kopf, ebenso wenig wie ihr toter Nachbar. In Berlin wurden laut Statistik die meisten Tötungsdelikte in Deutschland verübt, dazu zählten nicht nur Morde, sondern alle sogenannten Delikte am Menschen, die mit dem Tod endeten. Wenn man sich die Zahl der Morde und Mordversuche aber im internationalen Vergleich ansah, war Berlin ein Paradies der Harmonie und Sicherheit. In den Brennpunktvierteln der Stadt, wo die Messer lockersaßen und Ketten und Schlagringe in Sporttaschen neben Fußballschuhen und Haargeltuben lagen, war das zwar gelegentlich schwer zu glauben, aber Berlin war noch nie ein so sicheres Pflaster gewesen wie jetzt.

Diese beiden Toten am Mauerweg brachten für Glander eine ganz neue Erfahrung: Er hatte noch nie Ermordete gesehen, die derart in Szene gesetzt waren. Die beiden Opfer waren bühnenreif drapiert worden, als wäre der Täter einem Drehbuch gefolgt. Was Glander nicht hoffte, denn dann würde er weitermachen. Die Recherche über Leas Nachbarn hatte nichts ergeben. Dieser Hantschke hatte eine sehr bescheidene Rente bezogen und sein Reihenhaus von der Mutter geerbt, die zehn Jahre zuvor verstorben war. Eine schwere Diabetes hatte ihn direkt danach in den Frühruhestand gezwungen. Seitdem fiel er nur noch durch seine aggressiven Posts auf Fußballforen im Internet auf. Glander, selber Gladbach-Fan seit den frühen siebziger Jahren, hatte staunend einige Einträge gelesen, in denen der vermeintliche Hertha-Anhänger Hantschke Mannschaft und Trainer aufs Ärgste beschimpfte. Das war aber beileibe kein Mordmotiv. Glander hatte keinen blassen Schimmer, wo der Hund begraben liegen könnte. Er würde die Sache aber auf keinen Fall auf sich beruhen lassen, nicht nur wegen Lea Storm. Auch wenn die ihn eiskalt erwischt hatte.

Nach der Sache mit Jessica und Kai war er darauf überhaupt nicht vorbereitet gewesen. Außerdem handelte es sich bei Lea Storm auch noch um eine Zeugin, das war hochgradig unprofessionell. Glander sah sie vor sich in ihrem Bustier und den kurzen Laufshorts. Ihm war ihre leicht gebräunte Haut sofort aufgefallen, die trotz der klaren Konturen ihrer sportlichen Figur so weich wirkte. Er würde dranbleiben. Am Fall und an der Frau.

Martin Glander schwamm die nächsten hundert Meter Schmetterling. Danach hatte er wieder einen klaren Kopf.

Nach dem späten Frühstück mähte Lea den Rasen und jätete ein wenig Unkraut im Garten vor dem Haus. Kurz vor halb eins rief ihr Sohn an.

»Duncan, *darlin'*, schön, dass du dich meldest!«

»Hi Mum! Alles okay bei dir?«

Duncan, neunzehn Jahre alt, studierte seit einem Jahr Landschaftsarchitektur an der Uni Kassel. Sie skypten und telefonierten regelmäßig, und Lea war sehr stolz auf ihren unabhängigen Sohn. Sie hatte seine WG kennengelernt und machte sich wenig Sorgen um ihn, auch wenn er ihr fehlte. Duncan war Mark sehr ähnlich, er hatte von ihm die in sich ruhende Art, ebenso die Liebe zum Gestalten und den Wunsch, etwas Nachhaltiges zu schaffen. Haare und Augen aber glichen denen Leas.

»Ja, es ist alles in Ordnung. Ich schlafe ein bisschen schlecht, aber sonst geht es mir gut.«

Duncan zögerte. »War es schlimm gestern? Hast du viel an Dad gedacht?«

Lea setzte sich auf den Rand ihrer Kräuterschnecke, eines Hochbeets, das alle gängigen Küchenkräuter enthielt und im Winter mit einem Wetterschutzhäuschen ummantelt wurde. »Nein, Schatz, es ging. Und bei dir?«

»Auch. Ich war mit Nina aus. Sie hat sich den ganzen Abend über Papa volltexten lassen. Dann sind wir in die Spätvorstellung vom neuen Batman, *The Dark Knight Rises*, gegangen.«

Lea freute sich für ihren Sohn. Diese Nina schien

ernsthaft an ihm interessiert zu sein, und Lea war gespannt darauf, sie kennenzulernen. »Ich hatte einen Hauptkommissar zum Abendessen da.«

»Wie kam das denn?«

»Ich hab den Hantschke tot auf dem Mauerweg gefunden. Vorgestern Nacht. Der Hauptkommissar hatte noch ein paar Fragen.«

»Du hast was?«

»Hantschke gefunden. Tot. Auf einer der Bänke hinten am Feld. Das war völlig ... surreal. Er hatte praktisch kein Gesicht mehr.«

Duncan stöhnte. »Das ist ja voll krass! Wer macht denn so was?«

»Ich habe keine Ahnung. Aber was weiß ich, was der privat so getrieben hat. Vielleicht hatte er Spielschulden. Ich schätze, der Hauptkommissar wollte mich über ihn ausfragen.«

»Beim Abendessen.«

»Das hat sich so ergeben. Wir haben dann noch ein paar Malts getrunken und geredet ...« Lea zögerte kurz, bevor sie fortfuhr. »Und das war schön.«

»Das glaube ich sofort. Ist er die Nacht über geblieben?«

»Duncan Storm, das geht dich entschieden gar nichts an«, entgegnete Lea mit gespielter Empörung. Dann lachte sie und sagte: »Er ist wieder gegangen. Er hat eine Schwester drüben in Teltow, und Tally und ich haben ihn noch ein Stück begleitet.«

»Du bist alleine durch die Dunkelheit, nachdem du einen toten Nachbarn gefunden hast? Mum, geht's noch? Wie bist du denn drauf?«

»Hast du Talisker vergessen? Was soll mir denn mit dem passieren? Und wir sind nicht da lang, wo ich den Hantschke gefunden hab, wir sind schön die beleuchtete Hannemann wieder zurück.«

»Na, du wirst schon wissen, was du tust. Du, Mum ... Kann ich Nina mal mitbringen?«

»*Any time, treasure*, weißt du doch.«

»Super, dann kommen wir, bevor das nächste Semester wieder beginnt, okay? Du, ich hab neulich mit Bella gechattet, die war ganz komisch. Ihr Alter und Svenja sind wohl nur noch am Streiten, und der Ritter sitzt dauernd vor seinem PC abends. Sie findet's zu Hause nur noch ätzend und würde am liebsten ausziehen, weiß aber nicht, wohin.«

Ganz die Mama, dachte Lea kopfschüttelnd. Bella Ritter war so alt wie Mark und hatte noch ein Jahr bis zum Abschluss ihrer Ausbildung zur Verwaltungsfachangestellten im Oberstufenzentrum Bürowirtschaft und Verwaltung an der Lippstädter Straße, das fünf Minuten zu Fuß von ihrem Elternhaus entfernt lag. Lea hielt es für unwahrscheinlich, dass Bella sich eine Wohnung oder ein Zimmer weiter weg suchen würde. Die Tochter der Ritters war nicht für ihre Disziplin und Pünktlichkeit berühmt, und morgens zählte für sie jede Minute, die sie länger im Bett bleiben konnte.

»Ihr Vater hat diesmal den Vogel abgeschossen. Svenja ist zu Recht sauer auf ihn, auch wenn ich nicht glaube, dass sich jemals was ändern wird bei den beiden. Da wird Bella noch durchmüssen, bis sie mit der Ausbildung fertig ist und selber Geld verdient.«

»Hab ich ihr auch gesagt. Mum?«

»*Yes, darlin'?*«

»Ich bin voll froh, dass es dir gutgeht und dass Dad so toll war. Er fehlt mir.«

Da klang er wieder wie der Zehnjährige, der von seinem Vater vor den Jungs aus der benachbarten Hochhaussiedlung beschützt wurde, weil die ihm regelmäßig das Taschengeld abknöpften. Und jetzt war er ein junger Mann. Wo war bloß die Zeit geblieben? »Und ich bin voll froh, dass es *dir* gutgeht, und Papa fehlt mir auch. Grüß Nina und deine Leute in der WG!«

»Mach ich. *Bye*, Mum!«

»Tschüs, mein Schatz, *cheerio!*«

Sie hatte gerade aufgelegt, als ihr Handy klingelte.

»Lea Storm.«

»Martin hier, hallo, Lea, ich wollte mich noch mal für den ausgesprochen schönen Abend bedanken. Die Whiskys waren phantastisch, ich habe überhaupt keine Nachwehen.«

»Das freut mich, und ich fand den Abend auch schön.«

Sie schwiegen beide einen Moment, dann fasste Lea sich ein Herz. »Hast du nachher was vor? Ich wollte Eis essen gehen, unten an der Lindenstraße. Wenn du Lust hast, könntest du ja mitkommen. Ich wollte dich sowieso noch was fragen.«

»Gerne. Soll ich dich abholen kommen?«

»Ja, komm doch durch den Garten, dann musst du nicht außen rum! Ich lasse das Tor offen. So um drei?«

»Um drei. Bis dann!«

»Bis dann!«

Jetzt ging sie also mit ihrem Kommissar Eis essen.

Man musste sein Wort ja halten, und auch das hatte sie Mark versprechen müssen: ihr Leben zu leben und nicht alleine zu bleiben. Sie ging hinein und blickte auf sein Foto an der Wand im Treppenhaus. Die letzten drei Jahre waren hart gewesen, und sie war sich über so vieles noch nicht im Klaren. War sie wirklich bereit, sich auf Martin Glander einzulassen? Zumindest konnte sie die Schmetterlinge im Bauch, die sie deutlich spürte, wenn der Kommissar in ihrer Nähe war, nicht leugnen. Lea seufzte und beschloss, die Dinge auf sich zukommen zu lassen.

Lea war gerade noch dabei, eine letzte Zecke aus Taliskers Fell zu entfernen, als Glander pünktlich um drei Uhr durch das Gartentor kam. Er winkte ihr zu, Talisker wedelte mit dem Schwanz.

»Ja, Großer, jetzt bist du fertig. Hallo, Martin! Ich geh mir nur eben die Hände waschen, dann können wir los.«

Es war richtig heiß am Nachmittag, und Glander hatte sich für braune Cargobermudas und ein hellblaues kurzärmeliges Canvashemd entschieden. Seine Schwester sagte immer, dass ihm die Farbe gut stand. Er folgte Lea ins Haus hinein. Sie trug kobaltblaue Capris und ein taupefarbenes Tanktop, das ihre Kurven äußerst deutlich zur Geltung brachte, was Glander nicht entging. Ihr schien die Hitze gar nichts auszumachen, während Glander hoffte, dass sein Deo hielt, was es in der Werbung versprach.

Sie liefen bis zum S-Bahnhof schweigend hinter Talisker her, dann kam Lea ohne Umschweife auf den

Punkt. »Wir haben hier einen Hundehasser in der Gegend, der Giftköder auslegt. In den letzten drei Monaten sind fünf Hunde eingegangen, alle aus unserer Siedlung. Ich nehme an, dass die meisten Köder auf dem ehemaligen Grenzstreifen ausgelegt werden, denn da lassen alle ihre Hunde ohne Leine rumlaufen, und die Tiere fressen natürlich alles, was sie finden, wenn es nur lecker genug riecht.«

Glander schüttelte den Kopf. »Ich verstehe solche Leute nicht. Das ist natürlich nicht mein Bereich, aber ich rede am Montag mal mit dem Chef der Wache in Teltow, vielleicht kann der das Ordnungsamt darauf ansetzen.« Er sah Lea entschuldigend an. »Aber ganz ehrlich, ich denke, deine Nachbarn sind am besten beraten, wenn sie selber auf der Hut sind und auf ihre Hunde aufpassen.«

Lea nickte. »Das habe ich ihnen auch schon gesagt. Im Zweifel die Hunde nur mit Maulkorb rauslassen, bis der Irre geschnappt ist.« Sie zögerte. »Ich hoffe, du verstehst das jetzt nicht falsch. Hier ist einer ermordet worden, und ich mache mir über unsere Hunde Gedanken ...«

»Nein, nein, ich verstehe das schon richtig. Was geht denn so in der Nachbarschaft rum?«

»Ach, die können das alle nicht so richtig glauben. Zwei von Hantschkes Nachbarinnen haben mir erzählt, er habe davon gefaselt, bald viel Geld zu besitzen, aber geglaubt haben sie ihm nicht so richtig. Wer vormittags schon mit einer Fahne durch die Gegend wankt, büßt hier doch erheblich an Glaubwürdigkeit ein.«

»Nicht nur hier. Ich hab ein paar von den Aussagen

der Nachbarn gelesen, und das Ehepaar direkt nebenan ...«

»Die Saberskys.«

»Genau, die Saberskys. Die meinen, er habe an dem
Abend eine Frau bei sich gehabt. Ich finde das alles sehr
merkwürdig. Der Mann, ein echter Menschenfeind, wie
es scheint, lebt alleine und verbringt seine Zeit mit Trinken, Meckern und Fernsehen. Dann hat er eine Frau da,
schiebt eine Nummer ...« Er sah Lea entschuldigend an,
die ihm nur ein Schulterzucken entgegnete, und fuhr
dann fort: »... und wird zusammen mit ihr auf ganz bes-
tialische Weise ermordet. Es wurden Spuren von ihr in
seinem Haus sichergestellt. Die Spurensicherung hat
außerdem den Tatort in einem Waldstück nur knapp
dreißig Meter entfernt vom Fundort ausfindig machen
können. Da war zwar viel Blut von Hantschke und der
Frau, aber keine Spur vom Mörder. Das bedeutet, der
oder die Täter müssen sich mächtig vorgesehen haben,
vielleicht trugen sie sogar irgendeine Schutzkleidung.
Das wiederum deutet auf jemanden hin, der sich sehr
gut vorbereitet hat. Womöglich war es sogar jemand,
der das nicht zum ersten Mal gemacht hat.«

Lea blickte Glander von der Seite an. »Dafür, dass
das gar nicht dein Fall ist, bist du aber gut im Bilde.«

»Lea, der Prinz ist komplett unfähig. Diesen Mord
klärt der nie im Leben auf. Er hat eine exzellente Kollegin an seiner Seite, die die Fälle löst – für die er sich
dann allerdings die Lorbeeren aufsetzt. Der Typ ist aber
nicht doof, auch wenn er als Ermittler nichts taugt. Er
ist durchtrieben und spielt das Politspiel in der Kripo
blendend.«

»Wer ist diese Kollegin?«

»Merve Celik, sie ist Kommissarin und hat den undankbaren Job, mit Prinz arbeiten zu müssen. Sie hat aber gerade Sonderurlaub, weil sie sich um ihre Schwester kümmern muss, lange Geschichte.«

»Und was hast du jetzt vor? Du hast doch was vor, oder?«

Glander lächelte schief. »Die Akten weiterlesen und dich regelmäßig ausfragen, was du in deiner Siedlung so hörst.«

Lea lachte. »Verdeckte Ermittlerin, Nachbarn ausspionieren, großartig. Du weißt schon, wie du es spannend machst, was?«

Glander blieb stehen. Talisker warf den beiden einen Blick über seinen Widerrist zu und machte es sich im Schatten einer Hecke bequem

»Das ist tatsächlich mein Ernst, Lea. Ich will an dem Fall dranbleiben, weil ich ein ganz ungutes Gefühl habe. Alles deutet auf einen Racheakt hin. Die Gewalt, die bei den Morden angewendet wurde, lässt auf ein sehr persönliches Motiv schließen. Wenn Hantschke Spielschulden gehabt hätte, warum sollte der Mörder die Frau dann auch umbringen? Das ganze Arrangement am Fundort war so theatralisch, als wolle der Täter Beifall ... Das passt für mich alles nicht schlüssig zusammen. Ich will wissen, was wirklich dahintersteckt, denn mein Instinkt sagt mir, dass dieser Typ weitermacht.«

Lea hob beschwichtigend die Arme. »Martin, ist ja okay. Ich helfe dir gerne, wenn ich kann. Der Hantschke war ein furchtbarer Mensch, aber so ein Ende hat niemand verdient. Und außerdem wohne ich auch hier, und wenn in dieser Gegend ein Psychopath rumläuft und Leute umbringt, ist das ein beunruhigendes Gefühl. Wenn da was nachkommt, bricht in der Siedlung Panik aus, jede Wette.«

Glander stöhnte. »Eine Bürgerwehr, große Klasse. Fehlt nur noch, dass ihr einen Waffennarren in der Siedlung habt.«

Lea sah Glander an. »Haben wir. Der Michalke hat Waffen zu Hause. Er und seine Frau sind Mitglieder im Sportschützenverein. Seine Tochter Heike kommt nicht mehr zu ihren Eltern nach Hause, seit sie Kinder hat, weil sie das so daneben findet.«

»Dann lass es mich wissen, wenn du da irgendwas mitkriegst!«

Beim Eiscafé angekommen, wechselten sie das Thema. Glander erzählte vom Surfen, von seiner Schwester und ihrer Familie, und nach einer knappen Stunde – sie hatten nach ihren Eisbechern noch einen Kaffee bestellt – machten sie sich auf den Rückweg.

Lea hatte ein flaues Gefühl im Magen, was bestimmt nicht an dem Erdbeer-Kiwi-Becher lag, den sie gegessen hatte. Bei dem Gedanken an einen Serientäter wurde ihr reichlich mulmig. Sie würde dennoch Augen und Ohren offen halten, denn sie war sich sicher, dass Glander wusste, wovon er sprach.

Als Lea mit Glander in ihre Zeile einbog, kam ihnen Svenja Ritter entgegen. »Hi Lea, ich war grad bei dir«, begrüßte sie Lea. Dann streckte sie Glander ihre Hand hin. »Ich bin Svenja, hallo!«

Der schüttelte ihre Hand und stellte sich ebenfalls vor. »Martin Glander, hallo!«

Svenja warf Lea einen neugierigen Blick zu.

Ja, da hast du jetzt ein paar Fragen, jede Wette, dachte Lea und begrüßte ihre Nachbarin: »Hallo, Svenja, komm doch mit rein!«

»Ich kann gar nicht, René bringt heute seinen Chef und dessen grottenlangweilige Frau mit zum Essen, und ich muss noch eine Menge vorbereiten. Ich wollte dich bloß um das Rezept für dein Schweinefilet in Weißwein bitten, das hab ich verlegt.«

»Kein Problem, komm kurz rein! Ich zieh dir eine Kopie, geht ganz fix.« Sie ließ Svenja und Glander ins Haus vorgehen, Talisker trottete ihnen hinterher.

Svenja lehnte sich gegen den Herd, während Lea das Rezept heraussuchte. »Weißt du, wen ich gerade gesehen hab? Andreas Klingbeil. Er kümmert sich um den Nachlass seines Vaters.«

Lea sah sie überrascht an. »Herr Klingbeil ist tot?«

»Ja, hast du das gar nicht mitgekriegt? Den haben sie vor dem S-Bahnhof Priesterweg überfallen und so brutal zusammengeschlagen, dass er gestorben ist. Letzte Woche. Dienstag, glaube ich.«

Lea sah Glander an, der unmerklich den Kopf schüttelte. »O nein, nicht der nette Herr Klingbeil! Das gibts doch gar nicht! Hat man die Täter denn erwischt?«

»Nein, keiner hat was gesehen. Herr Klingbeil war wohl auf dem Rückweg von seiner Doppelkopfrunde, weit nach Mitternacht, da fährt die Bahn ja bloß noch stündlich. Er wurde von einem Nachtbusfahrer gefunden, der am S-Bahnhof Pause machte und sich die Beine vertreten wollte. Da muss Herr Klingbeil aber schon eine Weile da gelegen haben. Was ist das bloß für eine Welt!«

»Der arme Andreas. Ich geh morgen mal bei ihm vorbei.« Lea gab Svenja das Rezept. »Hier, ich hab noch eine Kopie davon, die kannst du gleich mitnehmen, brauche ich auch nicht zurück.«

Svenja sah auf ihre Armbanduhr, dankte Lea überschwenglich, schüttelte noch einmal Glanders Hand und ließ die beiden wieder alleine.

Lea ging wortlos zum Sideboard und schenkte Glander und sich zwei doppelte Aberlour ein.

7

»Ist das jetzt Zufall, Martin? Ich meine, wir leben in einer Großstadt, auf den Bahnhöfen fühlt man sich nicht mehr so sicher ...«

Lea und Glander hatten es sich auf der Terrasse bequem gemacht, sie hatte ihre Schuhe abgestreift und die Beine hochgelegt. Leicht gebräunte, glatte, lange Beine. Lea hatte schlanke Füße, Größe 40, schätzte er, ihre Fußnägel waren dunkelbraun lackiert. Glander schüttelte den Kopf, auch, um sich auf das Gespräch zu konzentrieren. »Es ist aber nicht auf dem Bahnhof passiert, wenn ich deine Nachbarin richtig verstanden habe. Am besten spreche ich am Montag doch mal mit Merve.«

»Ich denke, die ist verhindert.«

»Ja, aber das macht sie sicher trotzdem.« Glander zögerte, er schien die richtigen Worte zu suchen. »Merve und ich verstehen uns sehr gut. Ohne dass da was läuft zwischen uns. Wir haben uns vor vielen Jahren auf einem Lehrgang kennengelernt. Merve ist Deutschtürkin und musste sich richtig anstrengen, um dahin zu kommen, wo sie jetzt ist. Sie hat es nicht einfach, als Frau, dazu noch als Türkin. Sie muss wirklich eine Menge einstecken, ihre Kollegen sind ziemliche Dummbeutel. Natürlich läuft das alles nur unterschwellig, da ist nichts, wogegen sie sich richtig zur Wehr setzen kann. Und dieser Mistkerl Prinz nutzt ihre Lage aus. Beschwert sie sich, ist sie die Kollegin, die sich auf ihrem Migrationshintergrund ausruhen will. Also hält sie den Mund und konzentriert sich voll auf ihre Arbeit. Sie ist wirklich richtig gut.«

»Wie ist denn dein Partner?«

»Der Pfaff? Ganz okay eigentlich. Wir kommen gut miteinander aus.«

»Aber dicke Freunde seid ihr nicht, was?«

»Müssen wir auch nicht sein, ich muss nur gut mit ihm arbeiten können, und das passt. Wir gehen ab und an zusammen aufs Wasser, ansonsten macht jeder seins. Also, ich denke, ich rufe Merve Montag an, und dann sehe ich mal, was sie mir an Informationen besorgen kann.« Glander stutzte plötzlich, ihm war ein Gedanke gekommen. »Sind denn noch weitere Nachbarn überraschend verstorben in der letzten Zeit?«

»Du glaubst wirklich, dass hier einer umgeht, der die Siedlung leer morden will, was? Nee, komm, das ist hier Lichterfelde Süd und nicht die Bronx!«

»Ist noch irgendein Nachbar in den letzten Monaten verstorben?«, wiederholte Glander seine Frage.

Lea überlegte kurz. »Ja, die Frau Bauernfeind. Aber die ist im Schlaf gestorben, wie ich gehört habe, mit Mitte siebzig.«

»War sie denn krank?«

»Keine Ahnung, ich hatte eigentlich immer den Eindruck, dass sie für ihr Alter recht fit war. Sie erledigte noch alles zu Fuß, Einkaufen, Arzttermine und so was, und ich glaube, sie hat in dem Seniorenwohnheim vorne an der Lippstädter sogar noch zwei ältere Damen betreut. Also, eigentlich war sie recht rüstig, wenn ich so darüber nachdenke.«

»Aber gut, in dem Alter kann ja jederzeit alles passieren. Sonst noch jemand?«

»Mir fällt niemand ein. Aber ich höre mich mal um, von den Nachbarn vorne am Monschauer und am Eupener Weg kriege ich so gut wie gar nichts mit. Da treffe ich nur ab und zu die Hundebesitzer, die unterwegs sind. Aber ich bleibe selten stehen. Ist nicht so mein Ding. Und im letzten Jahr schon gar nicht.«

Es schien Glander in diesem Moment, als baute der tote Ehemann sich zwischen ihnen auf und blickte ihn mit einem Gesichtsausdruck an, der sagen wollte: Was, und du meinst, du bist gut genug für sie?

Gute Güte, er sah wirklich Gespenster.

Lea lud Glander ein, zum Abendessen zu bleiben. Sie wollte ihn in ihrer Nähe haben, und es war aufregend, mit ihm über seine Arbeit zu sprechen. Lea liebte spannende Krimis und hatte in den vergangenen drei Jahrzehnten viele gelesen, hauptsächlich britische Autoren, die gefielen ihr einfach am besten. Ian Rankins Inspector Rebus begleitete sie seit dem ersten Band, *Knots & Crosses*. Besonders gerne mochte sie Frances Fyfield und die eher härteren Geschichten von Val McDermid, und sie verschlang jeden neuen Teil der Serie von Deborah Crombie. Sie fand Glanders Beruf, so, wie sie ihn sich ausmalte, doch ziemlich sexy. Er hatte noch nicht allzu viel von sich erzählt, aber er führte ein Leben, das grundlegend anders als ihr eigenes war. Jeden Tag hatte er mit Verbrechen und Gewalt zu tun, man musste sicherlich sehr in sich ruhen, um damit klarzukommen. Nach der langen Zeit, in der sie keinen Boden unter ihren Füßen gespürt hatte, versprach die Kraft, die er ausstrahlte, Halt und Sicherheit. Lea hatte zum ersten Mal seit Jahren das Gefühl, dass sie wieder ein schönes Leben haben könnte. Der ausgesprochen ansprechende Hauptkommissar hatte daran wohl den maßgeblichen Anteil.

Aus den Kichererbsen hatte Lea schon mittags Hummus gemacht. Aus dem Keller holte sie jetzt ein paar eingelegte Jalapeños und machte dann aus zwei reifen Avocados, etwas Knoblauch und einer sehr klein gewürfelten Tomate noch eine Guacamole. Sie schnitt eine grüne Gurke, Stangensellerie und drei Möhren in Stifte und stellte eine Schale schwarze Oliven dazu.

Als sie dazu noch Weizentortillas in der Pfanne machte, wurde sich Glander, der ihre beinahe fließenden Bewegungen bei der Zubereitung des Essens beobachtete, zweier Tatsachen bewusst: Er hatte sich schwer in Lea Storm verguckt, und er würde sich mächtig ins Zeug legen müssen. Nicht nur, um den Fall Hantschke aufzuklären.

In dem Reihenmittelhaus im Dürener Weg, nicht weit von Leas Haus, saß der Mann über seiner Liste und beschloss, Andreas Klingbeil aus dem Weg zu schaffen. Er hatte am frühen Abend mit ihm gesprochen und beiläufig erwähnt, dass es einen potentiellen Käufer für das Haus seines Vaters gäbe. Andreas hatte nur gelacht und gesagt, er würde nicht im Traum daran denken, sein Elternhaus zu verkaufen. Sein Vater hatte ihm das Haus schon vor Jahren überschrieben, und nun würde er mit seiner Lebensgefährtin einziehen. Sie freuten sich, wenn auch verhalten wegen der Trauer über den grausamen Tod seines Vaters, auf ihre Zukunft am südlichen Berliner Stadtrand. Die würde es nicht geben, dachte der Mann und überlegte, wie er es diesmal machen sollte. Ein Feuer vielleicht. Er strich sich über die Haare und klappte dann seinen Laptop auf, um die Folge von *Berlin – Tag und Nacht* vom Vorabend im Internet zu schauen.

8

Am nächsten Morgen, einem Samstag, erwachte Lea frisch und ausgeruht um sieben Uhr, ohne dass ihr Wecker klingelte. Nach einem halbstündigen Lauf mit Talisker backte sie ein Blech Zucchini-Muffins. Während diese im Ofen aufgingen, machte sie sich selbst zum Frühstück ein paar *pancakes* mit Blaubeeren, streute gehackte Haselnüsse darüber und versüßte das Ensemble mit geschlagener Soyasahne. Sie duschte um zehn und zog sich das rauchblaue Trägerkleid aus Viskose an, das sie im Sommer so angenehm zu tragen fand. Die Haare steckte sie locker hoch, tuschte sich die Wimpern und trug ein wenig Lippenstift auf. Sie brachte zehn Muffins in einem passenden Karton unter. Für die Kondolenzkarte wählte sie ein Zitat von Thomas Mann: *Die Bande der Liebe werden mit dem Tod nicht durchschnitten.* Dazu schrieb sie:

Lieber Andreas,
ich wünsche Dir Kraft und Hoffnung für die kommende Zeit. So darf niemand aus dem Leben scheiden, es tut mir sehr leid. Wenn ich etwas für Dich tun kann, melde Dich bitte!
Deine Lea

Sie nahm ihre Tasche, gebot Talisker zu bleiben und ging den Dürener Weg hinunter.

Das Haus mit der Nummer 2 am Anfang der ersten Zeile auf der rechten Seite des Dürener Wegs hatte einen akkurat gepflegten Vorgarten. Herr Klingbeil war ein ebenso passionierter Gärtner wie Doppelkopfspieler gewesen und hatte kein Unkraut in seinen Beeten, kein Laub auf seinem Rasen und kein Moos in den Fugen der Steine geduldet.

Der alte Klingbeil war außerdem für seinen selbstgebrannten Schlehenschnaps berüchtigt gewesen. Diesen hatte er alljährlich im Oktober mit Wodka, Vanille und Zimt sowie einer geheimen Ingredienz angesetzt und ihn im Advent an ausgewählte Freunde und Nachbarn verschenkt. Er war ein freundlicher, herzlicher älterer Herr gewesen, der sehr an seinem Haus und seinem Lichterfelder Kiez gehangen hatte. Seine Frau hatte ihn und den gemeinsamen Sohn am Silvesterabend 1991 verlassen, um zu ihrer neuen Liebe nach Dresden zu ziehen. Anstatt zu verbittern, hatte Friedbert Klingbeil tief durchgeatmet und sich ein Einzelbett gekauft. Er war ein außergewöhnlich findiger Tüftler gewesen und hatte über vier Jahrzehnte so manchen Kassettenrecorder, unzählige Transistorradios und allerlei andere elektrische Geräte der Nachbarn vor dem Müll gerettet.

Lea bewunderte die Stockrosen vor dem Haus, nachdem sie geklingelt hatte. Es dauerte einen Moment, bis Andreas die Haustür öffnete. Er sah furchtbar aus. Unrasiert, mit roten Augen und einem grauen Teint, den Schlaflosigkeit zusammen mit großen Mengen von Alkohol und schlechter Kost nach kurzer Zeit verursacht hatte, stand er in der Tür.

»Lea?« Er sah sie verwirrt an.

»Andreas! Darf ich reinkommen?«

Er machte ihr Platz, und Lea trat in den dunklen Flur, in dem es nicht gut roch. Sie drehte sich um und sah Andreas an. »Okay, ich weiß in etwa, wie das ist, und deshalb sage ich dir jetzt, was du machst. Du gehst dich rasieren und dann unter die Dusche! Ich mache dir in der Zwischenzeit etwas zu essen, und dann redest du mit mir. Worauf wartest du?«

Andreas lächelte sie traurig an und ging wortlos nach oben ins Badezimmer.

Als Lea das Wasser rauschen hörte, machte sie sich an die Arbeit. Sie öffnete die Fenster und die Terrassentüren im Erdgeschoss. Im Wohnzimmer machte sie grob Ordnung und entsorgte die leeren Pizzakartons. Die Bierflaschen sammelte sie in einer Plastiktüte aus der Küche. Dort schaute sie kurz in den Kühlschrank und schlug vier noch gute Eier nach einem *sink-or-swim-test* in eine Schüssel. Schlechte Eier schwammen in einem Glas Wasser obenauf, gute sanken. Die Milch war sauer, Lea goss sie ins Spülbecken und nahm stattdessen Mineralwasser. In die Masse hobelte sie das ziemlich trockene, aber noch durchaus brauchbare Stück Parmesan, das der Kühlschrank hergegeben hatte. Ein Stück Speck fand sich hinter abgelaufenen Joghurtpackungen. Sie ging in den Garten, um Schnittlauch vom Kräuterbeet zu holen. Während die Rühreier brieten, machte sie auch in der Küche Klarschiff, und als Andreas, schon deutlich besser aussehend nach seiner Dusche und einer Rasur, die Treppe wieder hinunterkam, stellte sie ihm einen Teller voll dampfender Rühreier mit Speck und drei dick gebutterten Scheiben Toast hin.

»Der Kaffee kommt sofort. Nimm Platz, lass es nicht kalt werden!«

Andreas umarmte sie. »Lea, das kommt jetzt genau richtig. Danke schön!«

Satt und gestärkt schob Andreas zehn Minuten später den Teller von sich und nahm einen großen Schluck Kaffee. »Mann, Lea, das tat gut! Ich hab das ganze Fast Food auch echt satt. Maren kann erst Ende der Woche herkommen, und ich kann mich einfach zu nichts aufraffen.«

Sie drückte seine Hand. »Hey, kein Problem, gern geschehen. Wenn du möchtest, essen wir die Woche mal zu Abend, okay? Und wenn dir die Decke auf den Kopf fällt, komm einfach rum! Ich bin zurzeit meistens zu Hause.«

Er erwiderte ihren Händedruck. Andreas Klingbeil, den seine Jugendfreunde Feile nannten, hatte ein sehr enges Verhältnis zu seinem Vater gehabt. Wenn er damit durchgekommen wäre, dann wäre er gar nicht ausgezogen, doch der alte Klingbeil hatte dafür gesorgt, dass sein Sohn auf eigenen Beinen zu stehen kam. Andreas war der einzige der vier Freunde von Mark, der zunächst kein Abitur gemacht hatte. Er hatte Einzelhandelskaufmann gelernt. Auf dem zweiten Bildungsweg hatte er dann das Fachabi nachgeholt und anschließend ein BWL-Studium mit Schwerpunkt Logistik absolviert. Jetzt war er seit vielen Jahren bei einem Automobilzulieferer angestellt und lebte seit sechs Jahren zusammen mit seiner Freundin Maren in Falkensee. Maren war zwölf Jahre jünger als er und hatte einen kleinen Kosmetiksalon in Westend übernommen, der sie sechs Tage in der Woche rund zwölf Stunden beschäftigte.

»Erzähl doch mal, Andreas! Ich hab das alles erst gestern von Svenja erfahren. Was ist da passiert mit deinem Vater?«

Andreas strich sich über das Gesicht. »Papa war wie jeden Dienstagabend Doppelkopf spielen bei seinen Freunden in Tempelhof. Danach hat er immer den Bus genommen oder ist gelaufen, wenn schönes Wetter war, und ist dann am Priesterweg in die S-Bahn gestiegen. Meist ist es spät geworden, und ganz nüchtern war er auch nie, wenn er nach Hause ging. Dieses Mal ist er später los als sonst, kurz nach eins, und ...« Andreas atmete tief durch und fuhr dann fort: »... dann fand ihn ein Busfahrer, der da Pause machte, um drei Uhr morgens, in einer großen Lache Blut. Er hat sofort die Feuerwehr gerufen, und die haben ihn auch gleich ins Krankenhaus gebracht, aber da war schon alles vergebens. Er ist nicht mehr aufgewacht und dann am Morgen gegen acht gestorben. *Seinen schweren Kopfverletzungen und inneren Blutungen erlegen,* hieß es offiziell. Lea, die haben meinen Papa totgeschlagen!«

Andreas weinte leise, und Lea nahm wieder seine Hand. »Andreas, das ist alles grauenvoll! Dein Vater war so ein netter Mann, immer hilfsbereit, immer freundlich, ich mochte ihn sehr. Er hat sich auch ein bisschen um mich gekümmert im letzten Jahr. Kam ab und zu vorbei, um zu sehen, ob ich irgendetwas zu reparieren hatte. Er hat sich von mir nicht abweisen lassen, das hab ich ihm hoch angerechnet. Ich hoffe so sehr, dass sie die Schweine kriegen, die ihn umgebracht haben, und die richtig lange dafür sitzen müssen!«

Andreas schnäuzte sich in eine Papierserviette und näselte dann: »Danke, Lea. Mein Papa hatte dich auch wirklich gern.« Er schaute sich um. »Meine Güte, ich darf gar nicht daran denken, wie das jetzt wird, wenn ich hier durch die Sachen gehen und fast alles weggeben muss.«

»Schieb es nicht auf, Andreas, mach dich möglichst fix daran! Ich weiß, das klingt hart, aber es wird nicht besser, wenn du dich davor drückst. Im Gegenteil. Mark hat mich die meisten seiner Sachen schon weggeben lassen, bevor es zu Ende war, und mir das Versprechen abgenommen, dass ich den Rest ganz schnell loswerde.« Sie schüttelte den Kopf und lächelte Andreas traurig an. »Jetzt ist nicht mehr viel übrig, nur noch sein Lieblings-T-Shirt, die Hertha-Chronik, sein Baseball-Schläger, seine Batman-Comicsammlung und noch ein paar andere Kleinigkeiten. Es ist alles in einer großen Truhe im Keller, und irgendwann kann vielleicht Duncan entscheiden, was er damit machen will.«

Andreas Klingbeil lächelte. »Unsere Baseballjahre, da habe ich ewig nicht mehr dran gedacht. Die Jungs aus der McNair-Kaserne mussten sich ordentlich anstrengen, um gegen uns nicht alt auszusehen. Die Comics nehme ich dir gerne ab, auf die waren wir Jungs immer scharf.«

»Ha, ihr wart scharf auf Michas Pornos, so habe ich das gehört!«

Sie lachten. Dann wurde Lea wieder ernst. »Gibt es schon einen Termin für die Beerdigung?«

Andreas schüttelte traurig den Kopf. »Nein, der Leichnam ist noch nicht freigegeben.«

Lea hatte eine Idee. »Du, wenn Maren am nächsten Wochenende kommt, lass uns doch eine kleine Gedenkfeier bei mir machen. Was meinst du? Jörn wohnt ja auch gerade wieder hier, und er hat mich gestern gefragt, ob wir nicht im September euer jährliches Treffen machen wollen. Das war aber Marks Ding mit euch, das möchte ich irgendwie nicht. Doch wenn Michael auch Zeit hat, würdet ihr euch bei dieser Trauerfeier alle wiedersehen. Ich denke, die langjährigen Nachbarn von deinem Dad würden sich über eine Feier ihm zu Ehren auch freuen.«

»Darf ich an deinen Whisky, sooft ich will?«

»Klar! Und du schaust bei dir im Keller nach, ob nicht noch was von der fiesen Schlehe übrig ist! Davon sollten wir uns auf jeden Fall etwas genehmigen, um deinen Dad angemessen auf den Weg zu schicken.«

Andreas schlug seine Hände auf den Tisch. »Okay, dann machen wir das! Super Idee, das hätte Papa gefallen.«

»Das glaube ich auch. Weißt du eigentlich schon, was du mit dem Haus machst?«

Er schaute sie überrascht an. »Lea, du bist jetzt, glaube ich, der fünfte Nachbar, der mich nach Papas Haus fragt. Erst der Ritter, dann der Michalke, dann Jörn und der Typ vorne mit diesem Albinohund, ich vergess den Namen immer ...«

»Der Hartmann?«

»Ja, Hartmann, genau. Ach, und der Sabersky auch. Also bist du schon die Sechste. Jedenfalls hab ich allen gesagt, dass Maren und ich hier so bald wie möglich einziehen werden. Und wer weiß ...« Er schaute Lea schelmisch an. »... vielleicht klappt das ja doch noch mit dem Nachwuchs.«

Glander tigerte im Garten seiner Schwester auf und ab. Montag ging sein Dienst wieder los, und er suchte einen Grund, Lea erneut anzurufen. Er wollte sich nicht aufdrängen, aber er wusste: Hier war Präsenz gefragt. Steter Tropfen und so weiter. Er spürte, dass sie ihn mochte, und er wollte um jeden Preis vermeiden, dass ihr dieses Gefühl womöglich wieder abhandenkam. Während er krampfhaft überlegte, wie er sich dieses Mal zu ihr einladen konnte, meldete sich sein Handy mit dem Titellied der *Profis*. Glander hatte diese Serie in seiner Jugend vergöttert und keine Folge verpasst. Die Erinnerung daran machte ihm jedes Mal gute Laune, wenn sein Handy klingelte.

Es war Merve Celik. »Merve, hallo! Wie geht es deiner Schwester?«

»Hallo, Martin! Es geht so. Sie wird Narben zurückbehalten, aber sie lebt, und das ist das Wichtigste.«

Merves ältere Schwester Sevgi hatte nach sechs ungelungenen Ehejahren, in denen sie »nur« zwei Mädchen zur Welt gebracht hatte, ihren Mann Kadir aus guten Gründen verlassen und war mit den beiden Kindern zu ihrer Schwester gezogen. Kadir wollte das nicht akzeptieren. In einer komplett fehlgeleiteten Interpretation seines Glaubens beschloss er, dass Sevgi ihr Recht auf irdisches Dasein verwirkt hatte, wenn sie ihn nicht wollte. Er lauerte ihr vor der Kita der Kinder auf, stach vor deren Augen mehrfach auf Sevgi ein und zerschnitt ihr das Gesicht. Nach mehreren Operationen an Gesicht und Bauchraum innerhalb der letzten vier Wochen war sie nun endlich zumindest physisch auf dem Wege der Besserung. Kadir saß in Untersuchungshaft, immerhin. Merve hatte sich freistellen lassen, um sich um ihre Schwester und vor allem um ihre beiden Nichten zu kümmern.

Glander war klar, dass solche Vorfälle die krassen Ausnahmen waren, aber es machte ihn trotzdem nicht weniger wütend auf alle Männer, die unter dem Deckmantel ihrer Religion ihre Frauen und Töchter unterdrückten. Glander war überzeugter Atheist, er konnte mit dem ganzen Gefrömmel, egal, in welche Richtung es ging, rein gar nichts anfangen. Er sah es so: Tagtäglich wurden die unfassbarsten Greueltaten im Namen irgendeines Gottes begangen, dessen Credo doch eigentlich lautete, sich anständig zu verhalten. Gäbe es diese göttlichen Instanzen wirklich, müsste jeder Missetäter ordentlich Schiss davor haben, im ewigen Höllenfeuer zu schmoren.

Glander wusste aber, dass alles, was er jetzt zu diesem Thema zu Merve sagte, flach klingen würde. Also beschränkte er sich auf das Wesentliche. »Das ist wahr. Weißt du schon, wie lange du dir noch freinimmst?«

»Sicher noch mal vier Wochen. Sevgi ist fast irre vor Angst, dass sie Kadir aus der U-Haft entlassen und er sie wieder überfällt. *Orospu çocuğu!* Wenn er es versucht, dann hoffentlich, während ich in der Nähe bin.

Ich habe meine Dienstwaffe mitgenommen.« Merve fluchte noch einmal in ihrer Muttersprache. »*Allah belasini versin!* Dabei hilft dir keiner. Der Drecksack kriegt vermutlich mildernde Umstände wegen seiner Schwachsinnigkeit oder weil er Stimmen gehört hat oder was weiß ich, und nach ein paar Jahren kommt er wieder raus, während sich Sevgi jedes Mal in die Hosen macht, wenn jemand auf sie zugerannt kommt. Abgesehen davon, dass sie bei jedem Blick in den Spiegel eine hübsche Erinnerung hat. Das linke Auge werden sie nicht wieder hinbekommen. Und die Mädchen verstehen die Welt nicht mehr, beide sind völlig neben der Spur. Ich könnte im Strahl kotzen!«

»Das glaube ich dir. Und wir können nichts anderes tun, als immer wieder zu versuchen, die ganz Irren abzufangen. Ihr müsst beweisen, dass es ein Mordversuch war und keine Tat im Affekt, aber das weißt du ja selbst. Merve, du musst mir einen Gefallen tun.«

»Du hast Nerven, Martin! Ich hab echt andere Sorgen.«

»Ich weiß, und ich würde dich nicht bitten, wenn es nicht wichtig wäre.«

Sie zögerte kurz und seufzte dann. »Okay, schieß los! Was brauchst du?«

»Akteneinsicht, und du müsstest deine Kontakte mal abfragen. Der tote Rentner am S-Bahnhof Priesterweg. Was ist da passiert? Irgendein Spacko brüstet sich doch immer mit so einer Tat. Wie weit seid ihr mit den Ermittlungen, wird überhaupt was getan?«

»Martin, dazu muss ich aufs Revier, und meine Leute abfragen dauert auch.«

»Es ist wirklich wichtig. Eine Freundin von mir ist vielleicht in den Fall verwickelt, der tote Rentner war ihr Nachbar. Und jetzt hat sie einen anderen Nachbarn tot auf dem Mauerweg gefunden.«

»Das tote Paar bei Sigridshorst? Hab ich mitbekommen. Prinz hat Fellner anrufen und fragen lassen, ob ich nicht den Urlaub abbrechen könne. *Mankafa!* Martin, sag mir, dass du nicht mit einer Zeugin schläfst!«

»Ich habe nicht mit ihr geschlafen.«

»Scheiße, das klingt wie ›noch nicht‹! Du kommst in Teufels Küche, wenn das rauskommt. Das ist Prinz' Fall, und der Herr Kriminalhauptkommissar lässt dich öffentlich teeren und federn, wenn der mitkriegt, dass du ihm hinterher schnüffelst.«

»Das ist mir egal, Merve. Ich habe ein mieses Gefühl und glaube, dass mehr dahintersteckt als ein Psychopath, der wahllos irgendein Paar überfallen hat. Diese Siedlung ist nicht so groß, und zwei Gewalttaten an Anwohnern innerhalb von zehn Tagen sind schon außergewöhnlich.«

»Es gibt solche Zufälle. Aber da es dir so wichtig zu sein scheint, sehe ich zu, was ich machen kann. Soll ich dich anrufen, wenn ich was hab?«

»Ja, bitte. Und, Merve ...«

»Ja?«

»Du hast was gut bei mir.«

»Das kannst du laut sagen, Glander!«

Nach ihrem Gespräch mit Andreas ging Lea nach Hause und blickte lange auf ihr Lavendelbeet. Wie konnte das Leben widerwärtig sein! Talisker brachte sich mit einem Stupser seiner feuchten Hundenase in Erinnerung. Sie griff sich ihre kleine Vaude Tasche und ging mit ihm durch das Gartentor auf den Mauerweg hinaus. Es war früher Nachmittag und immer noch ziemlich warm, die Hitzewelle hielt an. Eine Menge Menschen waren unterwegs, die sie hier regelmäßig auf ihren Runden mit Talisker sah. Gerade die Hundebesitzer hatten fast alle feste Zeiten für ihre Spaziergänge.

Bismut kam auf sie zugestürmt, seine Ohren schlappten beim Laufen auf und ab, und Lea konnte gerade noch ausweichen, sonst wäre er voll in sie hineingelaufen. Talisker würdigte diese Zurschaustellung niedersten Hundedekorums keines Blickes, ließ sich aber von Bismut begrüßen.

»Hey, Bismut, wo sind denn deine Leute?«

Sie hätte schwören können, dass der Hund grinste und mit den Schultern zuckte. Das Tier war außer Rand und Band, aber so richtig sauer konnte man auf Bismut nicht sein. Dann fiel Lea etwas in seinem Maul auf. »Aus, Bismut, lass fallen! Was hast du denn da?«

Bismut öffnete sein Maul, und eine Bulette fiel heraus. Talisker schnüffelte daran und trat dann ein paar Schritte zurück. Lea nahm eine ihrer Hundetüten aus der Tasche, umfasste den Klops und zog ihn in der Mitte auseinander. Ein Köder, kein Zweifel. »Bismut, du hast mehr Glück als Verstand. Aber wohl immerhin noch mehr Verstand als deine Leute. Was rede ich mir eigentlich den Mund fusselig?« Sie hielt Ausschau nach einem der Hartmanns und sah, dass Thomas Hartmann schon auf dem Weg zu ihnen war.

»Lea, hallo! Wie gut, dass du dieses renitente Tier abgefangen hast, ich renne schon seit einer halben Stunde hinter ihm her.«

»Das sollte dir vielleicht mal zeigen, dass Bismut dringend erzogen werden muss. Hier«, sie nahm die Hand von Thomas Hartmann und drückte die Bulette hinein, »das hat Bismut eben fallen lassen. Hast du irgendwas von dem mitgekriegt, was ich neulich von mir gegeben habe?« Lea war wütend. Leute, die keine Lust hatten, sich um ihre Hunde zu kümmern, sollten sich eben lieber einen Goldhamster kaufen! Warum die Töle den Köder nicht runtergeschlungen hatte, konnte sie sich nicht erklären. Es sei denn, Bismut hatte schon einige davon intus. »Thomas, du musst direkt mit ihm zum Tierarzt fahren, vielleicht hat er doch was von dem Köder abgekriegt. Nimm das Ding mit und lass Bismut gründlich durchchecken!«

Thomas Hartmann verzog das Gesicht. »Ach, er hat es doch gar nicht angerührt. Samstags ist beim Tierarzt immer die Hölle los, und Sabine und ich wollten uns heute einen gemütlichen Tag machen.«

»Ja, macht das mal, und dann guckt ihr Bismut in aller Gemütlichkeit zu, wie er aus den Augen blutet, eine Superidee! Schön, dass dir dein Tier so am Herzen liegt. Ich muss dann mal wieder ...« Lea drehte sich um und war so wütend, dass ihr Tränen in die Augen schossen.

Thomas hielt sie am Arm fest. »Lea, entschuldige, du hast ja recht, ich bin ein Idiot. Ich fahre gleich mit ihm zum Tierarzt. Und danach besorge ich ihm einen Maulkorb. Ich hab einfach nicht nachgedacht.«

»Das solltest du aber! Ihr könnt Bismut nicht weiter so frei durch die Gegend laufen lassen, irgendwann passiert mal was.«

Thomas seufzte. »Okay, ich werde mich drum kümmern. Seid ihr auf dem Rückweg oder gerade losgegangen?«

»Gerade losgegangen.«

»Schade, sonst hätten wir zusammen zurückgehen können. Ich hab Andreas Klingbeil gestern getroffen. Mann, der sah gar nicht gut aus. Ich dachte, vielleicht geh ich mal ein Bier mit ihm trinken, was meinst du?«

Das Ehepaar Hartmann wirkte meist, als wäre es seiner Umwelt völlig entrückt und legte wenig Wert auf menschliches Miteinander außerhalb ihrer Labore. Doch dieser Eindruck täuschte. Sie bezogen beide recht bescheidene Gehälter, da sie ihre Tätigkeiten bei der BAM, der Bundesanstalt für Materialforschung und -prüfung in Zehlendorf, nur in Teilzeit ausübten. Für sie beide reichte es, fanden die Hartmanns. Sie hatten keine Kinder und keine teuren Hobbys, nahmen für ihre Wege konsequent die Fahrräder oder den Bus und konzentrierten sich auf ihre ehrenamtlichen Einsätze. Sabine Hartmann half in einem Pflegeheim für Aidskranke, und Thomas war in der Obdachlosenhilfe engagiert.

»Ich denke, Andreas freut sich bestimmt über etwas Ablenkung und Gesellschaft. Ich war heute Vormittag bei ihm. Maren kommt Freitag, und wir wollen am nächsten Samstagabend bei mir eine Gedenkfeier abhalten. Seinen Vater ordentlich verabschieden sozusagen. Kommt doch auch, wenn ihr nichts vorhabt!«

»Sehr gerne, wir sind dabei. Was sollen wir mitbringen?«

»Eine schöne Erinnerung an den alten Klingbeil. Ich sage noch Bescheid, wann es genau losgeht. Grüß Sabine von mir!«

»Mach ich. Bis dann!«

Nach ihrem Spaziergang verbrachte Lea den restlichen Nachmittag mit Eoin Lemons *Charlie and The Perfect Wife* auf ihrer Liege im Garten und fand großen Gefallen an der schrägen Geschichte des englischen Autors. Nach der Abendrunde mit Talisker las sie das Buch aus und löschte kurz nach Mitternacht das Licht.

Drei Stunden später wurde sie von einer Feuerwehrsirene geweckt. Sie ging nach vorne an eines der Fenster und sah das flackernde Blaulicht am Anfang der Straße. Was war denn da los? Sie zog sich Jeans und ein altes Sweatshirt über, schlüpfte in ihre Turnschuhe und lief die Straße hinunter. Etliche Nachbarn hatten sich schon auf der gegenüberliegenden Straßenseite versammelt, die Feuerwehr war mit drei Löschfahrzeugen angerückt. Ein Krankenwagen stand im Stolberger Ring, und sie sah Andreas daneben auf einer Liege sitzen. Er hatte eine Atemmaske vor dem Gesicht, sah aber sonst unversehrt aus. Lea ging hinüber und wurde von einem Feuerwehrmann angehalten. Andreas gab dem Rettungssanitäter neben sich Bescheid, und der ließ Lea durchwinken.

»Was ist denn passiert, Andreas?«

Er hustete, bevor er antwortete. »Keine Ahnung. Ich hatte ein komisches Gefühl und konnte nicht schlafen. Bis gegen drei Uhr morgens. Dann bemerkte ich den Qualm, der Flur stand in Flammen, und ich bin einfach nur raus. Durchs Schlafzimmerfenster aufs Terrassendach und von da runter in den Garten.«

Lea sah den Sanitäter an. »Fehlt ihm was? Muss er ins Krankenhaus?«

»Nein, er ist ganz in Ordnung, hat zwar Rauch eingeatmet, aber keine bedenkliche Menge. Er wird die Nacht über husten, danach wird es besser.«

»Dann kommst du erst mal mit zu mir, Andreas.«

Er nickte. Lea setzte sich neben ihn. Dann sahen sie beide zu, wie das Haus seiner Kindheit ausbrannte.

10

Lea hatte Andreas gegen fünf Uhr morgens im Gästezimmer einquartiert. Bevor sie in ihr Schlafzimmer ging, prüfte sie die Batterien an ihren Rauchmeldern. Vom Bett aus schickte sie Glander eine SMS: *Dürener 2 abgebrannt. Habe Klingbeil jr. bei mir. Melde mich gegen Mittag. Lea.* Danach fiel sie in ihr Bett und schlief sofort ein.

Glander sah die Mitteilung gleich, nachdem er wach wurde, und musste sich schwer beherrschen, nicht sofort zu Lea zu fahren. Das waren ihm zu viele Zufälle: ein Nachbar zu Tode geprügelt, ein anderer mit eingeschlagenem Schädel, und jetzt ein Feuer bei dem Sohn eines der Opfer. Er rief um zehn einen Bekannten bei der Feuerwehr an. Thomas Schmitt war ein Freund aus Glanders Jugendjahren, jetzt Stellvertreter des Leitenden Branddirektors der Direktion West, die für Steglitz-Zehlendorf zuständig war, und ein ebenso begeisterter Surfer wie er selbst. Glander und er hatten so manches feuchtfröhliche Wochenende an der Kieler Förde verbracht. Viel Küstennebel, wenig Surfen.

»Glander, du bist aber verdammt früh dran!«

»Schmitti, Morgen! Du weißt doch, wir von der Kripo teilen uns das Arbeiten gut ein.«

Ihre Frotzelei dauerte seit der Zeit an, als sich Glander für die Kriminalpolizei und gegen die Feuerwehr entschieden hatte.

»Im Gegensatz zu dir sitze ich schon seit Stunden auf der Arbeit, mit massenhaft Papierkram. Warum rufst du denn an?«, fragte Thomas.

»Es gab letzte Nacht ein Feuer in Lichterfelde, Dürener Weg. Weißt du was darüber?«

»Ja, ich hab den ersten Einsatzbericht eben gelesen. Reihenhaus am Anfang einer Zeile. Ist ziemlich stark ausgebrannt, aber die Brandmauer hat standgehalten, und das Feuer hat sich nicht weiter ausbreiten können. Sie haben es kontrolliert runterbrennen lassen, das Wasser hätte erheblich mehr Schaden angerichtet. Der Besitzer hat etwas Rauch abbekommen, blieb aber unverletzt.«

»Wisst ihr schon, wie das Feuer entstanden ist?«

»Noch nicht. Auf den ersten Blick sah es laut Einsatzleitung aus wie ein Leck in der Gasleitung im Keller, in Kombination mit einem lange nicht gewarteten Boiler, der einen Funken schlug. So was passiert leider öfter, als man denkt. Warum interessierst du dich dafür?«

»Eine Freundin wohnt in der Straße ...« Glander zögerte und fügte dann hinzu: »Und da passieren in letzter Zeit seltsame Dinge.«

»Glander, du ausgebuffter Hund! Wieder am Stromern?«

»Red kein Blech! Kannst du mich anrufen, wenn ihr die Brandursache geklärt habt?«

»Versprochen! Das kann aber dauern. Gehen wir

mal wieder auf den Wannsee, wenn es schön windig ist?«

»Ja, machen wir! Ich muss. Danke, Schmitti!«

»Kein Thema, Glander. Hau rein!«

Glander musste sich bis halb zwei gedulden, ehe er von Lea hörte. Er nahm beim ersten Klingeln ab. »Lea! Ist alles in Ordnung?«

»Hi Martin! Ja, es ist alles okay hier. Andreas schläft noch, glaube ich, der war total erschlagen. Wir sind erst gegen fünf Uhr ins Bett gekommen.« Es entstand eine leicht angespannte Pause. Schließlich sagte sie: »Er bleibt heute noch hier und fährt dann morgen nach Hause.«

»Hat er irgendwas gehört, bevor er das Feuer bemerkt hat?«

»Er sagt, er habe nicht schlafen können und so gegen drei einen dumpfen Knall gehört, recht leise. Etwas später sah er dann Qualm durch die Tür kommen. Als er öffnete, stand im Flur schon alles in Flammen. Er ist über das Terrassendach in den Garten raus.«

Glander stutzte. »Gegen drei Uhr, sagst du? Warte mal eben!« Er blätterte durch die Notizen, die er sich in den letzten Tagen gemacht hatte. Friedbert Klingbeil war um kurz nach drei Uhr morgens von dem Busfahrer gefunden worden. Lea hatte ihren Nachbarn um kurz nach drei Uhr morgens gefunden. Und jetzt das Feuer um die gleiche Zeit? Glander war sich sicher, dass das kein Zufall war. Irgendjemand mordete systematisch in der kleinen Stadtrandsiedlung »Lea, hast du was dagegen, dass ich gleich vorbeikomme?«

»Nein, nur zu! Je mehr, desto schön.«

»Dann bin ich in zehn Minuten bei euch. Bis gleich!«

»Bis gleich!«

Exakt zehn Minuten nach diesem Telefonat stand Glander vor Leas Tür. Er hatte die verrußte Fassade am Anfang der Straße gesehen. Dieser Irre passte in kein Muster. Das machte ihn umso gefährlicher. Niemand konnte wissen, was er als Nächstes plante, solange sie sein Motiv nicht kannten.

»Martin, komm rein! Andreas sitzt auf der Terrasse.«

Sie gingen hinaus, und Lea stellte die beiden Männer einander vor.

Glander ergänzte: »Herr Klingbeil, ich bin Kriminalhauptkommissar beim LKA Brandenburg und habe Lea kennengelernt, als sie vor ein paar Tagen ihren Nachbarn Wolfgang Hantschke tot auf dem Mauerweg gefunden hat.«

Andreas sah Lea ungläubig an. »Du hast den Hantschke gefunden? Tot? Das ist ja nicht zu fassen!«

Lea nickte, und Glander fuhr fort: »Das ist offiziell ein Fall des LKA 1 Berlin, und ich darf mich da eigentlich nicht einschalten, also bitte ich Sie zunächst, unser Gespräch für sich zu behalten.«

»Selbstverständlich. Aber wenn das gar nicht Ihr Fall ist, warum gehen Sie der Sache dann nach? Und was hat das mit dem Feuer bei mir zu tun?«

Glander sah Lea an.

Andreas nickte. »Verstehe.«

Glander räusperte sich. »Also, ich glaube nicht, dass

es sich hier um Zufälle handelt. Erst Ihr Vater, dann Hantschke und jetzt beinahe Sie selbst ...«

»Aber das sind doch ganz unterschiedliche Vorfälle, Martin«, warf Lea ein.

Der stand auf und lief vor der Terrasse auf und ab. »Alle ereigneten sich gegen drei Uhr morgens. Diese Zeit gilt in gewissen Kreisen als Stunde der Dämonen, vielleicht ist dem Täter das wichtig, vielleicht hält er sich für einen Dämon. Mag sein, dass das völlig nebensächlich ist, aber die Fälle haben etwas miteinander zu tun, da bin ich mir sicher. Ich denke, der Täter ist recht clever und wählt sehr bewusst verschiedene Vorgehensweisen und verschiedene Tatorte. So erkennt zunächst keiner einen Zusammenhang. Klingbeil wird in Berlin totgeprügelt, es sieht aus wie ein Raubmord, das LKA 1 ist zuständig. Hantschke und die Frau werden auf brandenburgischem Boden scheinbar Opfer eines Wahnsinnigen. Der Täter ging wahrscheinlich davon aus, dass das LKA Brandenburg den Fall bekommt – dass das LKA 1 eingeschaltet würde, war nicht vorauszusehen. Und jetzt ein Feuer, bei dem erneut eine andere Abteilung ermittelt.«

Lea führte den Gedanken weiter. »Nur durch Zufall konnte jemandem auffallen, dass die Opfer alle in derselben Siedlung wohnten. Und dieser Zufall bist du, weil du dich nicht rausgehalten hast.« Sie sah die beiden Männer bestürzt an. »Aber wer sollte denn die Leute hier umbringen wollen? Und warum?«

»Das eine wissen wir, wenn wir das andere in Erfahrung gebracht haben, das Motiv führt letztlich immer zum Täter.« So platt es auch klang: Wenn er die Verbindung zwischen den drei Taten ausmachen konnte, hatte er den Täter, Glander war sich sicher. Er wandte sich an Andreas. »Haben Sie irgendeine Idee, was dahinterstecken könnte? Haben Sie oder Ihr Vater Feinde?«

Andreas verneinte vehement. »Nein, mir fällt niemand ein. Mein Vater war ein ganz ruhiger Mann, er hat sich nie gestritten. Nicht einmal mit meiner Mutter, als die uns damals verließ, und auch nicht, als sie sich dann für das Haus ausbezahlen ließ, was Papa damals in arge finanzielle Probleme brachte.«

Lea nickte bekräftigend. »Der Herr Klingbeil war ein sehr hilfsbereiter Nachbar, den alle sehr mochten.«

Glander sah die beiden mit einem grimmigen Gesichtsausdruck an. »Einer nicht. Einer mochte ihn ganz und gar nicht.«

Lea, Andreas und Glander beschlossen, am Abend gemeinsam etwas trinken zu gehen, und Glander fuhr bis dahin zurück zu seiner Schwester, die sich inzwischen selbst als »Hotel Melanie« bezeichnete, wenn sie sich kurz begegneten. Glander ließ Lea ungern alleine, sagte aber nichts. Sie hatte ihren Hund, und dieser Andreas war ja auch noch da. Auch wenn er dem keine Heldentaten zutraute.

Glander verbrachte den Nachmittag damit, über seinen Laptop im POLAS-Fahndungssystem der Brandenburger Kripo nach ähnlichen Fällen zu suchen, während er alle paar Minuten auf die Uhr schaute. Merve würde POLIKS, das Berliner System, abfragen und eine Suche über ViCLAS starten, die bundesweite Kripodatenbank. Glander hatte das ungute Gefühl, dass sie nichts finden würden.

11

Lea, Glander und Andreas hatten entschieden, zu Leas Lieblingskneipe zu radeln, und waren um sieben Uhr wieder verabredet. Glander bekam Duncans Mountainbike, und zu dritt fuhren sie am Uferweg des Teltowkanals entlang. Der Teltowkanal zog sich von der Glienicker Lake bei Klein Glienicke in Potsdam bis nach Köpenick. Die Wasserqualität war denkbar schlecht, da mehrere städtische Klärwerke ihre Abwässer in den Kanal leiteten, aber die Umgebung und vor allem die Wege entlang des Kanals in Lichterfelde luden mit ihrer üppigen Begrünung zum Radfahren, Joggen oder Spazierengehen ein. Am Charité-Campus Benjamin Franklin bogen die drei vom Kanalweg ab und fuhren durch den Park zum Hindenburgdamm hinüber. In einer der kopfsteingepflasterten Seitenstraßen lag das »Loch Ness«, ein kleiner, gemütlicher Pub mit einer umfangreichen Auswahl an schottischen Malts. Der Besitzer und seine Frau, Christian und Silvia, hatten sich vor ein paar Jahren mit ihrem schottischen Pub einen langgehegten Traum erfüllt. Lea war Stammgast seit der Eröffnung.

Christian begrüßte Lea herzlich, als sie mit Glander und Andreas an die Bar trat. »Lea! Ich hab schon gedacht, wir kriegen dich hier gar nicht mehr zu Gesicht. Silvia, komm mal, Lea ist da!«

Seine Frau kam aus der Küche und umarmte Lea. »Schön, dich wiederzusehen. Geht es dir gut? Wo wollt ihr denn sitzen? Sicher draußen bei dem schönen Wetter. Ich mach dir ein Ale wie immer, oder?«

Lea ließ sich von der Wiedersehensfreude anstecken. »Ich find's auch schön, endlich mal wieder bei euch zu sein, und ja, gerne ein Pint Ale. Wir gehen raus. Die beiden Männer brauchen eine Karte, bitte.«

Sie bestellten für Andreas und Glander den Loch-Ness-Burger mit Chips, Lea entschied sich für Fish & Chips. Im Loch Ness machte sie die einzige Ausnahme von ihrer Whisky-only-Regel: Hier trank sie das Belhaven St. Andrews Ale aus der ältesten Brauerei Schottlands. Es hatte die Farbe von Bernstein und war, richtig gekühlt, ganz großartig süffig. Glander staunte nicht schlecht, als das Pintglas nach ihrem ersten Schluck schon beinahe halbleer war.

Lea wischte sich mit dem Handrücken über den Mund. »Gott, ist das gut!«

Andreas schloss sich dem Urteil an, und auch Glander schmeckte sein Belhaven Stout, das etwas dunklere, dreifach gemalzte Bier derselben Brauerei, ausgesprochen gut.

Lea wandte sich an Andreas. »Hast du noch Lust auf die Gedenkfeier für deinen Vater, oder sollen wir die lieber verschieben?«

Andreas schüttelte heftig mit dem Kopf. »Auf keinen Fall! Ich fahre morgen erst mal nach Hause, aber Maren und ich kommen am Sonnabend wieder her, und dann lass uns feiern wie geplant. Das hätte Papa gut gefallen. Lauter nette Nachbarn zusammen beim Grillen, die sich vor seiner Schlehe fürchten müssen.«

Sie lachten alle drei. Glander sah Lea gerne an, wenn sie lachte. Er hatte recht gehabt: Ihre Augen leuchteten dabei. Beim Essen herrschten zunächst fünf Minuten konzentrierten, gefräßigen Schweigens, dann trat Christian zu ihnen an den Tisch.

»Und? Alles gut bei euch?«

Lea entgegnete ungeniert mit einem Mund voller Kartoffelwedges, die sie mit reichlich Essig bedacht hatte: »Es ist phantastisch, Christian! Ich habe zu lange darauf verzichtet. Machst du mir noch ein Pint, bitte?«

»Gerne. Deine Nachbarn waren neulich wieder hier, das muss um die drei Wochen her sein. Ich habe sie gebeten, dir Grüße auszurichten.«

»Hat keiner gemacht. Wer war denn hier?«

»Der große Hagere – Lehrer ist der, glaube ich – mit dem Angeber und dem Älteren, der so richtig berlinert. Die kamen wohl von einer ihrer Bürgerinitiativen, wenn ich das richtig mitgekriegt habe.«

»Arne Sabersky, René Ritter und Herr Michalke«, wandte sich Lea an Glander und sagte dann in die Runde: »Arne habe ich eine Weile nicht gesehen. Michalke hat's bestimmt nach dem fünften Pint vergessen, und Ritter würde sich eher Nadeln in die Augen stechen, als mir einen Gruß auszurichten.« Sie kicherte.

Christian ging wieder hinein, um für alle neue Pints zu holen. Andreas sagte recht trocken: »Der Ritter, der hat ein riesiges Egoproblem. Wie Svenja das mit dem aushält, ist mir ganz und gar unbegreiflich.«

»*I love you, you pay my rent*«, sang Lea den Song der Petshop Boys an. Sie spürte die Wirkung des ziemlich schnell geleerten halben Liters Ale, schlug sich aber doch die Hand vor den Mund. »Das war echt gemein von mir, aber irgendeinen Grund muss es ja geben, und mir fällt sonst beim besten Willen keiner ein.«

Und Lea hatte sich schon viele Gedanken über Svenja und René gemacht – zumindest immer dann, wenn Svenja vor ihr saß und sie mit großen Augen fragend ansah, nachdem René ihr wieder einmal mitgeteilt hatte, er würde wegen einer kurzfristig anberaumten Dienstreise übers Wochenende in München bleiben müssen. Oder als Svenja – angeblich auf der Suche nach einem bestimmten Urlaubsfoto – die Postkarte aus Gran Canaria in seiner Kramkiste gefunden hatte, auf der *Liebste Grüße von Bibi* stand, mit Herzchen anstelle des i-Punkts. Sie war an sein Büro adressiert gewesen. Als Svenjas Mutter vor fünf Jahren an Brustkrebs erkrankt war und alle um ihr Leben gebangt hatten, war René während der kurzen Dauer ihres Leidens kaum zu Hause anzutreffen gewesen. Wenn er doch einmal daheim gewesen war, hatte er dringende Arbeit vorgeschoben und war in den oberen Stock hinter seinen Rechner verschwunden. Lea hatte Svenja, die nicht wusste, wohin mit ihrer Angst und ihrer tiefen Enttäuschung über ihren abwesenden Ehemann, damals auffangen müssen. Nicht jeder sei solchen Situationen gewachsen, hatte Lea versucht, ihrer Freundin das offenbar teilnahmslose Verhalten ihres Mannes zu erklären, obwohl sie ihn am liebsten geohrfeigt hätte. Duncan hatte damals viel Zeit mit Bella verbracht, die sich von Vater wie Mutter allein gelassen fühlte. Kurz nach der Brustamputation von Svenjas Mutter war es dann zu einem Eklat gekommen, aber Svenja wollte das Boot partout nicht zum Kentern bringen und zog es vor, Renés hanebüchenen Ausführungen über ein wahnsinnig kompliziertes und prestigeträchtiges Projekt zu glauben.

Lea zuckte mit den Schultern und steuerte das Gespräch auf andere Nachbarn. Bei den Getränken ging sie über zu einem achtzehn Jahre alten Macallan, von dem sie sich einen Doppelten bringen ließ, mit einem großen Glas Wasser. Die Männer bestellten noch ein Pint zu ihren Lagavulins. Glander genügte es, Lea und Andreas zuzuhören, die jetzt über alte Zeiten im Dürener Weg sinnierten. Ab und zu warf er eine Verständnisfrage ein, ansonsten hielt er sich zurück und genoss es, Leas Mimik und Gestik zu studieren. Andreas schwelgte neben ihm in Kindheitserinnerungen. Wie die Jungs früher Patronenhülsen vom alten Ami-Übungsgelände geklaut hatten. Dort war nicht nur der Zutritt strengstens verboten, sie mussten auch, um überhaupt auf das Gelände zu gelangen, über den Bahndamm, der damals noch zum Hoheitsgebiet der DDR gehörte, was ebenfalls allerlei Ärger hätte mit sich bringen können. Andreas erzählte von Zeltnächten in ihren Gärten und von den legendären Hochball-Turnieren, die sie auf dem kleinen Rasenstück vorn an der Ecke der Straße veranstaltet hatten. Die beiden großen Eschen dort, die heute gut zwanzig Meter in die Höhe ragten, dienten damals als schmale Torpfosten, und sie hatten Stunden damit verbracht, sich Bälle aller Art zuzukicken, die nicht den Boden berühren durften. Er schwärmte von den Riesenportionen im »Birkengarten«, dem kroatischen Restaurant am Ostpreußendamm, in dem sie sich alle zu seinem achtzehnten Geburtstag mit Slivovic betrunken hatten, und erinnerte sich wehmütig an Bäcker Hartmann, der einem früher sonntagmorgens frische Schrippen in einem Stoffbeutel an die Haustür hängte. Als Lea um die Rechnung bat, sagte er leise: »Es war eine schöne Kindheit, wisst ihr. Die Welt war noch in Ordnung.«

Schweigend und jeder in seine Gedanken versunken, fuhren sie wieder nach Hause.

In dem Reihenmittelhaus im Dürener Weg, nicht weit von Lea, saß der Mann an seinem Schreibtisch über der Liste. Er würde beim nächsten Mal nichts mehr dem Zufall überlassen. Zufrieden legte er das Blatt zurück in die Schublade und öffnete seinen Laptop, um die Vorabend-Folge von *Berlin – Tag und Nacht* zu schauen.

12

Glander meldete sich an diesem Montagmorgen krank und kündigte an, die ganze Woche auszufallen. Dann ging er zu Melanies Hausarzt und ließ sich ein entsprechendes Attest ausstellen, das er auf dem Rückweg zum Haus seiner Schwester in einen bereits frankierten Umschlag steckte und in den Briefkasten warf. Das würde ihm sieben zusätzliche Tage verschaffen, um weiter nachzuforschen und herauszufinden, was hier gespielt wurde. Zufrieden schnappte er sich den Rasenmäher seines Schwagers und kümmerte sich um das handtuchgroße Rasenstück hinter dem Haus. Danach ging er joggen.

Glander trat nach dem Duschen gerade aus dem Badezimmer in den Flur, als sein Handy klingelte. Er eilte in sein Zimmer und fischte es aus seiner Jeans heraus, die auf dem Bett lag. »Glander«, meldete er sich.

»Hier ist Merve, hallo! Ich kann nicht lang, hör gut zu! POLIKS hat nichts gebracht. Aber ich habe etwas recht Interessantes aus den Ermittlungsakten über den am Priesterweg erschlagenen Rentner in Erfahrung bringen können.«

Glander ballte eine Faust. Er hatte gewusst, dass es einen Hinweis geben würde.

»Zwei Jugendliche, die gegen kurz vor halb drei auf dem Heimweg waren, haben gesehen, wie ein älterer Mann mit einem jüngeren zusammenstand. Sie hätten sich recht aufgeregt unterhalten, es habe aber nicht wie ein Streit ausgesehen, sagten sie. Die Jugendlichen dachten, die beiden hätten ordentlich einen gebechert und über Fußball oder Ähnliches diskutiert. Der Jüngere hatte den Arm auf der Schulter des Älteren. Sie hatten die Männer ungefähr fünf Minuten im Blick, dann waren diese auf einmal verschwunden. Die Jugendlichen nahmen an, dass die beiden Männer auf den Bahnsteig gegangen wären. Und jetzt wird es richtig interessant: Der Klingbeil wurde in einem Gebüsch keine zehn Meter von der Stelle erschlagen, wo die Jungs die Männer zuletzt gesehen haben. Dort muss Klingbeil eine Weile gelegen haben, bevor er, und jetzt halt dich fest, zu der Stelle geschleift wurde, an der ihn der Busfahrer fand.«

Glander traute seinen Ohren nicht. Das Ganze erinnerte ihn fatal an die Morde auf dem Mauerweg. Im Fall Klingbeil hieß das außerdem, dass der Mörder mit dem sterbenden alten Mann eine gute halbe Stunde in dem Gebüsch ausgeharrt haben musste. Er musste gewusst haben, dass eine Nachtbuslinie dort endete und ein Busfahrer um drei Uhr dort Pause machen würde. Der Täter hatte diesen Mord kaltblütig geplant. »Konnten die Jugendlichen den jüngeren Mann beschreiben?«

»Nein, sie konnten ja nicht ahnen, nach dem mal gefragt zu werden. Er trug eine dunkle Basecap, mehr fiel ihnen nicht ein.«

»Merve, vielen Dank! Du hast echt was gut bei mir.

Kümmere dich um deine Schwester, und wenn ihr Hilfe braucht, ruf mich an, jederzeit!«

»Okay, mach ich. Und, Glander ...«

»Ja?«

»Sei vorsichtig! Die Geschichte gefällt mir gar nicht.«

Mir auch nicht, dachte Glander.

Lea wollte an diesem Vormittag die Einladungen zu der geplanten Feier am kommenden Wochenende in der Nachbarschaft verteilen. Sie war schon recht früh am Morgen mit Talisker in die Lindenstraße gelaufen und hatte dort im Schreibwarenladen schlichte Karten aus Büttenpapier gekauft und auch noch braune Tintenpatronen für ihren Füller sowie eine Ausgabe des *Spiegel* mitgenommen. Der Inhaber des Ladens, ein jovialer Herr mit weißem Schnauzer, dem für seine Kunden keine Mühe zu viel schien, drückte ihr eine Tüte mit zwei Schrippen in die Hand, als sie im Laufe ihres Gesprächs erwähnte, dass sie noch gar nicht gefrühstückt habe. Die Blumendekoration für den Abend bestellte Lea in dem Blumenladen zwei Türen weiter, vor dem die Inhaberin gerade die Auslagen aufstellte. Immer schön die Geschäfte in der Nachbarschaft unterstützen!, sagte sie sich und schlenderte mit Talisker wieder nach Hause.

Wir gedenken Friedbert Klingbeil am kommenden Samstag, 21. Juli, ab 19.30 Uhr im Dürener Weg 60. Lea setzte ein *u.A.w.g* mit ihrer Telefonnummer unter ihre Unterschrift und steckte die Karten in Umschläge, die sie mit den Namen der Adressaten versah, um sie persönlich in die Briefkästen zu stecken.

Sie begann bei ihren direkten Nachbarn, den Lehmann-Sisters, und ging dann über die Straße zum Ehepaar Hertling, die in der letzten Zeile auf der linken Seite des Dürener Wegs wohnten. Danach arbeitete sie sich weiter im Zickzack durch ihre Straße: Frau Wieland und das Ehepaar Neumann links, die Grothes und die Renners rechts, die Ehepaare Schäfer und Paul in derselben Zeile, wieder rüber auf die linke Seite zu Jörn Groß und seiner Mutter sowie zu den Ritters und den Saberskys, dann noch einmal hinüber auf die rechte Seite der Straße, zu Friedbert Klingbeils Nachbarn, dem Ehepaar Michalke. Danach ging sie in den Stolberger Ring zum Ehepaar Hartmann und zu Michael Renner. Die letzte Einladung würde sie bei Herrn Kowalski im Monschauer Weg einwerfen. Friedbert Klingbeil hatte häufig Schach mit ihm gespielt.

Herr Kowalski war 89 Jahre alt und begeisterter FKKler mit einer Mitgliedschaft der ersten Stunde im FKK-Sportverein am Ostpreußendamm. Er war der älteste Eigentümer innerhalb der Siedlung und hatte Mitte der Sechziger als Erster eines der Grundstücke erworben, die von der später nicht unumstrittenen Wohnungsbaugesellschaft »Neue Heimat« zum Kauf angeboten worden waren.

Die »Neue Heimat« stand seit Ende der neunziger Jahre bei vielen für ungeliebten Großsiedlungsbau und Gewerkschaftsmauscheleien. In der kleinen Berliner Stadtrandsiedlung aber ließ keiner der Alteingesessenen irgendetwas auf diesen Flecken kommen. Er lag doch auch nach dem Mauerfall so schön ruhig und hatte dennoch mit zwei Buslinien und der S-Bahn eine ideale Anbindung an die Innenstadt, da waren sich alle einig. Viele der alten Eigentümer hatten überdies die preiswerten Darlehen von damals bereits lange abgezahlt und mussten sich keine Sorgen mehr um monatliche Raten machen. Die Häuser waren mit rund einhundert Quadratmetern Wohnfläche günstig zu unterhalten, so dass kein Eigentümer in finanzielle Bedrängnis geriet. In diesen wirtschaftlich nicht rosigen Zeiten gab das speziell den zahlreichen Rentnern unter den Hausbesitzern eine Menge Sicherheit.

Als Lea den kleinen Weg betrat, der durch den gepflegten Vorgarten auf das Haus von Herrn Kowalski zuführte, trat der gerade heraus. Er trug eine Sporttasche, und Lea war wieder einmal voller Bewunderung für den rüstigen alten Herrn. Menschen wie er machten sie zuversichtlich, dass es auch ein aktives Leben jenseits der siebzig geben konnte, ohne Demenz oder schwere Gebrechen.

»Guten Tag, Herr Kowalski!« Lea hob ihre Stimme. Seit einem Jahr trug Herr Kowalski ein Hörgerät, allerdings wusste man nie, ob es eingeschaltet war.

»Guten Tag, Frau Storm! Welch ein Glanz in meinem Garten! Was führt Sie denn zu mir?«

Lea lächelte den alten Herrn herzlich an. »Ich habe eine Einladung für Sie. Wir wollen Friedbert Klingbeil gedenken. Am kommenden Sonnabend, bei mir im Garten. Andreas würde sich sehr freuen, wenn Sie kommen könnten.«

Herr Kowalski ließ die Tasche auf den Boden gleiten und sah Lea kopfschüttelnd an. »Das ist wirklich schrecklich, was mit dem Friedbert passiert ist. Ich hab das gar nicht glauben wollen. Wissen Sie, Frau Storm, in der letzten Zeit hab ich immer öfter gedacht, dass es langsam reicht. Ich fühle mich dieser Welt nicht mehr richtig gewachsen.« Er hielt inne und lächelte Lea dann an. »Aber am Samstag bin ich dabei.« Verschmitzt fügte er an: »Müssen wir die Schlehe fürchten?«

»Es wäre kein richtiges Gedenken an Herrn Klingbeil ohne Schlehe, meinen Sie nicht?«

Herr Kowalski lachte sein ansteckendes, glucksendes Lachen. »Das ist wahr, liebe Frau Storm, ohne die Schlehe wäre es nicht recht.«

Lea nutzte den nächsten Tag, einen Dienstag, um sich ein wenig im Simultandolmetschen zu üben. Sie wechselte zwischen dem Radioprogramm der BBC und dem Deutschlandfunk und war erleichtert darüber, dass sie während der letzten anderthalb Jahre nur wenig von ihrem Können eingebüßt hatte. Sie war ein wenig eingerostet, es fehlte ihr an Übung, aber das würde sich schnell wieder geben. Lea übersetzte ein paar kleinere Artikel aus dem *Spiegel* und war auch mit diesen Ergebnissen zufrieden. Vielleicht war es an der Zeit, sich wieder um Aufträge zu bemühen.

Während sie noch darüber nachdachte, vernahm sie hinter ihrem Garten lautes Gebell. Talisker stand schon an der Gartentür und wedelte mit seinem buschigen Schwanz. So wedelte er nur, wenn Madame Bovary, Bo, in der Nähe war. Lea und Kati, Bos Frauchen Katarina, waren zweimal im Monat zum Laufen am Grunewaldsee verabredet, und heute war es wieder so weit. Lea öffnete das Gartentor und ließ die Setterdame herein, dicht gefolgt von Kati, die sie freudestrahlend begrüßte.

»Stell dir vor, unsere gruseligen Nachbarn ziehen weg!« Kati strahlte bis über beide Ohren.

Sie und ihr Mann Jens wohnten im letzten Haus der Reihe am Stolberger Ring, direkt hinter dem Monschauer Weg. Sie hatten das Haus mit viel Zeit, Geld und Liebe renoviert und dem Ganzen ein mediterranes Flair verliehen, das sogar Erwähnung in einem Hochglanzmagazin unter dem Titel *Edel Wohnen in kleinen Häusern* gefunden hatte. Die Schmidts, ihre Nachbarn, hielten das für überkandidelt. Da prallten zwei Welten aufeinander. Jutta und Harald Schmidt ließen ihre lieben Kleinen, Jean-Jacques und Luc-Laurence, fünf und sechseinhalb Jahre alt, gewähren – eigene Erfahrungen machen, wie sie es nannten. Lea hatte eigentlich angenommen, dass diese Form antiautoritärer Kindererziehung nur in den Siebzigern en vogue gewesen sei, als Eltern, die niemals Mama und Papa genannt werden durften, von einem esoterischen Selbstfindungskurs in den nächsten torkelten, während ihre Sprösslinge lernten, ihre Namen zu tanzen, und dabei weitestgehend sich selbst überlassen blieben. Die Schmidts mussten gut versichert sein. Jedes Tier tat gut daran, die beiden kleinen Teufel zu meiden, da es sonst sein Leben aufs Spiel setzte. Was die Jungs den Fröschen in Katis Teich angetan hatten, wäre für Lea Anlass zu einem Besuch beim Kinderpsychologen gewesen. Der Lärm, den sie machten, war ohrenbetäubend, und Lea konnte gut verstehen, dass Kati und ihr Mann sich trotz ihrer Kinderliebe auf neue Nachbarn freuten. Tests hatten vor vielen Jahren zur großen Enttäuschung der beiden gezeigt, dass Kati und Jens selbst keine eigenen Kinder bekommen würden, und so war Duncan eine der zahlreichen Personen, die sie wie Patenkinder behandelten.

Lea grinste zurück. »Die Schmidts ziehen aus? Großartig! Habt ihr die neuen Nachbarn schon kennengelernt?«

»Nein. Die Schmidts halten sich komplett bedeckt. Die scheinen uns fast aus dem Weg zu gehen. Jedenfalls ziehen sie raus in den Speckgürtel, das haben sie ganz stolz erzählt. Sie haben sich eine alte Villa bei Stahnsdorf gekauft, die sie renovieren wollen. Die Schmidts waren ja wirklich das Grauen nebenan, aber ich freue mich für sie. So eine Villa Kunterbunt, das passt doch.« Kati war anscheinend nicht nachtragend.

»Kommt doch durchs Haus, ich bin ja dran mit Fahren! Wir können gleich los.«

Die Hunde standen erwartungsvoll schwanzwedelnd vor ihren Halterinnen. Heute würden sie den ganzen Tag im Wald toben und dann in der Fischerhütte schöne saftige Knochen bekommen, während ihre Frauchen Kaffee tranken und die Welt ein wenig grader rückten.

Glander saß am frühen Abend mit Lutz Harnack zusammen. Prof. Dr. Harnack war seit einigen Jahren als führender forensischer Pathologe in Berlin tätig. Studiert hatte er in Cambridge, aufgewachsen war er im Haus neben den Glanders, und die beiden verband eine alte, gewachsene Jugendfreundschaft. Harnack genoss internationales Renommee als Experte auf seinem Gebiet. Er hielt regelmäßig Vorträge für das LKA, den Bund Deutscher Kriminalbeamter und die Deutsche Gesellschaft für Rechtsmedizin, auch war er gern gebuchter Redner auf Kongressen im Ausland. Eine Leichenschau mit Harnack war nichts für schwache Mägen, aber die Ergebnisse, die er erzielte, waren unbezahlbar für die ermittelnden Kollegen. Er war ein brillanter Toxikologe, Genetiker und Ballistiker, kannte sich mit Larven in all ihren Stadien aus und drehte jeden Leichnam zweimal um, bevor er ein Urteil abgab. Mit anderen Worten, ein echter Nerd. Harnack war hager und hatte eine unnachahmliche Frisur. Seine Haare, die immer eines Schnitts bedurften, standen an der einen Seite seines Kopfes ab und wirkten an der anderen wie angeklebt, so als würde er ständig auf dieser Seite liegen und vergessen sich zu kämmen. Außerhalb des Obduktionssaals wirkte er immer, als sei er in Eile und wolle möglichst schnell wieder zu seinen Leichen zurück. Während einer Autopsie war er dann ein ganz anderer Mensch: Konzentriert sezierte er, entnahm Organe und beurteilte Wunden, Hautverfärbungen und Ähnliches. Seine Berichte verfasste er knapp und, viel wichtiger, verständlich. Für Glander war besonders angenehm, dass Harnack auf Vorschriften und Dienstwege pfiff, wenn Glander Fragen hatte. So saßen sie nun bei Bier und Currywurst über den Autopsie-Ergebnissen zu den beiden Mordfällen.

»Beide Männer wurden mit einem Baseballschläger erschlagen, und zwar mit einem echten, alten aus Hickory-Holz, davon kannst du ausgehen. So ein Ding hinterlässt ganz eigentümliche Wunden und kleinste

Absplitterungen. Der Frau wurde mit einem Messer mit großer, gebogener Klinge die Kehle durchtrennt. Ich tippe auf ein Bowiemesser, Spitze und Kerbe deuten darauf hin. So ein richtig fieses Teil zum Ausweiden großer Tiere.« Harnack spießte ein Stück Wurst auf die kleine Holzgabel, tunkte es in das Ketchup und fuhr beim Kauen fort: »Im Fall der beiden Toten am Mauerweg sprechen die Blutspuren auf den Opfern und die Muster am Tatort dafür, dass die Frau auf dem Mann saß, während der Angriff auf sie von hinten erfolgte.«

Glander sah ihn ungläubig an. »Wie? Du meinst, Hantschke und die haben gerade eine Nummer geschoben, als sie ermordet wurden?«

Harnack nickte und aß weiter. »Haben sie, und nicht die erste in dieser Nacht, und zwar ohne Gummi. Auf jeden Fall saß sie auf ihm, der Täter hat ihre Haare von hinten gepackt, ihren Kopf zurückgezogen und ihr die Kehle durchtrennt. Dann hat er sie zur Seite gestoßen, bevor er sich über den Hantschke hergemacht hat. Die Frau hatte Abschürfungen auf ihrer linken Seite. Bei dem toten Rentner, dem Klingbeil, lief es anders ab. Der ist von hinten niedergeschlagen worden, das beweist der deutliche Eindruck am Hinterkopf des Toten. Der Mann geht daraufhin zu Boden, und der Mörder drischt weiter auf ihn ein. Rechtshänder übrigens. Als der Rentner sich nicht mehr rührt, hat der Täter ihn umgedreht und eine Weile liegen lassen. Etwas später erst hat er ihn dahin geschleift, wo man ihn fand.«

Der Täter hatte seinem Opfer tatsächlich beim Sterben zugeschaut. Glander wusste, dass das Morden weitergehen würde. Er musste die Verbindung finden.

Lea saß später an diesem Abend zu Hause und dachte an den Hauptkommissar. Sie hätte ihn gerne noch gesehen, traute sich aber nicht, ihn ohne einen guten Grund anzurufen. Ihr fehlte es, sich am Ende eines Tages mit jemandem auszutauschen. Sie vermisste die abendlichen Rituale, die über die Jahre entstehen, und die geselligen Runden mit Freunden, bei denen sie über gutem Essen und Getränken stundenlang zusammengesessen hatten und es in ihrem Haus immer heiter zugegangen war. Die meisten ihrer Freunde hatten sich zurückgezogen, als es Mark immer schlechter ging. Lea konnte es ihnen nicht verübeln. Krebs fraß alles auf, auch Freundschaften. Nur Kati war davon unbeirrt geblieben. Als Krankenschwester konnte sie mit diesem Thema umgehen und war für Lea eine unglaubliche Stütze. Lea nahm das Telefon und rief ihre Freundin an.

»Katarina Keller.«

»Kati, ich bin's noch mal, Lea.«

»Hi! Hast du was vergessen?«

»Ja. Nein. Das heißt, ich habe nachgedacht. Unsere Abende fehlen mir. *Ihr* fehlt mir. Wollen wir nicht einmal wieder gemeinsam kochen? Ich habe jemanden kennengelernt, der könnte unser vierter Mann sein. Also, unser zweiter, besser gesagt ...« Sie faselte, stellte Lea resigniert fest.

Kati seufzte, es klang erleichtert. »Ach Süße, du glaubst gar nicht, wie ich mich über diesen Anruf freue! Du bist endlich zurück. Sag einfach, wann und was ihr kochen wollt, wir sind in jedem Fall am Start. Und auf den vierten Mann, oder den zweiten, besser gesagt, bin ich mordsgespannt.« Sie kicherte.

Auch Lea musste lachen. »Okay. Schade, dass ihr am Samstag nicht könnt, aber ich melde mich nächste Woche mit einem Terminvorschlag.«

»Prima, bis dann!«

»Bis dann!«

Lea machte sich im Anschluss an das kurze Gespräch auf eine Tour durch ihre private Malt-Kollektion. Es wurde eine lange Reise, an deren Ende sie mit Marks Bild und seinem Lieblings-T-Shirt im Arm auf dem Sofa einschlief. Talisker lag wie ein Bollwerk davor auf dem Boden und schlief erst ein, als sein Frauchen leise zu schnarchen begann.

13

Ja, das war ein amtlicher, ausgewachsener Kater. Auch der beste Whisky verursachte Kopfweh, wenn man nur genug davon trank, und den Flaschen auf dem Fußboden nach zu urteilen hatte sie auf ihrer Reise in die Vergangenheit kaum eine Destille in Speyside ausgelassen. Lea schlich in die Küche und machte sich einen starken Espresso. Jetzt half nur ein *bacon butty*. Sie taute zwei *baps* auf, weiche, weiße Brötchen, die sie sich auf Vorrat von ihrer Freundin Sarah aus London schicken ließ. Sie briet zehn Scheiben Bacon sehr kross, butterte die beiden Brötchen und krönte ihr Katerfrühstück mit Ketchup. Die wahren Kenner nahmen dazu *brown sauce*, aber die schmeckte Lea nur in Verbindung mit Thunfisch-Sandwiches – bei einem Kater für sie ganz undenkbar. Drei Stunden Schlaf mehr wären auch nicht verkehrt gewesen, dachte sie, als sie zwei gehäufte Teelöffel Basenpulver und eine Multivitamintablette in einem großen Glas Wasser auflöste. Ein kleiner Trick, den sie gegen die Folgen von zu viel Alkohol auf Lager hatte. So gestärkt, rief sie Talisker und ging mit ihm zwei Stunden an die frische Luft, was erfahrungsgemäß noch immer am besten half. Nach einem ausgedehnten Mittagschlaf war dann

gegen zwei Uhr mittags keine Spur mehr von Über-
nächtigung vorhanden.

Lea fasste sich ein Herz und rief Glander an, um
sich mit ihm fürs Kino zu verabreden. Er holte sie gegen
halb fünf ab. Das Adria in Steglitz zeigte *Ziemlich beste
Freunde*, und Lea war nach dem Ende der Vorstellung
ganz gerührt von dem schönen Film. Sie fuhren ein
Stück Unter den Eichen entlang und gingen ins »Pese-
tas«, ein spanisches Restaurant, das ganz phantastische
Tapas anbot. Glander nahm ein Corona, Lea blieb bei
Mineralwasser. Sie bestellten Papas arrugadas mit grüner und roter Mojo, Albondigas, Boquerones, Gambas
al ajillo, Puntillitas fritas und Pimientas de Padrón und
teilten sich all die leckeren Kleinigkeiten, als diese auf
dem Tisch standen.

»Ich habe gestern mit einer alten Freundin endlich
einmal wieder eine Verabredung getroffen.«

Glander war gespannt, was jetzt folgen würde, und
sagte nur: »Okay.«

»Und ... äh ... du bist ebenfalls erwähnt worden.«

Jetzt wurde es interessant. »Okay.«

Lea sah ihn an und zog ihre rechte Augenbraue
hoch – ein Gesichtsausdruck, den Glander sehr reizvoll
an ihr fand. »Wenn du jetzt noch mal ›Okay‹ sagst,
boxe ich dich!«

»Oh ...«, setzte Glander an und lachte dann. »Nee, ist
ja gut. Was ist mein Part?«

»Du bist meine Begleitung. Also, das Ganze findet
bei mir statt, aber du ersetzt ... Nein, das wollte ich so
nicht sagen ...«

Er beschloss, ihr zu helfen. »Ich soll dein Date sein.«

»Ja, genau, du sollst mein Date sein, denn Kati braucht nach dem Essen jemanden, der ihr hilft, die Küche aufzuräumen.«

»Okay.«

Lea boxte ihn gegen den Oberarm, Glander lachte wieder. »Einverstanden, ich räume auch die Küche auf. Ist Katis Mann ähnlich talentiert wie du?«

»Oh, er ist viel besser. Ich bin McDonald's im Vergleich zu ihm.«

Sie stapelte tief, da war er sich sicher. Das würde wohl ein echter Festschmaus werden. »Sag mir, wann, und ich bin zu allen Schandtaten bereit!«

Der Blick, den er ihr dabei zuwarf, war so offensichtlich zweideutig, dass Lea kichern musste. Sie fühlte sich wirklich wohl in der Gegenwart ihres Kriminalhauptkommissars. Wirklich richtig wohl.

14

Nach einem gemütlichen Frühstück aus Obst, Müsli und drei Latte Macchiato bummelte Lea am Donnerstagmorgen mit Talisker zu ihrer Friseurin in die Lindenstraße. Der Salon war klein und hatte höchstwahrscheinlich sein Dekor seit den achtziger Jahren nicht verändert. Er war alles andere als trendy, aber Lea konnte mit den hippen Salons in den angesagten Stadtteilen nichts anfangen, und es widerstrebte ihr, für einen Friseurbesuch das Doppelte bezahlen zu müssen, nur weil der Laden in der Innenstadt lag. Lieber gab sie ein üppiges Trinkgeld, denn in dem Beruf wurde man ja als Angestellte weiß Gott nicht reich.

Steffi, die ihr seit fünf Jahren die Haare schnitt, begrüßte sie mit einer kleinen Umarmung. »Morgen, Lea! Schon wieder sechs Wochen rum. Mann, die Zeit rennt. Nimm Platz, ich bin gleich bei dir!«

Auf dem Stuhl neben Lea saß Frau Michalke unter einer Föhnhaube. Ihr auf Lockenwickler gedrehtes Haar leuchtete schon in dem für sie typischen Platinblond, und jetzt sorgten die Wickler für Volumen. Sie war wie immer stark geschminkt und tupfte sich gerade eine Spur zerlaufener Mascara aus dem linken Augenwinkel. Als sie Lea sah, winkte sie ihr zu und brüllte: »Juten Morjen! Ick wusste jar nich, dett Sie ooch hier hinjehn!«

Lea nickte, zeigte auf die Haube und nahm Platz.

Frau Michalke grölte: »Ick weeß, dit Ding macht 'n Höllenlärm! Ick bin aba jleich fertich, dann könn' wa noch 'ne Runde quatschen!«

Och nö, dachte Lea. Sie wollte heute von Steffi hören, wie ihr Urlaub gewesen war und wie es ihren beiden Mädchen ging. Die Große würde jetzt eingeschult werden und die Kleine bald in die Kita gehen.

Steffi stellte sich hinter sie und fragte: »Spitzen, wie immer, oder?«

»Ja, bitte. Mit Packung und allem Chichi. Wie war denn der Urlaub?«, fragte Lea, als sie aufstand und sich zum Waschbecken setzte.

Steffi erzählte ausführlich von den drei Wochen Familienurlaub in Zeeland, während sie Lea die Haare wusch und die Haarpackung auftrug und einmassierte. Als die dann einwirkte, schnitt sie kurz einem kleinen Jungen die Haare, der von seiner Mutter begleitet wurde. Lea schaute im Spiegel zu und erinnerte sich an Duncans ersten Haarschnitt, den er auch in diesem Salon bekommen hatte. Eine Woche vor seiner Einschulung. Das war jetzt vierzehn Jahre her, dachte sie ein wenig wehmütig. Der blonde Junge saß ganz gerade und still auf dem Friseurstuhl und betrachtete sich aus großen grauen Augen ernst im Spiegel. Ein hübsches Kind, dachte Lea, und lächelte, als er zu kichern begann, weil ihn die Haarschneidemaschine im Nacken kitzelte. Die Auszubildende spülte ihr die Haare aus, und Lea nahm wieder neben Frau Michalke Platz.

»Na, dit war ja 'n Mordsschreck mit dit Feua neulich Nacht. Ick war ja bloß froh, det dem Andreas nüscht passiert is.«

»Ja, er hat Glück gehabt. Sie können aber auch froh sein, dass das Feuer nicht übergesprungen ist.«

Frau Michalke winkte ab. Diese kleine Geste reichte aus, um ihre ganze Gestalt in Wallung zu bringen. Frau Michalke brachte über einhundert Kilo auf die Waage, wirklich viele davon steckten in ihrer Oberweite. Die Frau war von der Frisur bis zu den Füßen üppig, was sie durch ihren Kleidungsstil noch betonte, der durch hohe Schuhe, etwas zu enge und zu kurze Röcke und voluminös hochtoupierte Haare gekennzeichnet war. Ihre Stimme war so laut wie ihre Ausdrucksweise derb. Bei Michalkes lief der Fernseher praktisch 24 Stunden am Tag, und vermutlich hatten die beiden sich angewölnt, den Geräuschpegel des Fernsehapparats übertönen zu müssen. Im Sommer kam die Nachbarschaft deshalb recht regelmäßig in den Genuss ihrer lautstarken Diskussionen. Lea dankte dem Schicksal, dass es ihr die Lehmann-Sisters ins Nachbarhaus gebracht hatte.

»Nee, dit war klar. Die Häuser sehn nach nüscht aus, ick weeß, und kaum eene Wand ham se damals jrade hinjekricht, aba die Brandmauan, die stehn wie der Piephahn von 'nem Knasti, wenn er nach zehn Jahre wieder rauskommt, dit könn' Se jloohm.« Sie nahm einen Schluck Kaffee und fuhr fort: »Ick jeh heute nämich mit meen Dicken schwofen, in'n Schützenvaein. Die Heike findet dit mit die Waffen ja schlümm, aba der Dicke macht dit nu schon so lange, der kennt die da alle, dit kanna nu ooch nich mehr uffjehm.«

Lea verspürte keine große Lust, sich über Michalkes Schützenvereinsleben zu unterhalten, sah aber keine Möglichkeit, dem Gespräch zu entgehen. »Solange die Waffen in den Schränken bleiben, wenn die Schützen beim Bechern sind ...«

»Nee, da passiert jar nüscht an soh'm Ahmd. Meen Dicka lässt sich orntlich vollloofen, und dann dreschn se alle ihre Witze.«

»Und was machen Sie so lange?«

»Icke? Ick sitz mit die Weiba nehman beim Sektchen, bis die Musike losjeht. Und dann lehjen wa alle 'ne flotte Sohle uffs Pahkett. Dit denkt man nich, aba meen Dicka is'n janz Flotta.«

Frau Michalke schwelgte wohl in Erinnerungen an vergangene Tanzeinlagen, denn sie schloss für einen Moment die Augen und wiegte sich auf ihrem Stuhl im Takt einer Musik, die nur sie hörte. Steffi warf Lea im Spiegel einen belustigten Blick zu. Die Mutter des blonden Jungen grinste ebenfalls.

Frau Michalke öffnete die Augen wieder und plauderte weiter. »Ick hab meem Dicken aba jesaacht, det er nich wieda bis zun frühn Morjen feian kann. Vorletzte Woche Dienstach isser orntlich mit die Jungs versackt. Da warer um drei noch nich zu Hause, ick dachte, ick spinne. Dann hatter den janzen Mittwochmorjen jepennt, bis Mittach. Und ick durfte uff Zehnspitzen durch die Bude, Mann, war ick bedient! Den janzen Tach warer neben die Kappe. So jeht dit ja nu ooch nich!«

Steffi erlöste Lea von weiteren Ausführungen über das Feierverhalten der Michalkes. »So, Frau Michalke, ein bisschen müssen wir noch!« Sie stellte die Trockenhaube wieder an und begann, Lea die Spitzen zu schneiden.

Am Abend war Lea mit Max, Marks ehemaligem Partner im Architektenbüro, zum Abendessen verabredet. Max und Mark hatten sich während ihres Studiums kennengelernt, und als dem zwei Jahre älteren Max zu Ohren gekommen war, dass Mark nicht mehr bei Rogers arbeitete, hatte er ihm die gemeinsame Firmengründung vorgeschlagen. Ein halbes Jahr später hatten sie die »Speyer & Storm Architekten GmbH« aus der Taufe gehoben.

An diesem Abend waren Lea und Max in der »Osteria Maria« zum Schinkenmenü verabredet, das dort donnerstags angeboten wurde. Max lebte mit seiner Familie in Kleinmachnow und musste so, aus Kreuzberg kommend, zur Steglitzer Leydenallee keinen großen Umweg auf seinem Heimweg fahren.

Er erwartete sie im begrünten Innenhof des Restaurants mit einer Zigarette in der Hand, die sicherlich schon aus der zweiten Schachtel dieses Tages stammte. »Lea! Schön, dich zu sehen. Du siehst gut aus.«

Max unterzog sie einer eingehenden Musterung, so dass Lea ein wenig errötete. Er war ein gutaussehender Mann, immer in feinstem Zwirn gekleidet, und ging mit seinen fünfzig Jahren oft für Ende dreißig durch. Sein Haarausfall hatte bereits mit Mitte dreißig begonnen, und seitdem trug er den Rest kurzgeschoren. Es stand ihm gut, stellte Lea einmal mehr fest und dachte einen Augenblick lang an ihre Tante Patty, die spärlichen

Haarwuchs auf Männerköpfen immer mit dem hehren Satz kommentierte, dass ein schönes Gesicht eben viel Platz brauchte. »Ich schlafe wieder besser, und es ist einiges passiert«, antwortete Lea.

Sie nahmen an dem für sie reservierten Tisch im Innenhof Platz. Max bestellte Wein für sich und Wasser für Lea.

»Bevor du mir davon erzählst – ich habe hier ein paar Unterlagen, die du bitte unterschreiben müsstest. Ruf mich an, wenn du Fragen hast! Ist aber alles ganz simpel. Ein paar Investitionsanträge und ein Schreiben an die Bank. Wenn du damit durch bist, sag Ulrike Bescheid, die lässt das dann per Kurier abholen!« Er reichte ihr eine schmale Ledermappe über den Tisch. »So, und jetzt erzähl mal, was der Grund für deine Rückkehr zu den Lebenden ist!«

Lea schaute ihn über den Rand ihres Wasserglases an. »War es so schlimm?«

»Ja, das war es. Nadja und ich haben uns große Sorgen um dich gemacht. Wir hätten dir jetzt noch einen Monat gegeben, dann wollte Nadja intervenieren und dich zu einer Therapie überreden.«

»Da habe ich ja noch einmal Glück gehabt. Du weißt, was ich davon halte.«

Max winkte lachend ab. »Ich weiß, ich weiß, zu viel Nabelschau ist ungesund, und außerdem hast du alle Psychokniffe schon als junges Mädchen von deiner Mutter gelernt.«

»Lach nicht! Von wegen Psychokniffe. Mama hielt einfach nichts davon, jedem, der sich müde oder mutlos fühlte, gleich ein bipolares Launenfehlregulierungssyndrom zu attestieren oder so was in der Art, ihn dann die eigene Kindheit nach Fehlentwicklungen durchforsten zu lassen, die nicht mehr reparabel waren, um am Ende ohnehin nur irgendwelche Psychopharmaka zu verabreichen, damit sich alle besser fühlten. Ihr Ansatz war, den Menschen zuzuhören und das konkrete Problem zu definieren. Wenn jemand keine Arbeit fand und deswegen deprimiert war, bedeutete das in den wenigsten Fällen eine echte Depression, die medikamentös behandelt werden musste. Es galt, das Problem anzugehen, Lösungen zu finden und zu erkennen, wie man es bewältigen und dauerhaft vermeiden konnte. Die Vergangenheitsbewältigung erübrigte sich bei den allermeisten Leuten, die zu ihr kamen, denn letztlich, so ihre Meinung, kann man an seiner Vergangenheit nichts mehr ändern. Aber man kann sehr wohl lernen, wie man Dinge im Hier und Jetzt besser macht, damit man nicht immer wieder vor demselben Problem steht.« Lea hielt inne und raufte sich grinsend die Haare. »Entschuldige.« Sie predigte.

»Sie war sicher *sehr* beliebt bei ihren Kollegen«, kommentierte Max sarkastisch.

»Dafür umso mehr bei ihren Klienten.«

»Mir gefällt der Ansatz, dass sie in ihnen keine Patienten sah, sondern eher Gesprächspartner.«

»Genau. Mama sagte immer: Wer wäre sie denn, um definieren zu dürfen, was ›normal‹ oder ›krank‹ sei? Die Leute, die zu ihr kamen, brauchten alle auf die eine oder andere Art Hilfe, aber richtig krank waren die wenigsten.« Lea blickte auf ihre Hände, nahm eine Gabel und zog damit Linien auf das Tischtuch. »Sie konnte unglaublich gut zuhören und zwischen den Zeilen lesen. Ich glaube, das waren ihre Stärken: das Zuhören und das Sich-Einlassen. Daran mangelte es den meisten Menschen damals schon.«

»Ich hätte sie gerne kennengelernt, glaube ich.«

Lea tippte auf Max' Zigarettenschachtel. Luckies ohne Filter, Max machte keine halben Sachen. »Ihr hättet euch gegenseitig zuqualmen können, sie hat auch gequarzt wie ein Schlot.« Lea blickte in den Abendhimmel. »Und dann erwischt sie und meinen Dad ein übermüdeter LKW-Fahrer frontal.« Wieder zu Max gewandt, fuhr sie fort: »Ich hätte sie dringend gebraucht, damit sie mir diesen Wahnsinn erklärt. Leider ging das nicht mehr.«

Max gab der Bedienung ein Zeichen, dass sie das Essen servieren konnte. Einen Moment später wurde der erste Gang gebracht: verschiedene Bruschette, Crostini und der schmackhafte Schinken aus San Daniele. Max schenkte sich ein Glas von dem gekühlten Weißwein ein, den die Inhaberfamilie ebenfalls aus der Toskana importierte.

Lea nahm sich Schinken und Crostini und genoss den ersten Bissen. »Schön, dass wir uns hier treffen, das Essen ist immer so unglaublich lecker.«

»Der Wein auch. Ich sollte mich vorsehen, sonst muss ich das Auto stehen lassen.«

Max hatte seinen Führerschein gerade erst wiederbekommen, nachdem er Anfang des Jahres kurz hinter der Abfahrt von der A115 in eine Mausefalle geraten war und mit deutlich über einem halben Promille in ein Taxi hatte umsteigen müssen. Nadja hatte über die drei

Monate morgendlichen Chauffeurdienst ordentlich geflucht, denn die A115 war in der Stoßzeit immer dicht. Ein neues Kleid von Chanel hatte den ehelichen Frieden wiederhergestellt. Lea nahm noch etwas von dem Schinken und ein Bruschetta.

»Jetzt erzähl mal, Lea!«

»Ich habe eine Leiche gefunden.«

»Du hast eine Leiche gefunden?« Max sah sie verständnislos an.

»Ja, bei mir in der Gegend. Ich kann da nicht groß drüber reden, weil ich eine Zeugin bin, aber das war ganz schön krass.«

Max nahm einen ordentlichen Schluck Wein. »Das glaube ich. Ja, und jetzt? Hat man die Täter gefasst?«

»Nein. Martin glaubt, da steckt mehr dahinter, das wird nicht so einfach.«

»Martin?«

Lea hielt seinem neugierigen Blick stand. »Das ist ein Hauptkommissar aus Brandenburg. Ich hab ihn am Tatort kennengelernt, und dann hatte er noch ein paar Fragen ...«

Max grIente sie unverhohlen an. »Lea, ich freue mich für dich, wenn dir der Herr Kommissar gefällt. Du bist viel zu jung, um alleine zu sein. Hat Nadja auch gesagt.«

»So, so, hat sie das? Ich bin jetzt aber erst einmal alleine, und dann sehen wir weiter. Er ist nett, und er ermittelt.«

Max hob abwehrend die Hände und lachte. »Okay, okay, ist ja gut. Ich wollte dich nicht ärgern, ich meine es ernst. Nadja und ich würden uns freuen, wenn wir diesen Martin kennenlernen. Vielleicht kommt ihr mal zu uns zum Essen?«

»Ach, ich weiß doch gar nicht, ob sich da wirklich was draus entwickelt. Schauen wir mal.« Dann wechselte sie das Thema.

Als ihr Taxi kurz nach eins im Dürener Weg an ihm vorbeifuhr, bemerkte Lea den Mann nicht, der sich hinter ein parkendes Auto duckte. Der Taxifahrer hatte ihn sehr wohl gesehen. Aber was ging es ihn an, wenn einer nicht gesehen werden wollte? Immerhin aber wartete er, bis Lea ihre Haustür hinter sich geschlossen hatte. Als er gewendet hatte und die Straße wieder hinunterfuhr, war von der dunklen Gestalt nichts mehr zu sehen.

Im Flur streifte Lea ihre Pumps ab und massierte sich die Füße. Es war richtig spät geworden, sie hatten sich völlig verquatscht, und Max hatte definitiv zu viel getrunken, fuhr aber trotzdem mit dem Auto heim. Sie hatte dafür kein Verständnis, aber Max war alt genug, er musste selber wissen, was er tat. Sie fragte sich, ob Martin Glander angetrunken Auto fuhr, vermutete aber, dass er es nicht tat. Er schien ihr zu kontrolliert dafür, es passte nicht zu ihm. Lea fühlte sich trotz der schrecklichen Vorkommnisse, die sie zusammengebracht hatten, ruhig und sicher in seiner Gegenwart. Er war nicht verheiratet, und sie fragte sich, woran das lag. Ob er geschieden war? Wenn ja, was das wohl für eine Frau gewesen sein mag? Lea spürte einen kleinen Stich, als sie sich vorstellte, wie Martin Glander eine Frau ansah, die ihm viel bedeutete. Dann regte sich ihr Gewissen. Sie betrachtete lange Marks Porträt. Es ist okay, schien er zu sagen. Aber war es das wirklich? War ein Jahr nicht zu kurz, um sich schon wieder auf jemanden einzulassen? Und wie stand es um Martin Glanders Gefühle? Es war offensichtlich, dass sie ihm gefiel, aber das hieß ja noch lange nicht, dass er wirkliches Interesse an ihr hatte. Sie kannte diesen Mann gar nicht, vielleicht war er nur an einer kurzen Liaison interessiert. Wie er wohl im Bett war? Lea lachte laut auf, so dass Talisker verwundert zu ihr herübersah. Das ging jetzt wirklich zu weit! Sex mit einem Kriminalhauptkommissar, das war absurd. Kopfschüttelnd ging sie die Treppe hinauf ins Bad und schminkte sich ab. Talisker trottete zu seinem Lager oben im Flur und ließ sich auf seine Decken plumpsen.

Lea träumte einiges in dieser Nacht, das sie am nächsten Morgen beim Aufwachen tief erröten ließ.

In dem Reihenmittelhaus im Dürener Weg, nicht weit von Lea, saß der Mann über seiner Liste und dachte darüber nach, wen er als Nächstes aufsuchen könnte. Es würde ihm nicht weiter so leicht gemacht werden, dessen war er sich sicher. Lea Storm kam ihm in den Sinn. Die hätte ihn vorhin fast gesehen, er hatte sich gerade noch wegducken können. Sie lebte alleine, und allem Anschein nach war sie immer noch depressiv wegen des Todes ihres Mannes. Er überlegte kurz, woher er möglichst schnell an eine ausreichende Menge des Beruhigungsmittels Flunitrazepam kommen könnte, und lächelte dann zufrieden, als ihm eine Bezugsquelle einfiel. Ja, das würde klappen. Für die Storm und ihren Scheißköter. Er legte die Liste zurück in die Schublade seines Schreibtisches und ging ins Bett, um sich noch ein paar Stunden Schlaf zu gönnen.

15

Glander hatte seine Zeit zunächst mit stupider Recherche verbracht. Leider gänzlich ergebnislos, auch wenn sein Laptop heiß gelaufen war. Friedbert Klingbeil war ein ebenso unbeschriebenes Blatt wie Wolfgang Hantschke, er hatte nicht einmal einen Strafzettel bekommen. Glander hatte sich zudem die Mühe gemacht, alle im Grundbuch eingetragenen Hausbesitzer in der Siedlung zu überprüfen, aber auch dabei war ihm nichts aufgefallen, was einen Mord erklären könnte, geschweige denn mehrere. Lauter unbescholtene Bürger mit mehr oder weniger interessanten Lebensläufen. Viele Käufer der ersten Stunde lebten noch in ihrem Eigentum, andere Häuser hatten mehrfach die Bewohner gewechselt und waren teils verkauft, teils vermietet.

Nach gut zwanzig Stunden vor dem Rechner, nur unterbrochen von ein paar wenigen Stunden Schlaf und ein paar belegten Broten, schlüpfte Glander in seine Sportsachen und lief zu der Weggabelung, an der Lea die beiden Toten gefunden hatte. Er stand zwischen den vier Bänken und ließ die Szene auf sich wirken. Jetzt, am späten Freitagabend, lag die Gegend beinahe verlassen vor ihm. Die Tatortreiniger hatten die Blutspuren beseitigt, es gab keine Schaulustigen mehr, nur ein paar Leute waren mit ihren Hunden unterwegs oder trieben Sport. Er lief bis zum Eupener Weg vor und dann zurück bis zu Leas Gartentor. Dort blieb er stehen. Der Täter musste sich auskennen in der Gegend, es war kein zufällig gewählter Tatort. Der Mörder wollte den Frieden stören. Glander hatte keinen Beweis dafür, spürte es aber in jeder Faser seines Körpers. Dann stieß ihm ein ganz anderer Gedanke auf: Wusste der Mörder um Leas Schlaflosigkeit und ihre Angewohnheit, mit Talisker nachts joggen zu gehen? Hatte er womöglich gewollt, dass sie die beiden Toten fand?

Lea hatte schon am Freitag mit den Vorbereitungen für die Feier begonnen. Sie hatte Spareribs gekauft, über Nacht eingelegt und Merguez vorbestellt, die sie am Samstagvormittag abholte. Auf dem Rückweg kaufte sie frische Doraden bei einem Händler kurz vor dem Teltowkanal, der hauptsächlich Großküchen belieferte, aber auch eine kleine Filiale betrieb. Zu Hause verpasste sie den Speisefischen eine Salzkruste und eine Füllung aus Olivenöl, frischem Rosmarin und einem Hauch Knoblauch. Am Abend würden sie in den Steinofen im Garten gehen. Ein Fass Bier und eine Wanne voll Eis waren bestellt, beides würde später geliefert werden, zusammen mit den sieben hohen, runden Bistrotischen, die sie im Garten verteilen würde. Lea genoss es, wieder eine Feier zu organisieren und Gäste zu bewirten. Sie freute sich trotz des traurigen Anlasses darauf, das Haus wieder einmal voller Menschen zu haben.

Sie hatte Glander untersagt, sich vor vier Uhr bei

ihr blicken zu lassen. Sie arbeitete am liebsten alleine, in ihrem eigenen Tempo und mit lauter Musik. Bei Paul Wellers *Studio 150* machte sie Schwäbischen Kartoffelsalat und einen Nudelsalat mit Paprika und Oliven. Sie bereitete die Zutaten und die Dressings für einen bunten Gartensalat und einen Feldsalat mit frischen Champignons vor und hobelte schon den Parmesan auf einen Rucolasalat, der später von einer Soße aus Olivenöl, Balsamicoessig und Knoblauch begleitet würde. Anschließend widmete sie sich einer Kräuterbutter und einem Aioli-Dip. Die für sie unverzichtbare Guacamole würde sie anrichten, kurz bevor die Gäste kämen. In einem halbhohen Holzfass standen verschiedene Stangen Baguette bereit.

Glander hatte noch ein paar Stunden Schlaf erhascht, lange sehr kalt geduscht und tauchte gerade auf, als das Eis und eine mittelgroße Metallwanne geliefert wurden. Auf Leas Bitte füllte er sie mit einigen Flaschen Weißwein und Crémant, mit Säften und Mineralwasser. Um siebzehn Uhr wurde das Vierzig-Liter-Fass Bier gebracht und die Zapfanlage installiert, während Glander im Garten Fackeln und Lampions verteilte. Er holte noch ein paar bequeme Stühle aus dem Schuppen und entkorkte drei Flaschen Rotwein, damit diese atmen konnten. Lea ging sich frisch machen und zog sich um. Glander fand sie umwerfend, als sie die Treppe wieder herunterkam. Sie trug ein ärmelloses Kleid aus reiner Seide in Grautönen und dazu recht sportliche silberne Riemensandalen mit einer drei Zentimeter dicken Sohle. Die Kombination sah schlicht, aber sehr elegant aus.

Dann stand er bei ihr in der Küche, trank ein erstes gezapftes Bier und sah ihr zu, wie sie die Salate anmachte. Sie wirkte entspannt, und er riskierte nur ungern, ihr diese angenehme Stimmung zu verderben. »Wir sollten heute aufmerksam zuhören, was deine Nachbarn so erzählen. Vielleicht finden wir einen Hinweis darauf, was die Morde und das Feuer verbindet. Und ich würde gerne meinen Beruf für mich behalten, wenn es dir recht ist.«

Lea sah ihn ernst an. »Du glaubst doch nicht etwa, dass hier ein Mörder heute meine Guacamole mampft und sich dabei überlegt, wen von uns er als Nächstes abmurkst? Hier, probier mal!« Sie hielt ihm lächelnd den Löffel hin, auf dem ein großer Klecks der Avocadocreme lag, und er kostete davon.

Sie schmeckte hervorragend: frisch und cremig mit einem kleinen Chilikick und einem leichten Aroma von Koriander. »Ganz großartig, Lea! So wie du.«

Sie blickten einander in die Augen. Jetzt oder nie, dachte Glander und ging noch einen kleinen Schritt auf sie zu. Sie kam ihm entgegen und schloss ihre Augen, als er sie küsste. Sie schmeckte nach der Guacamole, ihr Haar roch ganz leicht nach Vanille. Lea schmiegte sich an ihn, und er spürte die Rundungen ihres Körpers und die Wärme, die von ihr ausging. Er verfluchte die anstehende Party.

Lea löste sich heftig atmend von ihm und sah ihn mit großen Augen an. »Martin, das war der erste Kuss in zwanzig Jahren, den ich nicht von Mark bekommen habe. Ich brauche Zeit. Hast du die?«

Er küsste sie auf die Stirn. »Ich habe alle Zeit der

Welt, Lea.« Damit ging er hinaus, um nach dem Feuer im Steinofen zu sehen, den Grill vorzubereiten und sich ein dringend nötiges zweites Bier zu zapfen.

Andreas Klingbeil und Maren kamen um sieben Uhr, wie sie es verabredet hatten. Andreas trug eine große Lavendelpflanze in einem aufwendig verzierten Terrakottatopf. »Hallo, Lea, hallo, Martin! Hier, der ist für dich, Lea, für die schöne Idee und deine ganze Mühe. Und ich bestehe darauf, die Kosten für die Feier zu übernehmen, also gib mir bitte deine Kontoverbindung, dann überweise ich dir den Betrag!«

Maren strich ihm über die Wange. »Er ist wirklich sehr gerührt von deinem Vorschlag, und ich auch. Friedbert sitzt jetzt sicherlich auf einer Wolke da oben und ist zufrieden.«

»Nicht ganz, Maren«, warf Andreas ein. »Wenn er sieht, was wir vorbereitet haben, wird er ziemlich sauer sein, dass er nichts abkriegt.«

Sie lachten. Es würde kein trauriger Abend werden, dessen waren sie sich sicher.

Der erste Gast war Frau Wieland. Sie hatte einen großen Strauß Sonnenblumen mitgebracht, den Lea in eine hohe Standvase aus poliertem Aluminium tat und draußen auf die Terrasse neben die weitgeöffneten Schiebetüren stellte. Sie hatte Frau Wieland gerade ein Glas Crémant in die Hand gedrückt und zu Andreas und Maren in den Garten geführt, als es erneut klingelte.

Als Nächstes standen die Ritters vor der Tür. Svenja stieß einen nicht sehr verhaltenen Schrei aus, als sie Leas Kleid sah. »Lea, das ist ja Jil Sander! Seit wann hast du das denn? Darf ich mal anfassen? Das ist Seide, oder?«

René verdrehte die Augen. »Na super, dann kann ich ja gleich noch ein paar Überstunden einreichen, damit sich meine werte Gattin auch so ein Stück Stoff kaufen kann.«

Lea sah ihm direkt in die Augen und hob abwehrend ihre Hand. »Nicht heute Abend, René. Du reißt dich hier am Riemen, sonst fliegst du raus! Park deine Sticheleien vor der Tür und verbreite auf dieser Feier keine schlechte Laune!«

René zuckte, äußerlich unbewegt, mit den Schultern. »Meinetwegen. Komm, Svenja, lass uns mal Andreas suchen. Ist ja schließlich sein Papa, wegen dem wir hier sind.«

Svenja hatte selbstgemachte Pralinen mitgebracht, eine Schachtel für Lea und eine für Andreas. Sie stellte sie auf den Esstisch im Wohnzimmer und folgte ihrem Mann in den Garten hinaus.

Die beiden Ritters waren gerade in den Garten hinausgegangen, als Jörn Groß in Begleitung seiner Mutter und seiner neuen Freundin Larissa eintraf, dicht gefolgt vom Ehepaar Renner und dessen Sohn Michael, der mit seiner Frau Claudia im Monschauer Weg wohnte. Ihre Jungs hatten sie daheim gelassen, vermutlich würde die Spielkonsole im Laufe des Abends zu glühen beginnen. Die beiden waren sechzehn und achtzehn und verbrachten jede freie Minute vor *Dark Souls*. Michael und Claudia würden ihnen das Spielen am Computer nicht verbieten können, ohne zu riskieren, dass die beiden dann komplett unbeaufsichtigt bei Freunden spielten, also hatten sie gemeinsam mit den beiden Söhnen Regeln über Spiel- und Hausaufgabenzeiten aufgestellt und waren bislang nicht enttäuscht worden. Lea begrüßte Marks alte Freunde mit einer Umarmung und schüttelte allen anderen die Hände.

Gerlinde Groß überreichte ihr einen kleinen Strauß Moosrosen. Sie betonte, wie sehr sie sich über die Einladung gefreut habe.

Michael Renner gab ihr einen Kuss auf die Wange. »Hallo, Lea! Schön, dich wiederzusehen! Eine prima Idee, Andreas' Vater so zu verabschieden. Wir gehen mal durch und reden später, ja?« Er drückte ihr eine Flasche in die Hand und ging mit seiner Frau hinein.

Michaels Eltern strahlten Lea an und zeigten auf ihren neuen vierbeinigen Begleiter. Lea erkannte den Hund sofort, es war Hantschkes Beagledame, Lady. Sie sah das ältere Ehepaar fragend an, und Michaels Mutter erklärte ihr voller Stolz, wie sie an den Hund gekommen waren. »Der Joachim hat bei der Polizei angerufen und gefragt, was sie mit dem Hund gemacht haben. Die hatten Lady ins Tierheim gebracht. Na, da sind wir gleich los und haben sie wieder rausgeholt. Es geht ihr schon sehr viel besser, finden Sie nicht auch, Lea?«

Die nickte. Der Hund sah wirklich erheblich besser aus als noch vor zwei Wochen. Eine schöne Geste von den Renners, dachte Lea, zumal es das Tierheim in ihrer Nähe in Lankwitz schon seit Jahren nicht mehr gab. Das neue lag in Hohenschönhausen, was vom Eifelviertel aus eine gute Stunde Autofahrt entfernt war. Sie bat die beiden, in den Garten zu gehen. Die Flasche von Michael, einen zwölf Jahre alten Cardhu, stellte Lea neben die Pralinen von Svenja auf den Wohnzimmertisch.

Die Nächsten, die vor der Tür standen, waren Carola und Arne Sabersky in Begleitung des Ehepaars Michalke. Herr Michalke nahm Leas Hand und schüttelte sie überschwenglich. »Frau Storm, also dit is ja so 'ne rischtisch juhte Idee jewesen von Ihnen. Hab ick ooch jleich zu meene Frau jesacht, nisch, Hasi?«

»Ja, haste, meen Dicka. Hatter, Frau Storm. Ne mäschtisch juhte Idee von Ihnen. Dit hätten wa ums Leben nisch vapassn wolln.«

Arne Sabersky sah aus, als hätte er Zahnschmerzen. Er war Lehrer für Deutsch und Geschichte an einer Schule, gegen die ihm die Rütli-Schule, wie sie sich vor zwei, drei Jahren dargestellt hatte, wie eine Klosterschule erschien. Carola hatte einmal erwähnt, dass er öfter vor Kalkulationsbeispielen saß und grübelte, wann er seinen Job aufgeben konnte, ohne zu viele Pensionsanteile einzubüßen. Aber wie er auch an die Zahlen heranging, es schien sich nicht zu rechnen, und so ging er weiter jeden Morgen seiner Lehrpflicht nach und versuchte sein Bestes, den Jugendlichen die Feinheiten der deutschen Sprache und wenigstens rudimentäre Kenntnisse der Geschichte zu vermitteln. Ersteres wäre auch bei Herrn Michalke nötig gewesen, fand er. Als Ausgleich engagierte Sabersky sich in einigen Bürgerinitiativen. Dort könne er wenigstens etwas bewegen, meinte er.

Herr Michalke fuhr unbekümmert fort: »Hier, dit ham wa Ihnen mitjebracht. Is bloß 'ne kleene Uffmerksamkeit, aba man will ja nich mit leere Hände komm', wa?« Er überreichte Lea ein Glas selbstgemachter Johannisbeermarmelade, umfasste ihre Hand mit seinen beiden Pranken und zwinkerte ihr zu. »Aba vorsischtisch, meene Kleene, die is mit Schuss!«

Lea zog ihre Hand zurück und nickte ihm verschwörerisch zu. »Das ist aber nett von Ihnen, vielen Dank. Kommen Sie rein! Andreas ist draußen im Garten. Gehen Sie schon mal durch, und bedienen Sie sich bei den Getränken! Jörn macht später noch Hochprozentiges, aber das Fassbier läuft schon.«

Die Michalkes gingen in den Garten, und Lea schüttelte Arnes Hand. Carola und sie umarmten einander. »Hallo, ihr zwei! Ich hoffe, ihr bringt ordentlich Hunger mit. Wo habt ihr denn die nächste Generation gelassen?«

Carola strahlte übers ganze Gesicht. »Die sind bei Mutti und kommen alle erst morgen Abend wieder. Ist das nicht supi? Wir können mal wieder so richtig feiern und uns ungestört unterhalten. Und was trinken. Gott, ist das lange her!«

Arne lächelte und zwinkerte den beiden zu. »*Rescht hat se.* Ich habe auch *rischtisch* Bierdurst.« Carola kicherte und zog ihn nach draußen.

Sabine und Thomas Hartmann kamen mit Bismut, den man, wie Sabine erklärte, ja nicht alleine lassen konnte, ohne dass die Nachbarn den Tierschutz verständigten, weil der Terrorist nicht aufhörte zu jaulen.

Die übrigen Gäste kamen alle in etwa zur gleichen Zeit und gingen ebenfalls direkt am Haus vorbei in den Garten. Lea zählte kurz durch: Alle waren gekommen. Sie sah, wie gerührt Andreas war, und schlug ein Messer gegen ihr Glas, um sich Gehör zu verschaffen. Die Gäste verstummten und wandten sich ihr zu.

»Liebe Gäste, liebe Maren, lieber Andreas, wir sind heute Abend zusammengekommen, um Andreas' Vater, unserem Nachbarn und Freund Friedbert Klingbeil, zu gedenken. Ihr wisst alle, auf welch unfassbare Art er zu Tode kam. Doch Andreas findet, dass wir uns an ihn erinnern müssen, so, wie er war: immer freundlich und hilfsbereit, mit der Schiebermütze auf dem Kopf in seinem Garten werkelnd, ein veritabler Gegner im Doppelkopf, den Schnee für die ganze Zeile schippend und ein so guter Mathenachhilfelehrer, dass mancher ihm seine Versetzung verdankt. Und ich bin ganz sicher, dass jeder hier noch mehr schöne Erinnerungen an ihn hat, die wir heute Abend alle teilen wollen.« Sie fügte schmunzelnd hinzu: »Ach ja, apropos teilen: Wir haben natürlich für jeden einen ordentlichen Schluck von Friedberts berühmt-berüchtigter Schlehe vorbereitet. Andreas hat damit einen hervorragenden Cocktail kreiert.«

Maren und Andreas standen grinsend hinter Lea mit Tabletts voller kleiner Gläser, gefüllt mit einer lila Flüssigkeit. Alle stöhnten.

Lea lachte. »Und genau aus dem Grund kommt keiner ungeschoren davon.« Sie nahm ihr Glas und hielt es zum Toast in die Höhe. »Das hier sind die ›Schlehenwehen‹, Rezeptur geheim. Auf Friedbert Klingbeil!«

»Auf Friedbert Klingbeil!«, erwiderten alle und leerten ihre Gläser.

Glander bekam am Grill Gesellschaft von Michael Renner, dessen Frau Claudia sich mit Larissa und Maren an einem der Tische in ein Gespräch über Permanent-Make-up vertieft hatte.

»Hallo, ich bin Micha, ein alter Freund der Familie. Lea sieht gut aus. Ist das dein Verdienst?«, eröffnete Michael recht direkt das Gespräch.

Glander nahm einen Schluck von seinem Bier und wendete ein paar Merguez. »Schön wäre es, zugegeben. Ich denke aber, eher nicht. Mark fehlt ihr immer noch sehr. Ich bin übrigens Martin.«

Renner trank ebenfalls einen langen Schluck von seinem Bier. Er war ein mittelgroßer Mann und brachte sicher gut einhundert Kilo auf die Waage. Seine Statur erinnerte Glander an die eines Linebackers beim American Football. Michael Renner hatte volles hellbraunes Haar, das er kurz geschnitten trug, ein gewinnendes Lächeln mit makellosen Zähnen und wache Augen, die Glander jetzt geradeheraus ansahen. »Mark war ein super Typ. Man konnte sich auf ihn verlassen. Wenn der was gesagt hat, hatte das Hand und Fuß. Er war der Ruhepol von uns vieren. Jörn hat immer das Risiko gejagt, so ein echter Gefahrensucher, und wenn Mark ihn nicht ab und zu ausgebremst hätte, wären manche seiner Aktionen sicherlich nach hinten losgegangen. Andreas hat immer gemacht, was wir wollten, und war oft derjenige, den es erwischte. Aber sein Alter war ein feiner Kerl, der hat ihm zwar die Ohren lang gezogen, aber ihm nie eine gescheuert. Nicht so wie Jörns alter Herr. Bei dem gab's regelmäßig Dresche.«

»Und du? Warst du der Anführer?«

Michael grinste, nahm noch einen großen Schluck von seinem Bier und erwiderte nicht ohne Stolz: »O ja! Die richtig guten Ideen, die kamen von mir. In einer Winternacht haben wir uns mal alle rausgeschlichen und dem alten Lohmeyer die Haustür komplett mit Schnee zugeschippt. Der hatte das Grundstück an der Ecke vorne, wo wir immer Ball gespielt haben. Den hat das genervt, und er hatte im Herbst mal wieder einen unserer Bälle kassiert. Das konnten wir natürlich nicht auf uns sitzen lassen. Der hatte dann erst mal den ganzen Herbst alles Laub von den Bäumen aus unserer Straße in seinem Vorgarten. Die Schneemauer war die krönende Abschlussaktion. Gott, wir dachten, der platzt, so sackig war der, dass er uns nichts konnte.« Michael kicherte in sein Bierglas, das fast leer war.

Glander drehte die Lammwürste. »Ihr wart alle sehr eng miteinander befreundet. Lea hat mir erzählt, dass ihr euch auch weiter regelmäßig getroffen habt, als ihr nicht mehr hier gewohnt habt.«

»Ja, einmal im Jahr, im September, haben wir es in Braunlage krachen lassen.« Michael feixte in sein Bierglas hinein. »In Braunlage willst du nicht tot überm Zaun hängen, da ist so gar nichts los. Wir haben immer eine lange Tour durch die Wälder gemacht, und wenn das Wetter gut war, haben wir eine Nacht im Wald kampiert, sonst sind wir nur gewandert und haben uns dann in der Wohnung eingegraben, mit reichlich Tiefkühlpizzen und Paletten von Dosenbier.«

»Sehr stilvoll.«

Renner lachte laut. »Wir haben Videos geguckt und sind in der Regel alle vor der Glotze eingepennt, voll wie die Haubitzen, denn Schnaps hatten wir ja auch immer dabei.«

»Ich nehme an, das Filmprogramm war ähnlich gehoben?«

»Selbstverständlich. Wir haben keinen der großen Mimen ausgelassen: Steven Seagal, Jean-Claude van Damme, Sly Stallone, und einer hatte auch immer einen Schmuddelfilm dabei. Aber meistens mussten wir mit unseren besoffenen Köppen über die Dialoge und die Hintergrundmusik so lachen, dass wir keinen lange gucken konnten.«

Glander hob sein Bierglas. »Echte Männer von Welt. Ich bin beinahe neidisch.«

Sie grinsten einander an, doch dann wurde Michael Renner ernst. »Marks Tod war übel. Unser letztes gemeinsames Männerwochenende fand hier statt. Lea ist zu einer Freundin geflogen, nach London, glaube ich, und wir haben versucht, ein Treffen wie immer hinzukriegen. Hat nicht so gut geklappt. Mark war schon sehr krank und hat viel geschlafen, so dass wir hauptsächlich alleine hier unten rumgehangen haben. Wir waren alle voll neben der Spur, als wir am Sonntagabend wieder unsere Hüte nahmen. Ich hab ihn dann auch in den folgenden Monaten bis zu seinem Tod nicht mehr gesehen. Ich konnte nicht. Jetzt tut es mir leid, ich hätte mehr für ihn da sein sollen.« Er leerte sein Bier und sah Glander fragend an. »Nachschub?«

»Gerne. Renner?«

»Ja?«

»Mark hatte Lea. Ich glaube nicht, dass du dir Vorwürfe machen musst. Ich habe den Eindruck, die beiden waren einander genug, und er würde euch sicherlich nicht vorhalten, dass ihr nicht öfter da wart.«

Renner sah ihn an und blickte dann verlegen auf den Rasen. »Andreas und Jörn haben ihn noch mehrmals besucht. Nur ich hab das nicht gepackt.« Damit ging er hinüber zu dem Fass Bier, um für sich und Glander die Gläser wieder zu füllen.

Um zehn war die Feier in vollem Gange. Jörn kümmerte sich jetzt um die Cocktails und mixte Caipiroskas, was das Zeug hielt. Auf Leas Xtrememac Tango lief eine Lounge-Compilation, die mit ihren eher entspannten Titeln eine angenehme Hintergrundmusik für die Feier lieferte. Alle waren satt, und sie hatten viele Anekdoten über Andreas' Vater ausgetauscht und die Schlehenwehen gelobt. Lea war gerade noch einmal ins Haus gegangen, um für Jörn mehr Eis zu holen, als sich René Ritter zu Glander gesellte.

»Unsere Lea feiert wieder. Wer hätte das gedacht? Und das, obwohl gerade mal ein Jahr vorbei ist.«

Glander konnte die Boshaftigkeit dieses Mannes förmlich riechen, und obwohl Lea ihn gut vorbereitet hatte, war er von dessen Auftreten verblüfft. Er nahm einen Schluck Bier und schaute Ritter langmütig an. »Ja, wer hätte das gedacht? Ich finde die Idee dieser Feier aber sehr schön. Ein gelungener Abend, meinst du nicht?«

»Doch, doch, hier wurde immer stilvoll gefeiert, keine Frage. Wenn ich tot wäre, würde ich mir von meiner Witwe aber ein bisschen länger anhaltende Trauer wünschen. Ich meine ja nur ...«

Svenja als Witwe – keine schlechte Idee, dachte Glander im Stillen. »Ach, ich weiß nicht. Ist doch schön, dass Lea wieder fröhlich sein kann.«

Ritter legte den Kopf etwas schief und musterte

Glander. »Ich hatte eher erwartet, dass sie das Haus verkauft und wieder nach Schottland geht. Aber danach sieht es ja nun nicht mehr aus ...«

Glander zuckte mit den Schultern.

Ritter stichelte weiter. »Sie kommt ja auch ganz gut über die Runden hier, mit dem ganzen Erbe, das versüßt einem natürlich so manches.«

Glander hatte schon einer Vielzahl unangenehmer Leute gegenübergestanden, aber dieser Stenz reihte sich mühelos ganz weit vorne in Glanders persönliche Liste von Kotzbrocken ein.

Ritter kam so richtig in Fahrt. »Na ja, in Leas Alter ist man ja auch nicht mehr ganz so flexibel ...«

Der Mann war die Krönung! Glander legte Ritter die Hand auf die Schulter und blickte dann vielsagend auf dessen Bauchansatz. »Ja, das Alter macht vor keinem Halt, was? Übernimmst du eben den Grill? Ich muss mal!« Glander ließ Ritter mit offenem Mund stehen, ging ins Gäste-WC und wusch sich die Hände.

Als er wieder in den Flur trat, wäre er beinahe mit Carola Sabersky zusammengestoßen. »Oh, entschuldige!«, sagte er.

»Nix paschiert. Bist'n du jetzt Leas neue Flamme?«

Caipiroska auf Rotwein war offensichtlich keine empfehlenswerte Kombination. Carola schwankte, und ihre Aussprache war auch nicht mehr ganz deutlich. Glander fragte sich, ob sie ihn bereits doppelt sah. »Wie kommst du denn darauf?«

»Eine Frau hat einen Blick für so was. Ich merke doch, wie ihr euch anseht, mir könnt ihr nix vormachen. Mein Arne hat mich schon lange nicht mehr so angesehen«, seufzte sie und lehnte ihren Kopf an Glanders Schulter. Als sie ihn hob, sah sie Glander mit einem bemüht koketten Augenaufschlag an. »Mmmmm, du riechst gut, was is'n das für'n Aftershave?«

Erbarmen, dachte Glander, die hatte aber schon sehr lange nicht mehr mit einem Mann geflirtet. »Komm, ich mach dir einen Kaffee, wenn du hier fertig bist.«

Carola ging auf die Toilette und kam nach ein paar Minuten wieder herausgewankt. Glander hatte im Flur auf sie gewartet und führte sie in die Küche. Ein paar Minuten später hatte Carola einen dreifachen Espresso vor sich.

»Mann, bin ich blau! So lange war ich blau nicht mehr.« Sie kicherte und verbesserte sich. Mit Mühe. Glander ließ sie reden. »Wir haben schon ewig nicht mehr zusammen gefeiert. Arne ist immer nur am Arbeiten, jeden Abend vor dem Laptop. Oder er hängt mit René bei diesen Treffen von den Bürgerinitiativen rum. Is voll blöde, abends immer so alleine. Ich schlafe dann ständig vor dem Fernseher ein und weiß am nächsten Morgen kaum, wie ich ins Bett gekommen bin.« Für das Wort Bürgerinitiativen hatte sie drei Anläufe gebraucht.

»Was macht denn dein Mann bei diesen Treffen?«

»Es geht um das alte Ami-Gelände, auf dem wollen sie doch ein neues Wohngebiet bauen. Aber so einfach geht das nicht, weil das jetzt schon lange unbenutzt ist und da mittlerweile Biotope drauf sind, die kann man jetzt nicht mehr so mir nichts, dir nichts plattmachen. Er und der René und der Michalke sind da total engagiert. Jörn jetzt auch, glaube ich, seit er wieder hier wohnt.«

Bevor Glander noch etwas fragen konnte, kam Arne Sabersky in die Küche. »Ach, hier bist du, Carola! Hab dich schon gesucht. Meine Güte, du bist ja hackestrack!«

»Jawoll. Blau wie 'ne Forelle.« Carola fasste ihren Mann um die Taille und legte ihren Kopf gegen seine Hüfte.

Arne Sabersky war ein großer, recht hagerer Mann und erinnerte Glander an den Mann auf dem Bild *American Gothic* von Grant Wood. Nur jünger und mit ein wenig mehr Haar, aber mit der gleichen runden Brille und diesem asketischen Erscheinungsbild. Wie einer von diesen Calvinisten. Oder waren das die Puritaner, die so besonders spaßfrei unterwegs waren?

Arne Sabersky lächelte Glander etwas gequält an und entschuldigte sich für seine Frau. »Carola trinkt sonst nur ganz selten mal einen Sekt, die ist das gar nicht mehr gewohnt. Ich glaube, ich bringe sie besser nach Hause.«

Carola hielt gar nichts von dieser Idee. »Och nö, Arne. Ich will noch nicht heim. Die Kinder sind bei Mutti, wir können morgen ausschlafen. Ich trinke jetzt den Kaffee und danach ganz viel Wasser, dann wird's schon wieder gehen. Haben wir eigentlich noch Aspirin zu Hause? Ach, Lea hat bestimmt was, die kann mir sicher was mitgeben.«

Sie schlürfte ihre Tasse leer und stand dann vorsichtig auf. Ihr Mann hielt sie unter dem Ellbogen und ging mit ihr hinaus. Glander hörte sie Andreas zurufen, sie brauche jetzt einen Eimer Wasser, und außerdem solle mal jemand die Musik lauter machen, sie habe jetzt Lust zu tanzen.

Lea stand bei Jörn an der Bar und half ihm, Limetten zu schneiden. »Die ist nett, deine Freundin. Wo habt ihr euch denn kennengelernt?«

»Im Chatroom. Auf so einer Online-Partnerbörse. Lach nur, aber da haben sich schon viele gefunden!«

»Ich lach doch gar nicht. Ist ja egal, wo man sich kennenlernt. Hauptsache, ihr kommt gut miteinander aus. Weiß Annika von ihr?«

»Bist du irre? Die würde ja gleich durchdrehen und mich noch mehr melken. Dass ich Spaß habe, gönnt sie mir offensichtlich nicht. Wenn die wüsste, dass ich 'ne neue Freundin habe, würde sie mir keine Ruhe lassen. Dann würde ich meine Jungs gar nicht mehr sehen.«

»Warum ist die eigentlich so stinksauer auf dich?«

Jörn zerstieß einen Eisbrocken. *Krrk*, machte der Eispickel auf dem Steinbrett. »Keine Ahnung.« *Krrk*. »Ich habe ihr nicht genug Geld verdient, konnte ihr nicht genug bieten. Dann hab ich ihr auch noch Zwillinge gemacht, das war natürlich ebenfalls meine Schuld, dabei wollte sie die künstliche Befruchtung unbedingt.« *Krrk-krrk-krrk.* »Sie hat die Kreditkarte bis zum Anschlag überzogen und unser gemeinsames Konto leer geräumt. Dann hat sie meine Sachen gepackt und die Koffer vor die Tür gestellt. Mit dem Brief vom Anwalt obendrauf.« *Krrk-krrk.* »He, die war so eiskalt, das glaubst du nicht!« Mit einem letzten *Krrk* splitterte der Block auseinander. Jörn lächelte Lea an, aber in seinen Augen schimmerten Tränen. »Sie redet nicht mehr mit mir, und die Zwillinge werden auch immer schwieriger. Ich bin sicher, sie erzählt denen nur Schlechtes über mich.«

Jörn tat Lea leid. Er war so stolz auf seine beiden Jungs. Marks Freund war ein feiner Kerl, sie konnte sich überhaupt nicht vorstellen, dass er etwas getan haben konnte, das Annikas Reaktion rechtfertigte. »Hat dir deine Mutter das neue Bike geschenkt, um dich auf andere Gedanken zu bringen?«

Jörn hörte auf, den Eisblock zu zerkleinern, und sah sie überrascht an. »Natürlich nicht. Ich hab gewettet – und gewonnen.« Dann lachte er laut los. »Zehntausend Euro, beim Trabrennen in Mariendorf. Ich dachte, ich spinne. Pech in der Liebe, Glück im Spiel!«

Lea ging ins Haus und traf in der Küche auf Margot Wieland. »Ist alles in Ordnung, Frau Wieland?«

»Ja, ja, mir geht es gut, danke. Ich brauchte nur mal eine kleine Verschnaufpause, ich bin solche Feiern gar nicht mehr gewohnt.«

»Das kann ich gut verstehen, mir geht es ähnlich. Möchten Sie nicht ein wenig nach oben gehen? Da finden Sie sicherlich mehr Ruhe als hier unten.«

Frau Wieland folgte ihr die Treppe hinauf in das Lesezimmer, wie Lea es nannte. Der Raum war voller Bücher, in seiner Mitte standen zwei bequeme Sessel, vor denen sich eine Fußbank befand.

»Machen Sie es sich bequem, so lange Sie möchten!«

»Ach, das ist so nett von Ihnen. Stört es Sie auch sicher nicht, wenn ich einen Moment hier oben bleibe?«

»Ganz und gar nicht, Frau Wieland. Soll ich Ihnen noch ein Glas Wasser bringen?«

»Nein, danke.« Frau Wieland seufzte.

Lea fragte: »Bedrückt Sie etwas? Sie sehen so nachdenklich aus.«

»Ich finde die Feier wunderschön, aber wissen Sie, ich kannte Friedbert gut vierzig Jahre lang, und es fällt mir schwer zu glauben, dass ich ihn jetzt nie wieder in seinem Garten sehen oder auf der Straße treffen werde. Dass ich mich nie wieder mit ihm unterhalten kann.« Sie nahm ein Taschentuch aus ihrer Strickjacke und putzte sich die Nase. »Sie müssen denken, ich bin schrecklich albern. Wir sind alte Leute, da muss man sich eben mit dem Tod auseinandersetzen.«

Lea unterbrach sie. »Ja, aber Herr Klingbeil wurde umgebracht und ist nicht an den natürlichen Folgen des Alters gestorben, das ist ein großer Unterschied, Frau Wieland. Ich kannte ihn nicht so gut wie Sie, und mir geht sein Tod auch sehr nahe.«

Frau Wieland lächelte Lea dankbar an. »Sie sind sehr lieb, Lea.« Dann sah sie auf die Uhr und seufzte erneut. »Ich denke, heute wird es auch nichts mehr.«

»Was wird heute nichts mehr? Hatten Sie noch etwas vor?«

»Ich hatte gehofft, dass Herr Albrecht sich meldet. Das macht er sonst immer, wenn er in Kroatien angekommen ist. Eigentlich müsste er schon längst dort sein, aber ich habe noch nichts von ihm gehört.«

»Ah, die jährlichen Kroatienwochen des Herrn Albrecht. Vielleicht hat er einen Umweg genommen und ruft erst morgen an.«

»Ja, vermutlich. Aber ein bisschen Sorgen mache ich mir schon, er ist ja auch nicht mehr der Jüngste, und es ist eine weite Autofahrt bis dahin. Doch gehen

Sie mal wieder zu Ihren Gästen, ich mache noch eine kurze Pause, und dann komme ich auch wieder runter.«

»Tun Sie das! Bis später dann.«

Im Garten hatte sich eine Gruppe gebildet, die von René Ritter unterhalten wurde. Svenja gesellte sich zu Glander an den Grill, den er jetzt wieder alleine bemannte. Dass sie ihr Dekolleté besonders zur Geltung brachte, entging Glander keineswegs, und er war gespannt darauf, wie diese Begegnung sich entwickelte.

»Kennt ihr euch denn schon lange, du und Lea?«, eröffnete Svenja das Gespräch.

»Ich bin ein alter Freund von Mark«, log Glander schamlos. »Wir haben uns seit der Unizeit nicht häufig gesehen, waren aber regelmäßig in Kontakt miteinander. Jetzt bin ich geschäftlich in Berlin und wollte einmal sehen, wie es Lea nach Marks Tod geht.«

Svenja spielte mit einer Strähne ihrer heute Abend glattgeföhnten Haare. »Ach so, dann kennst du Lea gar nicht so gut?«

»Nein, eigentlich kaum. Aber ich freue mich darauf, sie jetzt näher kennenzulernen.«

Svenja Ritters Mund formte eine gerade Linie. Dann lächelte sie, ihre Zähne waren makellos. »Lea ist toll. Aber sie ist immer noch sehr deprimiert wegen Mark.«

»Ja, das merke ich. Geht ihr denn ab und zu mal zusammen aus?«

Svenja stieß ein leicht verächtliches Lachen aus. »Das habe ich oft probiert, glaub mir, aber Lea hat einfach kein Interesse an so was. Hier geht überhaupt niemand mit mir aus, mein Mann schon gar nicht. Der sitzt nur zu

Hause vor seinem Laptop oder dem großen Rechner und muss auch abends noch arbeiten. Wenn er nicht den großen Zampano bei seiner Bürgerinitiative mimt. Oder auf Dienstreise ist. Was in letzter Zeit ständig der Fall ist. Ich hocke jeden Abend alleine rum, das ist furchtbar fade. Meine Tochter ist öfter unterwegs als ich.«

Was Glander nur zu natürlich fand, denn die Tochter war neunzehn, so alt wie Leas Sohn. »Warum ist denn dein Mann dauernd auf Dienstreisen?«

»Er ist Projektleiter bei Xcelsion und hat ständig wechselnde Einsatzorte. Letzte Woche war er von Dienstag bis Donnerstag unterwegs, und am Abend hat er sich gleich Gäste eingeladen, für die ich dann Essen machen durfte. Die Woche davor war er zwar nur Dienstag weg, aber auch wieder über Nacht, und Mittwochabend kam er erst spät nach Hause. Ich fühle mich oft wie eine alleinerziehende Mutter, weißt du.«

Mit dem Unterschied, dass alleinerziehende Mütter in der Regel viel arbeiten müssen und trotzdem lange nicht so ein bequemes Leben führen wie du, dachte Glander und spürte, wie sich ein Gefühl der Abneigung gegen Svenja Ritter in ihm ausbreitete. Glander hatte stets einen großen Bogen um Frauen wie Svenja gemacht, die sich über das Einkommen und den Status ihrer Männer definierten. Bis er dann Jessica auf den Leim gegangen war. Vielleicht machte ihm genau das Svenja Ritter so unsympathisch. Sie war Jessica sogar sehr ähnlich, wenn er es recht bedachte. »Na ja, die haben es schon noch erheblich schwerer, denke ich. Meine Schwester ist alleinerziehend, und das ist kein Osterspaziergang.« Das war zwar ebenfalls schamlos gelogen, denn sein Schwager war einer der engagiertesten Väter, die Glander kannte – aber was tat man nicht alles für die gute Sache!

»So hatte ich das auch gar nicht gemeint. Ich wollte damit sagen, dass ich mich so oft alleingelassen fühle.«

»Dann solltest du deinem Mann das sagen, damit er was ändern kann. Vielleicht merkt er es bloß nicht, weil er zu beschäftigt damit ist, viel Geld zu verdienen.«

»Das kannst du laut sagen. Dabei haben wir es gar nicht so üppig. Sein Gehalt ist überschaubar. Also, es ist nicht schlecht, aber auch nicht so, dass man ins Staunen käme.«

Glander bemerkte René Ritters dunklen Blick und brachte seinen Mund nah an Svenjas Ohr. »Also, wenn du meine Frau wärst, würde ich zusehen, dass du dich keinen Abend vernachlässigt fühlst.«

Svenja wurde ein wenig rot und kicherte verlegen. Dann gab sie ihm einen Kuss auf die Wange und ging hinüber zu der Gruppe, in der ihr Mann stand. René blickte wütend zu Glander hinüber, der seine Flasche Bier hob und ihm kalt lächelnd zuprostete.

Gegen elf Uhr bestückte Lea die erste Spülmaschine. Dabei hörte sie vor dem Küchenfenster zwei Männerstimmen. Herr Michalke saß mit René Ritter an dem kleinen Bistrotisch auf ihrer »Piazza«, wie die Schwestern Lehmann die Terrasse vor Leas Haus nannten. Michalke rauchte seine filterlosen Roth-Händle, Ritter paffte an einer Esplendidos.

»Die solln ma nich denken, det se uff dit alte Ami-Jelände nu noch so 'ne assije Jejend wie die Thermometasiedlung hinbauen könn'. Nich mit uns! Dit janze asoziale Pack von da reischt für die Jejend hier, findste nich ooch?«

»Unbedingt. Da muss auf jeden Fall eine bessere Klientel angezogen werden. Svenja und ich haben auch schon überlegt, ob wir umziehen. Ich könnte mir so eine Stadtvilla im Townhouse-Stil vorstellen. Und alles insgesamt eine Ecke größer. Vielleicht auch frei stehend, so ein Reihenhaus ist ja nun nicht das Gelbe vom Ei.«

»Och, ick finde et hier janz schön. Meene Kleene saacht immer, so'n janz jrosset Haus will ja ooch jeputzt wer'n, und ditte hier schafft man ooch noch, wenn man 'n bisschen oller is.«

Renés Stimme klang, als wäre er in etwas Unangenehmes getreten. »Das mag sein, aber für so was gibt es ja auch Putzfrauen. Dienstleistungen muss man annehmen, Hartmut, sonst wird sich dieser Sektor nie als florierender Wirtschaftszweig etablieren. Ich mache mir nur ein bisschen Sorgen, wie das mit Einkaufsmöglichkeiten werden soll für das neue Viertel. Nicht, dass sie uns dann auf das schöne Feld vor Sigridshorst noch so einen Schandfleck von Supermarkt setzen. Da sollten wir auf der Hut sein. Irgendwas müssen die sich ja einfallen lassen. Und irgendwo müssen sie auch die Kinder unterbringen, also werden sie um eine neue Schule nicht herumkommen. Also, ich denke, man sollte einen Umzug nicht ausschließen, denn wir wissen nicht, was die Bebauung für Folgen haben wird.«

»Nee, dit jloob ick nich. Die nutzen sicha det, watt se schon inne Nähe ham, ooch die Schulen hier. Ett jibt doch ooch imma wenija Kinder, denk ick. Aba so'n paar mehr Läden in Loofweete wärn ja nich so schlescht. So, ick jeh ma wieda zu meene Kleene, sonst jibtet wieda Stress.«

Lea stellte die Spülmaschine an und ging wieder in den Garten zu ihren Gästen.

Um zwei Uhr morgens waren nur noch die Ritters und die Hartmanns da. Lea musste sie förmlich hinauswerfen, sonst wären die vier vermutlich gar nicht gegangen. Bismut hatte neben Talisker geschlafen. Er ließ sich nur ungern aus seinen Träumen reißen, und Thomas trug ihn heim. René ging noch einmal auf die Toilette, auch er hatte ein wenig Schlagseite und brauchte eine ganze Weile. »Hoher Seegang auf Ihrem Kutter, Frau Storm«, lallte er Lea zu, die mit Svenja und Glander vor dem Haus auf ihn wartete. »Gut, dass du nicht verlernt hast zu feiern! Sonst wären Haus und Grundstück echt verschwendet. Macht's gut, aber nicht so laut!« Er gluckste in sich hinein.

Svenja, immerhin eine Spur nüchterner als ihr Mann, schaute Lea entschuldigend an, gab ihr einen Kuss auf die Wange und hauchte ihr ein »Sorry, er ist ein Arsch« ins Ohr. Dann stieß sie ihn unsanft die Zeile hinunter. »Los, komm, es reicht jetzt!«

Glander und Lea blickten den beiden nach und schlossen dann die Haustür wieder. Glander sah sie an. »Ich helfe dir noch beim Aufräumen.«

Lea kam mit einer großen, stabilen Mülltüte in den Garten zurück. Sie leerte die Partyüberreste hinein, band die Tüte fest zu und stellte sie in eine Ecke der Terrasse. Gemeinsam sammelten Glander und sie Gläser,

Bestecke und Geschirr ein und setzten die Tabletts in der Küche ab. Glander klappte die Stühle zusammen – die Bistrotische würden am Montag wieder abgeholt werden –, stapelte sie vor der westlichen Hauswand und ging dann zu Lea in die Küche. Sie war dabei, die Essensreste zu verpacken und in den Kühlschrank im Keller zu bringen. Glander saß am Küchentisch und hatte noch ein Bier vor sich. Lea setzte sich ihm gegenüber und sah ihn abwartend an.

»Ich habe ein paar interessante Dinge erfahren«, sagte Glander und fügte mit einem spöttischen Unterton hinzu: »Aber nichts, was zu einer unmittelbaren Festnahme führen könnte.« Er fuhr fort: »René Ritter ist ein überheblicher Spießer, und ich denke wie du, dass er Frauen gerne runtermacht. Sie sind für ihn ein Statussymbol wie ein dickes Auto, mehr nicht. Teure Winterurlaube, oder?«

»Stimmt, sie fahren in den Winterferien jedes Jahr nach Kärnten in ein Hotel mit Spa. Svenja ärgert sich jedes Mal, weil sie viel lieber in die Sonne möchte und René sowieso regelmäßig mittendrin ein paar Tage unterwegs ist.«

»Ein ganz unsympathischer Typ, obwohl ich sicher bin, dass er auch anders kann. Ich trau ihm jedenfalls nicht über den Weg.«

»Daran tust du gut, irgendwas stimmt nicht mit ihm, da bin ich mir ganz sicher. Ich hab übrigens gehört, wie er sich mit Michalke über dieses Bauvorhaben auf dem alten Truppenübungsgelände unterhalten hat. Sie sind doch deshalb mit ihrer Bürgerinitiative so engagiert. René hat erwähnt, dass er vielleicht mit

Svenja wegziehen würde, größeres Haus und schickere Gegend, so in etwa.«

»Und Michalke?«

»Der ist sehr bodenständig und fühlt sich hier wohl, denke ich. Dem geht's eher darum, dass auf dem Gelände keine Hochhäuser gebaut werden und keine weitere Brennpunktsiedlung entsteht. Seine Worte waren weniger fein gewählt.«

Glander lächelte, das konnte er sich gut vorstellen.

»An dem Dienstag, an dem Herr Klingbeil ermordet wurde, war er übrigens erst ganz spät zu Hause, wie mir seine Frau vorgestern beim Friseur erzählt hat.«

Glander wurde hellhörig. »Hat sie gesagt, wo er war?«

»Mit Freunden versackt. Er war wohl tatsächlich den ganzen folgenden Tag zu nichts zu gebrauchen.«

Glander überlegte. »Dann sollten wir in Erfahrung bringen, wo er in der vergangenen Mittwochnacht war, als Hantschke und die Frau umgebracht wurden.«

Lea nickte und erzählte von Frau Wieland. »Margot Wieland macht sich Sorgen um Herrn Albrecht. Das ist ein Nachbar, der im Sommer immer mit seinem Wagen für sechs Wochen nach Kroatien fährt. Wenn er dort angekommen ist, ruft er kurz bei Frau Wieland an, damit sie beruhigt sein kann. Sie gießt seine Blumen und hat einen Schlüssel, falls während seiner Abwesenheit irgendwas passiert. Ich nehme an, er hat sich einfach ein bisschen mehr Zeit gelassen als sonst. Er ist ja auch nicht mehr der Jüngste, und das ist eine ganz schön lange Strecke bis da runter.«

Glander nickte und setzte sein Resümee fort. »Michael Renner ist ein guter Typ, glaube ich. Er macht sich Vorwürfe, dass er euch nicht mehr besucht hat, bevor dein Mann starb.«

Es war ungewohnt für Lea, jemand anderen von Marks Tod sprechen zu hören. »Ja, ich weiß, er hat mit mir auch darüber gesprochen. Er findet dich übrigens ebenfalls in Ordnung. Michael hat Probleme im Job, seine Firma soll verkauft werden, und es ist sehr wahrscheinlich, dass er seinen Arbeitsplatz verliert. Er wird sicher eine Abfindung erhalten, aber mit Ende vierzig was Neues zu finden ist heute nicht so einfach.«

»Was macht er denn?«

»Er ist Ingenieur und arbeitet schon sehr lange als Entwickler für eine Firma, die Frankier- und Kuvertiermaschinen herstellt. So eine starke Spezialisierung vereinfacht die Arbeitssuche nicht gerade. Er macht sich wirklich große Sorgen. Frau, Kinder, Haus – das will ja alles finanziert werden.«

Glander dachte einmal mehr, wie einfach sein eigenes Leben doch war. Er hatte nur sich und konnte tun und lassen, was er wollte. Dann sah er Lea an. Wie immer man es nennen wollte, was er in ihrer Gegenwart fühlte – er hatte es ewig nicht gespürt, und er würde den miesesten Job annehmen, wenn er sie damit an seiner Seite wüsste. Er ging weiter die Gäste durch. »Carola Sabersky und Svenja Ritter fühlen sich beide von ihren Ehemännern vernachlässigt. Man müsste sich gar nicht mal sehr ins Zeug legen, um bei denen zu landen.«

»Svenja hat im Büro was am Laufen. Ich glaube, es ist noch nichts Ernstes passiert, aber sie genießt auf jeden Fall die Aufmerksamkeit. Der Kollege ist etwas jünger, das schmeichelt ihr ganz gewaltig. Bei Carola täuschst du dich, da bin ich mir sicher. Die liebt ihren Mann und ihre Familie über alles, das würde sie niemals aufs Spiel setzen.«

»Ich hatte das Gefühl, wenn ich Svenja nach ihrer Handynummer gefragt hätte, dann hatte sie mir die sofort gegeben.« Dann lachte er laut. »Gott, das klingt arrogant, was? Aber ihre Signale waren eindeutig: Rücken durchdrücken, Dekolleté in Szene setzen, mit den Haaren spielen ...«

Lea hörte auf, eine ihrer Haarsträhnen beim Nachdenken einzudrehen, und blickte Glander mit gespieltem Entsetzen an. »Sie haben mich ertappt, Herr Kommissar.«

Glander grinste, dann sah er ihr in die Augen. »Heißt das, du möchtest, dass ich noch bleibe?«

Lea wurde sofort wieder ernst. »Martin, das geht mir alles zu schnell. Ich mag dich gerne ...«

»... aber ... Lea, ich will dich nicht drängen. Du gibst das Tempo vor, das habe ich verstanden.« Er sah sie an und schien mit seinem Blick ganz sachte über ihre Haare und ihr Gesicht zu streichen. »Es ist nur so, dass es nicht ganz einfach für mich ist, in deiner Nähe immer einen kühlen Kopf zu behalten. Ich habe lange nicht mehr so viel für eine Frau empfunden wie für dich. Wenn überhaupt jemals. Ich will wissen, wer du bist, und irgendwann will ich dich so gut kennen wie mich selbst. Ich habe kein Interesse an einer Wochenendnummer, ich will viel mehr. Wenn du dazu bereit bist.«

Leas Stimme war ein wenig heiser, als sie antwortete: »Ich verspreche dir, ich werde mir nicht mehr Zeit als nötig lassen. Ich muss nur meine Gefühle erst einmal sortieren, Martin. Ich kannte so lange nur Mark, und ich dachte auch immer, es würde nur noch Mark für mich geben. Und jetzt schaue ich dich an und spüre, dass ich dich gerne um mich habe. Dass ich deine Nähe aufregend finde.«

Auf Glanders Gesicht machte sich ein Ausdruck tiefer Zufriedenheit breit. »Na, das ist doch schon mal was!« Dann stand er auf, küsste sie mitten auf den Mund und ging ins Wohnzimmer, um durch den Garten den Heimweg anzutreten.

Lea schloss das Gartentor hinter Martin Glander und ging zurück ins Haus. Talisker schien auf seinen Decken tief und fest zu schlafen, also schloss sie die Terrassentür sehr leise. Sie sah sich um und war einigermaßen erleichtert, dass sie morgen nicht mehr allzu viel aufräumen musste. Die Spülmaschine war schon durch, und sie genehmigte sich einen Absacker, während sie das Geschirr ausräumte. Als sie die Maschine neu bestücken wollte, überkam sie plötzlich eine bleierne Müdigkeit. Ihre Sicht verschwamm, und sie schwankte. Meine Güte, ich hab doch außer der Schlehe nur Wasser getrunken, dachte sie und musste sich abstützen, um nicht das Gleichgewicht zu verlieren. Sie kam gerade noch an ihr Handy auf dem Küchentisch und drückte auf die 9, auf der sie Glanders Nummer gespeichert hatte. Dann glitt sie zu Boden.

Glander war schon ein gutes Stück die Hannemannstraße runter, als sein Handy vibrierte. Er sah Leas Nummer auf dem Display, und sein Herz machte einen Riesensatz. Sie wollte, dass er zurückkam! Und die Nacht über bei ihr blieb. Er hatte so gehofft, dass sie ihn bitten würde, nicht zu gehen, während sie gemeinsam Gläser und Geschirr zusammengeräumt hatten! Von ihrer Absage war er doch schwerer enttäuscht als zugegeben. Er drückte auf *Annehmen.* »Lea!«

Er hörte nur schweres Atmen am anderen Ende der Leitung. Dann ihre Stimme, die sehr weit weg klang. »Martin ... ich ... in der Küche ... Hilf mir ...«

Dann hörte er nichts mehr, obwohl die Verbindung nicht unterbrochen war. »Lea, bleib wach! Versuch, wach zu bleiben, ich bin gleich bei dir!«

Er rannte los. Beim Laufen wählte er die 112 und gab seinen Namen, seinen Dienstgrad und Leas Adresse durch. Er verlangte, der RTW solle sich beeilen.

Glander brauchte keine fünf Minuten bis vor das Gartentor, aber das war verschlossen, und über die Brombeerhecke am Zaun kam man beim besten Willen nicht rüber. Er fluchte. Um keine Zeit zu verlieren, spurtete er durch den Eupener Weg und den Stolberger Ring und dann den ganzen Dürener Weg hoch. Der Rettungswagen überholte ihn, als er an der Zeile, die vor derjenigen von Lea lag, vorbeirannte.

»Ihr braucht eine Axt, ich habe keinen Schlüssel!«, rief er den Sanitätern zu, als diese aus dem Wagen sprangen.

Ein paar Lichter gingen in einigen Fenstern der Nachbarschaft an. Der größere der beiden Männer aus dem Krankenwagen schnappte sich die Axt und lief auf die Haustür zu. Der kleinere folgte mit einer Trage.

»Das wird nix, wir müssen ein Fenster einschlagen.«

Glander warnte ihn: »Nicht das Küchenfenster! Sie liegt in der Küche, aber ich weiß nicht, wo genau.«

Ohne zu zögern, schlug der Rettungssanitäter das Fenster zur Gästetoilette ein und half seinem kleineren und schlankeren Kollegen hindurch. Der öffnete die Haustür und war schon in der Küche, als der zweite Mann und Glander hinterherkamen.

»Sie hat kaum Puls, und ihr Blutdruck ist völlig im Keller. Ein Milligramm Suprarenin, dann ein weiteres Milligramm alle fünf Minuten, bis wir sie im Krankenhaus auf dem Tisch haben. Und los, auf drei! Eins – zwei – drei!« Der größere Rettungssanitäter packte Leas Füße, der kleinere ihre Schultern, und sie hoben sie auf die Trage.

»Wohin?«, konnte Glander gerade noch fragen, da machte sich der Rettungswagen schon auf den Weg ins Bethel, das nächstgelegene Krankenhaus.

Glander wollte sich gerade Leas Autoschlüssel schnappen, als ihm Talisker einfiel. Wo war der eigentlich? Er fand ihn auf den Decken im Wohnzimmer. Der Hund lag da, ohne sich zu rühren, und atmete nur schwach. Scheiße, dachte Glander, ihr sterbt mir hier nicht heute Nacht! Er rannte zum Schlüsselkasten im Flur und wählte die Notfallnummer von Leas Tierarzt, die dort hing. Dann setzte er sich neben den schottischen Jagdhund, streichelte ihn und sprach auf ihn ein, bis der Arzt eine knappe Viertelstunde später eintraf. Auch Talisker bekam nach einer kurzen Untersuchung

Adrenalin und war wenig später wieder bei Bewusstsein. Groggy schaute er sich um und leckte Glanders Hand. Der beruhigte ihn und drückte ihn sanft in die Decken zurück, als er sich aufrichten wollte.

Der Tierarzt packte seine Sachen zusammen und räusperte sich. »Der Hund hat Drogen bekommen, Diazepam oder so was, schätze ich. Es hat nicht viel gefehlt, aber zum Glück ist Talisker groß und hat eine so gute Kondition, dass die Dosis in seinem Wassernapf nicht gereicht hat. Geben Sie ihm viel Wasser! Was war denn hier los?«

»Ich weiß es nicht«, sagte Glander. »Noch nicht.«

Er musste dringend ins Krankenhaus zu Lea, aber er konnte den Hund weder alleine lassen noch mitnehmen. Verdammt, dachte Glander, wie hieß gleich die Nachbarin, die Lea so nett fand? Wieland, jetzt fiel es ihm wieder ein. Er hatte sie auf der Feier kurz kennengelernt, aber kaum Zeit gefunden, sich mit ihr zu unterhalten. Sie wohnte hinter Hantschke. Er lief über die Straße in die Zeile, die schräg vor der Leas lag. Die Nachbarn, die auf der Straße gestanden hatten, waren alle wieder in ihre Häuser gegangen. Wieland, Nummer 37. Die ältere Dame öffnete nach ein paar Minuten die Tür, die mit einer Kette gesichert war.

Glander hielt ihr seine Dienstmarke entgegen. »Frau Wieland, ich bin's, Martin Glander, der Freund von Lea Storm. Lea musste ins Krankenhaus, und Talisker ging es auch nicht gut. Der Tierarzt konnte ihm helfen, aber ich kann ihn nicht allein lassen, muss jedoch zu Lea. Könnten Sie auf den Hund aufpassen?«

Margot Wieland zögerte keine Sekunde. Sie öffnete die Tür und kam im Morgenmantel heraus, ihren Schlüssel bereits in der Hand. »Selbstverständlich, Martin. Ich kümmere mich um Leas Hund. Fahren Sie!«

Glander drückte ihre Hand und spurtete zu Leas BMW.

Er parkte quer auf dem Bürgersteig in der Promenadenstraße direkt vor dem Krankenhaus und lief über die Einfahrt zum Eingang der Notaufnahme. Glander zeigte der Aufnahmeschwester seine Dienstmarke, und sie führte ihn zu Lea. Man hatte ihr den Magen ausgepumpt und sie stabilisiert. Jetzt würde sie vermutlich bis zum Morgen schlafen. Mehr konnte man zu diesem Zeitpunkt nicht für sie tun, aber immerhin durfte er bei ihr bleiben.

Glander nahm einen der beiden Stühle, die an einem kleinen Tisch vor dem Fenster standen, und stellte ihn neben Leas Bett. Er setzte sich erschöpft und nahm ihre Hand. Lea sah blass aus, atmete aber langsam und gleichmäßig. Ein Monitor zeigte ihre Werte an und gab regelmäßig einen leisen Piepton von sich. Herzfrequenz oder Puls, Glander wusste es nicht. Er musste nachdenken. Er musste das Motiv finden, dann hätte er den Täter, und Lea wäre in Sicherheit.

Als die Nachtschwester eine halbe Stunde später ins Zimmer kam, um nach der Patientin zu sehen, hatte Martin Glander seinen Kopf an deren Schulter gelehnt und war tief und fest eingeschlafen. Die Schwester prüfte Leas Zugang, las die Zahlen vom Monitor ab und verließ dann das Zimmer genauso leise, wie sie es betreten hatte.

Am nächsten Morgen öffnete Lea die Augen und sah Glander auf dem Stuhl neben ihrem Bett. Er schlief, und es sah nicht besonders bequem aus. Sie machte eine innere Bestandsaufnahme. Kopf: furchtbar. Er fühlte sich an, als hätten fiese kleine Aliens tausend Nägel in ihr Gehirn gehämmert. Magen: Flau traf es nicht, ihr war speiübel. Sie bewegte ihre Hände und Füße und war erleichtert, dass alles funktionierte. Was war denn bloß passiert? Ihr Hals schmerzte beim Schlucken. Sie hatte die Spülmaschine ausgeräumt, daran konnte sie sich noch erinnern.

Glander wurde wach und strich sich durch die Haare. »Hallo, Lea! Wie fühlst du dich?«

»Ich glaube, besser, als du aussiehst. Das muss ja ziemlich unbequem gewesen sein.«

»Ja, war es. Aber ich wollte da sein, wenn du wach wirst. Na ja, und ich wollte sichergehen, dass dir hier nichts passiert.« Er küsste die Innenfläche ihrer Hand. Seine Augen waren gerötet und sein Gesichtsausdruck voller Sorge. »Lea, dieser Dreckskerl hätte dich beinahe erwischt! Ich hatte eine Scheißangst um dich.«

Lea legte ihre Handfläche gegen seine unrasierte Wange und zog ihn zu sich. Sie gab ihm einen langen Kuss, bevor sie sagte: »Hat er aber nicht.« Dann fiel ihr Talisker ein. »O Gott, Martin, was ist mit Tally? Ist alles okay mit ihm?«

»Ja, dem geht es auch wieder gut. Der Tierarzt konnte ihm rechtzeitig was geben, und er hat das Zeug, was immer es auch war, gut weggesteckt. Frau Wieland ist bei ihm.«

Lea atmete erleichtert auf. »Das wäre so schrecklich

gewesen, wenn Tally etwas passiert wäre! Danke, Martin. Und bitte sag Frau Wieland ganz herzlichen Dank, sie ist wirklich Gold wert!«

Die Tür öffnete sich, und der behandelnde Arzt kam herein. Irritiert sah er Glander an, der weiter Leas Hand hielt. »Ja, Frau Storm, Sie haben großes Glück gehabt, dass Sie gleich ärztliche Hilfe bekommen haben, sonst hätte das schlimm für Sie ausgehen können. Wir werden Sie heute noch hierbehalten, um sicherzugehen, dass auch wirklich alles in Ordnung ist. Morgen können Sie dann wieder nach Hause. Die Vorzüge der privaten Krankenversicherung – als Kassenpatient hätten wir Sie heute schon heimschicken müssen.« Er lachte gehässig.

Lea seufzte.

»Ja, es ist nicht das Adlon, ich weiß, aber es ist ja nur noch für eine Nacht – sofern die ruhig und ohne Zwischenfälle verläuft. Ich schaue morgen früh noch einmal nach Ihnen, und dann macht die Schwester die Papiere fertig. Wir werden die Polizei noch verständigen müssen.«

Lea entgegnete mit Blick auf Glander: »Das wird nicht nötig sein. Das ist Hauptkommissar Glander.«

Glander stand auf und zeigte dem Oberarzt seine Marke.

Der schaute perplex auf die ovale Messingscheibe und betrachtete ihn dann von oben bis unten. Unrasiert und übernächtigt, erinnerte er in seinem etwas heruntergekommenen Flair immerhin an Schimanski. »Ich darf noch um Ihren Dienstausweis bitten?«

»Selbstverständlich.« Glander griff in die Seitentasche seiner Cargohose und reichte dem Arzt seinen Ausweis, den dieser mit der Nummer auf der Marke verglich und ihm dann zurückgab. »Privatversichert und personengeschützt, na, dann ist ja alles bestens bei Ihnen, Frau Storm. Ich darf mich dann verabschieden. Guten Tag!«

»*Twit!*«, konstatierte Lea, als der Arzt den Raum verlassen hatte. Fatzke!

16

Eine Stunde später fuhr Glander wieder zurück zu Leas Haus. Er wollte Frau Wieland fragen, ob sie von Herrn Albrecht gehört hatte. Vielleicht hatte man ihm das Handy gestohlen, oder er hatte einfach nur vergessen, sich bei seiner Nachbarin zu melden. Aber Glander befürchtete inzwischen, dass mehr dahintersteckte. Als er bei Lea klingelte, öffnete Frau Wieland die Tür, Talisker hinter sich, der Martin schwanzwedelnd begrüßte.

»Na Digger, hast du dich gut ausgeschlafen?« Glander klopfte dem großen Hund leicht auf die Flanke. Der leckte ihm die Hand. Der Beginn einer wunderbaren Freundschaft, dachte Glander und war heilfroh darüber. Er hätte wetten können, dass Lea niemand in ihr Leben ließ, der nicht Taliskers Wohlwollen weckte. Wie hatte sie ihn genannt? Sympathie-Detektor.

Frau Wieland räusperte sich. »Wie geht es Lea, Martin?«

»Es geht ihr gut, Frau Wieland. Sie hatte großes Glück, und sie ist in so guter physischer Verfassung, dass sie schnell wieder auf dem Damm sein wird. Heute muss sie noch im Krankenhaus bleiben, morgen hole ich sie dann ab. Können Sie sich denn so lange noch um

Talisker kümmern? Lea hat gesagt, Sie könnten sich bei ihr wie zu Hause fühlen und Sie möchten sich bitte einfach überall bedienen. Sie ist Ihnen sehr dankbar, dass sie auf den Hund aufpassen.«

»Ach, ich bitte Sie, Martin, auf den muss man doch kaum aufpassen. Ich habe noch nie einen so guterzogenen Hund gesehen. Der pariert aufs Wort, besser gesagt, auf mein Handsignal, denn ich spreche ja kein Englisch, aber ich habe schnell herausbekommen, worauf er reagiert. Es macht mir gar nichts aus, mich noch einen Tag um ihn zu kümmern.« Sie sah ihn etwas ratlos an. »Aber was ist denn eigentlich passiert? Hier stimmt doch was nicht, oder täusche ich mich?«

»Sie täuschen sich ganz und gar nicht. Lea hat eine Überdosis sogenannter Flunies zu sich genommen. Das ist ein extrem starkes Beruhigungsmittel. Vielleicht haben Sie damals etwas davon mitbekommen: In den Neunzigern gab es haufenweise Fälle, speziell in Amerika, bei denen Frauen so was in die Drinks gemischt wurde. Sie wurden anschließend missbraucht und kamen später mit Erinnerungslücken wieder zu sich. Das Zeug ist so mies, weil es der Körper fast völlig absorbiert und es dann kaum mehr nachzuweisen ist. Zu viel davon legt das Nervensystem lahm, und man kann an Atemstillstand sterben, oder das Herz hört auf zu schlagen wie bei einer Überdosis Schlaftabletten.«

Frau Wieland schlug die Hände vor den Mund. Talisker trat ganz nah an sie heran, als wolle er sie stützen, falls sie schwanken sollte. »Aber warum sollte Lea denn so etwas machen?«

Glander stutzte. Natürlich, daran hatte er noch gar

nicht gedacht: Die Witwe, die über den Tod ihres Mannes nicht hinwegkommt, beschließt, überwältigt durch eine Trauerfeier für einen Nachbarn, ihrem Leben ein Ende zu setzen. Du mieser Hund, damit kommst du nicht durch!, dachte Glander. »Frau Wieland, sie hat es nicht selber genommen, es wurde ihr in ihren Whisky gemischt. Oder in etwas anderes, das sie noch gegessen oder getrunken hat, nachdem ich gegangen bin. Vielleicht hat jemand mehrere Flaschen Whisky präpariert. Und dann musste er nur noch abwarten. Früher oder später hätte Lea von dem Whisky getrunken.«

Frau Wieland schüttelte entsetzt den Kopf. »Sie meinen, jemand hat versucht, Lea umzubringen? Vielleicht sogar einer unserer Nachbarn? Aber das kann doch nicht sein! Doch nicht einer von uns!«

»Leider doch, Frau Wieland. Ich bin mir ziemlich sicher, dass hier ein Mörder umgeht und diese Todesfälle, das Feuer bei Klingbeil und jetzt der Anschlag auf Lea miteinander in Verbindung stehen.«

Frau Wieland riss die Augen auf und flüsterte: »Herr Albrecht! Ich habe noch immer nichts von ihm gehört.«

Glander stützte sie am Arm und geleitete sie zum Esstisch im Wohnzimmer, an den sie sich setzten. Er hatte schon den rauchigen BenRiach in der Hand, besann sich aber eines Besseren. »Soll ich Ihnen ein Glas Wasser holen, Frau Wieland?«

»Nein danke, es geht schon wieder. Wenn dem Herrn Albrecht nur nichts passiert ist!«

»Haben Sie einen Schlüssel für sein Haus?«

»Ja, er lässt mir immer einen da, falls irgendetwas ist. Ich gehe sonst nie in sein Haus, ich gieße nur die

Pflanzen im Garten und sprenge den Rasen. Er stellt die Topfblumen immer auf die Terrasse.«

»Frau Wieland, ich würde mich gern bei Herrn Albrecht umsehen. Würden Sie mich in sein Haus lassen? Das ist natürlich nicht ganz legal, aber ich denke, in diesem Fall haben wir berechtigte Gründe, uns Einlass zu verschaffen.«

Frau Wieland stand sofort auf. »Natürlich, Martin, lassen Sie uns gleich rübergehen!« Sie schickten Talisker auf seine Decken zurück und gingen hinüber zu Frau Wieland, um den Schlüssel von Herrmann Albrecht zu holen. Dann liefen sie gemeinsam zum Dürener Weg 51 in der Zeile, die hinter der von Frau Wieland lag.

Im Krankenhaus lag Lea im Bett und rang um ihre Fassung. Irgendein skrupelloser Scheißkerl hatte tatsächlich versucht, sie umzubringen! Höchstwahrscheinlich hatte der auch schon den alten Klingbeil und den Hantschke auf dem Gewissen. Was hatte sie denn aber mit den beiden alten Herren gemeinsam? Sie spielte nicht, und auch Herr Klingbeil beließ es bei seinen Doppelkopfrunden, da war sie sich sicher. Sie hielt sich für einigermaßen freundlich im Umgang mit anderen, auch Herr Klingbeil war ein durch und durch sympathischer Mensch, wohingegen Hantschke ein Widerling war, wie er im Buche stand. Sie und Hantschke hatten einen Hund, aber Klingbeil nicht. Hantschke bezog Sozialhilfe, Klingbeil hatte eine gute Rente, und sie selbst war noch berufstätig, auch wenn sie gerade eine Auszeit nahm. Klingbeil liebte seinen Kiez, Hantschke wollte unbedingt weg aus der Siedlung, wie es schien. Sie selbst hatte immer angenommen, in ihrem Haus alt zu werden. Es war ihr Heim, Duncan war dort aufgewachsen, und es gehörte ein Stück weit zu ihrer Identität. Sosehr sie sich auch bemühte, sie fand keinen gemeinsamen Nenner für sich, Herrn Klingbeil und Herrn Hantschke, und es dämmerte ihr, wie wenig sie tatsächlich von ihren Nachbarn wusste. Obwohl sie alle relativ eng beieinander lebten, wusste jeder nur wenig vom anderen. Das, was man zu wissen glaubte, musste mit einem Quentchen Vorsicht genossen werden, je nachdem, woher man die Informationen hatte. Aus zweiter Hand waren sie oft eher unzuverlässig. Lea erinnerte sich an den Satz, den Frau Bauernfeind einmal zu ihr gesagt hatte, während sie gemeinsam auf dem Stolberger Ring vom S-Bahnhof kamen: »Unter jedem Dach wohnt ein Ach.« Lea lehnte sich in ihr Kissen zurück und machte sich weiter auf die Suche nach dem Ach, das sie mit den anderen Vorfällen in ihrer Siedlung verbinden könnte.

Das Haus von Herrmann Albrecht wirkte verlassen. Die heruntergelassenen Jalousien ließen nur spärlich das Sonnenlicht herein, und Glander knipste überall Licht an. Die Küche schien seit einigen Tagen unbenutzt, und auch das Wohnzimmer sah nicht so aus, als hätte sich erst kürzlich jemand hier aufgehalten. Glander stieg die Treppe hinauf und schaute zunächst ins Badezimmer, das gleich links am Treppenaufgang lag. Keine frischen Wasserspuren, dafür eine offene Kulturtasche auf einem Schränkchen in der Ecke. Glander hoffte, der Mann besäße mehrere, aber sein Instinkt sagte ihm, dass Herrmann Albrecht nie in Kroatien angekommen war. Das bestätigte sich, als sie die beiden offenen und nur halb gepackten Koffer auf dem Bett in seinem Schlafzimmer fanden.

Frau Wieland hielt sich bestürzt am Türrahmen fest. Glander drehte sich zu ihr um, nachdem er kurz unter das Bett geschaut hatte, und fragte sie: »Frau Wieland, wie reist Herr Albrecht gewöhnlich nach Kroatien?«

»Mit dem Auto. Er hat immer sein Auto genommen und sich bei der Fahrt viel Zeit gelassen.«

»Das Auto ist nicht mehr da, richtig?«

»Das weiß ich nicht. Herr Albrecht hat eine Garage, sein Auto hat er nie auf der Straße stehen lassen, da war er sehr eigen.«

»Haben Sie den Schlüssel?«

»Nein, den brauchte ich ja nie. Aber Herr Albrecht hat sicherlich einen Zweitschlüssel in seinem Schlüssel-kasten unten im Flur.«

Sie gingen beide die Treppe hinunter, und Frau Wieland zeigte auf ein kleines, an die Wand montiertes Holzschränkchen. Sie öffnete den Kasten und suchte den passenden Schlüssel heraus.

»Seine Garage ist ganz hinten auf dem Hof im Wen-dekreis. Ich zeige sie Ihnen, die sind nicht nummeriert.«

Glander roch es sofort, nachdem er das Tor angehoben hatte. Obwohl der süßliche Verwesungsgeruch noch nicht sehr ausgeprägt war. Hatte man ihn jedoch jemals in der Nase gehabt, genügte ein Hauch, um sich seiner sofort wieder zu erinnern. »Frau Wieland, Sie bleiben bitte vorne in der Einfahrt. Sollte jemand kommen, ru-fen Sie mich!«

»Natürlich, Martin. Denken Sie denn wirklich, dass er hier in der Garage sein könnte?«

Er nickte stumm und trat auf den Kofferraum zu. Der öffnete sich mit einem leisen Klick, und jetzt entwich eine geballte Wolke des schauerlichen Aromas. Glander atmete instinktiv durch den Mund. Das Bild, das sich ihm bot, war nichts für schwache Nerven: Die Leiche von Herrmann Albrecht lag zusammengequetscht im Kofferraum seines blitzblanken weißen Opel Astra, Baujahr '91. Sie war in eine durchsichtige Plastikplane gewickelt, die unter den Füßen mit silbernem Tape verklebt war. Beim Hineinschieben in den Kofferraum musste sie an einer kleinen Stelle eingerissen sein, was den ausströmenden Verwesungsgeruch erklärte. Der Körper wimmelte von dem für Leichen üblichen Kleingetier, aber Glander konnte die vermutliche Todesursache trotz des großen Krabbelns ziemlich klar erkennen: Dem Toten war der Schädel gespalten worden, vermutlich mit einem Beil oder einem ähnlichen Gegenstand, das würde der Pathologe sicherlich genau sagen können. Glander konnte sich den Tathergang gut vorstellen. Der Mörder war mit Albrecht zu dessen Garage gegangen. Vermutlich hatte er vorgegeben, sich etwas aus dessen Kofferraum borgen zu wollen. Als Herr Albrecht sich dann nach vorne in den Kofferraum gebeugt hatte, musste der Täter zugeschlagen haben. Herr Albrecht hatte keine Chance gehabt.

Glander rief seine Kollegen in der Keithstraße an und schilderte seinen Fund.

17

Eine Dreiviertelstunde später baute sich Kriminalhauptkommissar Prinz vor Glander auf. Er schäumte
vor Wut. »Glander, das wird ein Nachspiel haben! Wie
kommen Sie dazu, sich in meine Ermittlungen einzumi-
schen! Sind Sie denn noch zu retten? Ich werde Ihren
Dienstrang kassieren lassen, und Sie werden schon eine
gehörige Portion Glück brauchen, um nicht wieder bei
der Schutzpolizei zu landen!«

Glander wusste, dass eine Diskussion sinnlos war.
Im Grunde hatte Prinz sogar recht. Er hätte die Kollegen
über seinen Verdacht informieren müssen, hatte es jedoch ganz bewusst unterlassen, womit er das Verfahren
wenn nicht behindert, so doch zumindest unterlaufen
hatte. Bei strenger Auslegung der Richtlinien könnten
sie ihn wegen Behinderung laufender Ermittlungen be-
langen. Aber das war ihm komplett egal. Es wäre nicht
der erste Verweis, den er in seiner Laufbahn bei der
Kripo kassierte. Sich der an ihren muffigen Strukturen
erstickenden Bürokratie unterzuordnen und »an die
Spielregeln zu halten«, wie es manche seiner Vorgesetzten ausdrückten, hatte noch nie zu seinen Stärken gehört. Regeln musste man auch mal umgehen können,
wenn es die Situation erforderte. Er zuckte daher nur

mit den Schultern und blickte seinen aufgebrachten Kollegen ruhig an. »Meine Güte, Prinz, tun Sie, was Sie nicht lassen können! Aber vielleicht hören Sie mir jetzt erst einmal zu, damit ich Ihnen von meinen Vermutungen erzählen kann.«

Prinz' Gesicht wurde tatsächlich noch eine Nuance roter. »Einen Teufel werden Sie, Glander! Sie werden mir einen ordentlichen Bericht schreiben, in dem Sie besser nichts auslassen. Und den habe ich morgen früh auf meinem Schreibtisch. In dreifacher Ausfertigung. Die Kollegen von der Internen werden den auch lesen wollen, das können Sie mir glauben. Und jetzt gehen Sie mir aus den Augen, bevor ich mich vergesse!«

Glander war sprachlos. Der Mann war offensichtlich allen Ernstes mehr daran interessiert, seine Pfründe zu sichern und ihm zu schaden, als sich um den Fall zu kümmern. Glander hatte keine Zweifel mehr, dass es sich bei allen Morden und Mordversuchen trotz der unterschiedlichen Vorgehensweisen um ein und denselben Täter handelte. Ihm wurde schlagartig klar, dass er sich da nicht raushalten durfte. Prinz würde den Mann, der sich durch die Siedlung mordete, niemals finden. Schon gar nicht ohne Merve. Doch er riss sich zusammen, um kein weiteres Öl ins Feuer zu gießen, und nickte Prinz nur kurz zu. Beim Verlassen des Garagenhofes hörte er diesen noch tönen: »Das kann er aber glauben, der Glander, der ist durch! Durch ist der! Der kann einen auf Schülerlotse machen in Zukunft, aber mir kommt der nicht mehr in die Quere! Der sollte sich warm anziehen ...«

Glander hatte Frau Wieland fortgeschickt, bevor das Einsatzkommando eingetroffen war, um sie aus der Sache herauszuhalten. Man würde sie später sicherlich fragen, warum sie den Schlüssel ohne einen Durchsuchungsbefehl herausgegeben hatte, aber sie hatte Glander gleich gesagt, dass sie das nicht kümmerte. Sie würde Prinz und seinen Kollegen sagen, dass sie Glander gebeten habe nachzusehen, ob das Auto noch in der Garage stand, weil der Nachbar sich nicht wie gewohnt bei ihr gemeldet hatte.

Jetzt saßen sie auf Leas Terrasse. Frau Wieland hatte Kaffee gemacht und ein paar belegte Brote. Der Mensch müsse essen, hatte sie Glander gesagt, und er hatte ihr nicht widersprochen. Er hatte seit dem Vorabend nichts mehr zu sich genommen und war nun recht hungrig. Glander hatte Talisker zwei Dosen Futter hingestellt, würde später eine Runde mit ihm drehen und dann zu seiner Schwester nach Teltow fahren, bis er Lea am nächsten Tag aus dem Krankenhaus abholen konnte. Bis dahin würde er versuchen, ein Motiv zu finden. Auf dem Weg zu Leas BMW drückte er einem Kollegen der Spurensicherung einen Karton mit Leas Whiskyflaschen und den Gastgeschenken von der Feier in die Hand und bat ihn, den Karton Lutz Harnack zu geben.

Der Mann im Schutzanzug nickte und fügte trocken hinzu: »Prinz ist eine Niete. Wenn du was brauchst, Glander, melde dich! Ich seh zu, dass Harnack das noch heute auf den Tisch bekommt.«

Glander dankte dem Mann, gebot Talisker, ihm zu folgen, und machte einen ausgedehnten Spaziergang mit dem großen Hund.

In dem kleinen Reihenmittelhaus im Dürener Weg, nicht weit von Leas Haus, schaute der Mann aus dem Fenster. Er konnte den Garagenhof am Ende der Straße nicht sehen, hatte aber mitbekommen, dass die Polizei nach hinten gefahren war. Verdammt, den Albrecht sollten sie doch jetzt noch gar nicht finden! Als er hörte, wie sich die Haustür öffnete, legte er sich wieder ins Bett. Die Dosis bei der Storm war nicht hoch genug gewesen, er hatte einen Fehler gemacht. Er streckte seine Beine unter der Decke aus und fasste sich an. In der Küche klapperte Geschirr. Er begann sich zu reiben und stellte sich Lea Storm vor, die hilflos vor ihm auf dem Boden lag, mit hochgerutschtem Kleid, das den Blick auf ihr Höschen freigab.

18

Lea war noch ein wenig blass um die Nase, als Glander sie am nächsten Vormittag gegen halb zehn von der Station abholte, doch sie versicherte ihm, dass alles in Ordnung sei. Der Kuss, den sie ihm anschließend gab, ließ sein Herz einen Takt aussetzen. Aber was konnte ihm hier im Krankenhaus schon passieren? Und so erwiderte er ihn ebenso leidenschaftlich. Eine Schwester, die neben ihnen aufgetaucht war, hüstelte diskret. Sie übergab Lea ihre Entlassungspapiere, und die bedankte sich für die nette Fürsorge auf der Station mit einem Schein.

Martin hatte eine kleine Tasche mit Klamotten mitgebracht, die Frau Wieland gepackt hatte, da Lea ja nichts dabei hatte. Frau Wieland hatte ihr ein olivgrün gemustertes Sommerkleid herausgesucht. Es war knielang, ohne Ärmel und gerade geschnitten. Dazu hatte die Nachbarin eine Strickjacke aus grober Seide in Silbergrau gelegt. Glander fragte sich einmal mehr in seinem Leben, wie Frauen das mit den Farbkombinationen so gut hinbekamen. Ob dieses Wissen vielleicht bereits im Erbgut codiert war? Oder ob man es über lange Jahre des Studiums von Frauenzeitschriften irgendwie verinnerlichte? Die silbernen Sandalen, die

Lea auf der Party getragen hatte, passten jedenfalls perfekt zu dem Outfit. Lea sah ein wenig müde, aber trotzdem zum Anbeißen aus, fand Glander und war mächtig stolz, als sie an seiner Seite das Krankenhaus verließ.

Taliskers Begrüßung im Dürener Weg war überschwenglich, und Lea war ebenso glücklich, ihren Hund unversehrt wiederzusehen. Sie hatte Tränen in den Augen, als sie sich zu Glander drehte und ihn umarmte. »Ich hätte es nicht ertragen, wenn ihm was passiert wäre. Vielen Dank, Martin, dass du ihm das Leben gerettet hast! Und mir natürlich auch. Du hast uns beiden das Leben gerettet.«

Sie ging ins Wohnzimmer und betrachtete ihr leeres Sideboard. »Ausgerechnet in meine Malts. Hoffentlich nur in den einen, den ich getrunken habe, dann muss ich nicht alle wegkippen.«

Glander schüttelte den Kopf. So schlimm konnten die psychischen Folgen des Mordversuches wohl nicht sein, wenn Lea sich schon wieder Sorgen um ihre Whiskysammlung machte. Er ging in die Küche und holte eine eingewickelte Flasche. »Aufgewacht, mitgedacht. Ich war so frei und habe den von meiner Schwester mitgebracht.«

Lea packte den Macallan aus, den Glander vor einer Woche besorgt hatte. »Herr Hauptkommissar, Sie haben wirklich einen guten Spürsinn, scheint mir.«

»Ganz ehrlich, deine Wünsche sind nicht ganz so schwierig auszuloten.«

»Du kannst mich also lesen wie ein Buch, verstehe.

Vielleicht sollte ich mich ein wenig mysteriöser geben, um die Spannung zu steigern.«

Glander winkte ab. »Bloß nicht. Seit ich dich kenne, stolpere ich ständig über ein neues Verbrechen, und ich werde aller Wahrscheinlichkeit nach sehr großen Ärger mit meinen Vorgesetzten bekommen.« Er überlegte kurz. »Weißt du, was ich jetzt gerne machen würde?«

Lea sah ihn ein wenig unsicher an. »Was denn, Martin?«

»Mich beim Hantschke mal ein wenig umsehen. Hast du Lust, mich zu begleiten?«

Sie lächelte beinahe ein wenig erleichtert und nickte. »Klar, ich bin dabei. Es ist ja jetzt was Persönliches, wo der Mörder es auch auf mich abgesehen hat. Aber wie kommen wir ins Haus? Ich kenne niemand, der einen Schlüssel haben könnte.«

Glander winkte mit einer recht ansehnlichen Sammlung von Dietrichen. »Wir brechen das Siegel der Kripo auf, und den Rest erledigt einer dieser Kollegen hier.«

»Dann wollen wir hoffen, dass nicht gerade einer der Nachbarn vorbeikommt und die Polizei ruft. Ärger hast du doch schon genug, denke ich.«

»Auf das bisschen Ärger mehr käme es auch nicht an.«

Das ganze Grundstück mit der Nummer 19 machte einen ziemlich heruntergekommenen Eindruck. Der Vorgarten war von Unkraut durchzogen, ein struppiges Gewächs wucherte ungepflegt vor sich hin. Aus den Fugen der Steine auf den Wegen wuchsen Moos und Löwenzahn, und die Pflastersteine vor Hantschkes

Haus boten zahlreiche Stolperfallen. Niemand war in der Zeile zu sehen, und Glander riss das Polizeisiegel ab. Der dritte Dietrich verschaffte ihnen Einlass zum Haus des toten Nachbarn.

Der Geruch im Flur erinnerte an eine Jungenumkleide in der Turnhalle: verschwitzte Kleidung, alte Socken, ungewaschene Haare und unter alldem das leicht salzige Aroma männlicher Körperflüssigkeiten. Lea musste sich sehr beherrschen, um nicht sofort alle Fenster aufzureißen. Sie mochte sich nicht vorstellen, wie es hier gerochen hatte, bevor die Spurensicherung einen Tag lang ein und aus gegangen war. Beim Öffnen der Haustür hatten sie einen ganzen Stapel Briefe und Wurfsendungen beiseiteschieben müssen, wobei Lea gegen ein Paar Schuhe stieß, in denen sich Hantschkes Schlüsselbund fand.

Glander war überrascht. An Prinz' Stelle hätte er jemanden von seinem Team beauftragt, sich nach der ersten Sicherung der Spuren noch einmal in Hantschkes Haus umzusehen. Er wäre sogar selbst erneut hierher gegangen, um ein besseres Gefühl für das Opfer zu bekommen.

Lea hatte den Haufen Umschläge und Wurfsendungen zusammengeklaubt und auf dem Esstisch im Wohnzimmer ausgebreitet. Sie ging die Post durch, während Glander sich im restlichen Haus umsah.

Meine Güte, wie manche Menschen hausen!, dachte er, als er sich im Obergeschoss umschaute. Das Badezimmer war offenbar monatelang nicht geputzt worden. Er ersparte es sich, den Toilettendeckel anzuheben. Zwei der drei Zimmer im oberen Geschoss waren mit

Sperrmüll und Kartons vollgestellt. Im Schlafzimmer standen ein ungemachtes Doppelbett mit ungewaschenen Bezügen und ein Doppelschrank, der in den frühen Siebzigern modern gewesen sein mochte. Glander musste jedoch konstatieren, dass er perfekt zur Tapete passte, auf der ein grün-orangefarbenes Dalli-Dalli-Muster prangte. Auf den Nachttischen standen nicht weniger als sechs Aschenbecher, alle randvoll mit Kippen. Ein braungrauer, ehemals vermutlich lindgrüner Teppich komplettierte das Ensemble. Glander fragte sich, wie man in so einem Raum Ruhe finden konnte. Als er neben das Bett sah, wurde ihm jedoch klar, wie Wolfgang Hantschke für seine tägliche Bettschwere gesorgt hatte: Rund fünfzig Flaschen billigen Gins und Wodkas sammelten sich vor dem Fenster. Da rief Lea nach ihm, und er ging wieder hinunter ins Wohnzimmer.

»Martin, schau dir das mal an! Hier ist lauter Post für verschiedene Adressaten *c/o W. Hantschke.* Ich habe sie sortiert.«

Glander schaute sich die fünf unterschiedlich hohen Stapel genauer an. Der erste bestand aus Post an Hantschke selbst, Rechnungen und Werbung. Der nächste enthielt zwei A4-Umschläge ohne Absender und war an *Michael K. Muthart c/o W. Hantschke* adressiert. Pornos oder braune Pamphlete, vermutete Glander sofort und riss einen Umschlag auf. Ein Erotikmagazin. Nackte Frauen mit Waffen, auf Panzern, in zerrissenen Uniformen. Das Centrefold-Model trug nichts außer einem Stirnband in Tarnfarben. Er hielt Lea den Umschlag hin und schaute sie fragend an. »Fällt dir bei dem Namen des Adressaten etwas auf?«

Lea sah sich den Namen einen Moment an und lachte dann los. »Nee, das ist zu platt, oder? Hartmut Michalke.«

»Der Waffennarr.«

»Ja, das passt. Wen haben wir denn noch? *A. Sabersky.* Und was ist da drin?«

In dem länglichen Umschlag steckte ein Kontoauszug vom vergangenen Donnerstag. Das Konto war bei einer Filiale der Deutschen Bank in Österreich, und der Kontostand betrug 125 000 Euro.

Lea sagte: »Arne Sabersky, das ist der Nachbar hier gleich nebenan. Aber warum lässt der sich denn Kontoauszüge an den Hantschke schicken? Und woher hat der so viel Geld? Noch dazu auf einem Ösi-Konto. Carola stöhnt doch immer, dass sie so klamm sind. Was zum Teufel geht hier vor?«

Glander schaute auf den nächsten Stapel. Der Form der Umschläge nach zu urteilen, schien es sich auch hier um Bankauszüge zu handeln. Die Briefe waren adressiert an *M. Chevalier.* Die Kontobewegungen waren regelmäßig: Jeden Monat gingen zweitausend Euro von einem Konto der Deutschen Bank ein und wurden zwei Tage später auf ein Konto der Bayerischen Landesbank weiterüberwiesen. Im gleichen Stapel lag noch ein Brief, der per Hand adressiert war und den Glander ebenfalls ungeniert aufriss. Er las Lea vor:

Mein Ein,
ich verzehre mich nach Dir und wünsche mir, Du könntest bei mir sein. Ich hasse Deine Familie, die Dich so lange von mir fernhält. Wann verlässt Du sie endlich? Ich ver-

misse Deine nackte Haut auf meiner und finde keinen
Schlaf ohne Dich an meiner Seite. Wann bist Du wieder
bei mir?
In Liebe
Dein Alles

Lea öffnete ihren Mund, als würde sie gleich beim Arzt »Ahh« sagen müssen. Sie sah Glander mit großen Augen an. »Das ist der Ritter. *Chevalier*, französisch für Ritter. Martin, ich habe immer mit Svenja gefrotzelt, dass der irgendwo noch 'ne Familie hat. Wenn sie mal wieder meinte, er ginge sicher fremd auf seinen vielen Dienstreisen, haben wir noch darüber gelacht. Meine Güte! Wenn Svenja das rauskriegt, rastet sie komplett aus. »*Schlimmer als die Höllenglut brennt verschmähten Weibes Wut*«, zitierte sie dann salopp William Congreves Warnung vor der sitzengelassenen Frau.

Glander blieb nur ein Kopfschütteln, und er sah sich den letzten, kleineren Stapel an. Der enthielt einen Umschlag mit Schwarzweißaufnahmen einer Frau, die sich mit einem Mann traf. Sie saß mit ihm in einem Café, ging mit ihm durch einen Park, umarmte ihn unter einer Linde und stand mit ihm vor einem Hauseingang. Dann gingen beide in das Haus hinein. Glander zeigte Lea die Aufnahmen. »Erkennst du die Frau oder den Mann?«

»Der Umschlag ist an *J. Groß* adressiert, das muss Jörn sein. Er lebt getrennt von seiner Frau. Ich habe Annika nur einmal kurz kennengelernt, aber ich glaube, das ist sie. Den Mann kenne ich nicht. Jörn lässt sie beobachten, oder was meinst du?«

»Sieht ganz danach aus. Das ist peinlich und womöglich auch obsessiv, aber sicher kein Grund, den Hantschke umzubringen. Überhaupt, ich kann in der Post hier kein Motiv für den Mord an Hantschke erkennen, geschweige denn eine Erklärung für die Vorfälle in ihrer Gesamtheit. Es sei denn, es gibt noch mehr ... Warte mal!«

Glander sah sich den Schlüsselbund an, der neben den Poststapeln auf dem Tisch lag. Ein Hausschlüssel, einer für den Briefkasten, ein Fahrradschlüssel, ein Flaschenöffner und ein kleiner Schlüssel, der aussah wie der zu einem Schließfach. Glander hielt ihn hoch. »Lea, gibt es hier ein Postamt mit Postfächern in der Nähe?«

Lea nickte. »Ja, an der Wiesenbaude, Ecke Königsberger Straße und Hindenburgdamm.«

»Dann lass uns hier mal genauso unauffällig wieder verschwinden, wie wir gekommen sind. Ich bin sicher, Hantschke hat da ein Postfach. Er scheint mir nicht der Typ für ein Bankschließfach. Ein Postfach kostet nicht viel, und niemand kümmert sich weiter darum, solange es nicht überquillt. Das perfekte Versteck.«

Sie hatten Glück und begegneten niemandem. Um keine Zeit zu verlieren, nahmen sie Leas Wagen.

Beim Einsteigen fragte Glander sie: »Wieso eigentlich Wiesenbaude? Ist da eine Wiese?«

Lea lachte. »Die Wiesenbaude war ursprünglich ein Bierausschank. Kaisers Kadetten sollen dort gerne und regelmäßig eingekehrt sein, da er auf ihrem Weg zwischen Kaserne und Bahnhof Lichterfelde Ost lag. Nach dem Zweiten Weltkrieg wurde aus dem Schankraum ein Restaurant. Als ich hierher zog, war es ein ägyptisches, glaube ich. Seit ein paar Jahren ist da jetzt ein Drive-through-Café, das Restaurant musste wohl wegen ausstehender Pacht raus. Ich fand das Café erst ziemlich übel, aber eigentlich ist es eine ganz gute Sache. Und der Kaffee in dem Drive-through ist durchaus trinkbar, ich hab mir da manchmal einen geholt, wenn ich morgens in die City musste.«

Glanders Handy klingelte, als sie in den Ostpreußendamm einbogen, und Lea sah ihn belustigt an. Sie erkannte die Titelmelodie sofort, als Teenager hatte sie total auf Lewis Collins als MI5-Profi gestanden. Obwohl der sonst nur in wirklich ausnahmslos schlechten Filmen mitgespielt hatte, hätte er ihr damals gut als James Bond gefallen. Collins hatte sich für die Rolle beworben, wurde aber als »zu aggressiv« abgelehnt. Lea musste grinsen, denn sie dachte an den, wie sie fand, äußerst gelungenen Bond, der jetzt von Daniel Craig dargestellt wurde. Die Zeiten änderten sich, und, was sie betraf, eindeutig zum Besseren. Lea besaß beide Bond-DVDs mit Daniel Craig in der Hauptrolle und hatte mit sich selbst schon ein festes Kinodate für den 23. Bond-Film, *Skyfall*, ausgemacht, wenn dieser im November in die Kinos käme. Wieder einmal gingen ihr die kuriosesten Dinge zu den unmöglichsten Zeiten durch den Kopf.

Nachdem er sich bei Lutz Harnack bedankt hatte, beendete Glander sein Telefonat mit ihm. »Eine gute und eine schlechte Nachricht.«

»Die gute zuerst.«

»Deine Malts sind alle okay. Und die schlechte: Das Flunitrazepan war in der Flasche Cardhu und in den Pralinen, die Marmelade war okay. Das Dreckszeug wurde in die Flasche geträufelt beziehungsweise direkt in die Pralinen gespritzt. Wer hatte dir die Sachen mitgebracht?«

»Der Cardhu kam von Michael«, sagte Lea leise. »Die Pralinen sind von Svenja, die macht sie immer, wenn sie und ihr Mann zu Partys eingeladen sind. Ich hab Flasche, Schachtel und Marmeladenglas mit in die Küche genommen, als wir die Sachen reingeräumt haben. Und nach dem Aufräumen einen Cardhu getrunken ...«

»Das heißt, der Cardhu stand die ganze Zeit im Wohnzimmer, und jeder konnte ran?«

Lea überlegte einen Moment. Sie standen in der üblich langen Linksabbiegerschlange an der Kreuzung Lindenstraße. »Ja, schon. Es wäre ein bisschen riskant gewesen, denn es hätte ja immer mal jemand durchs Wohnzimmer gehen können, aber im Prinzip hätte jeder der Gäste in einem unbemerkten Moment an die Sachen rangekonnt.«

Glander fügte hinzu: »Der Ritter ist am Schluss noch mal eine ganze Weile alleine im Haus gewesen, als wir vor der Tür auf ihn gewartet haben. Michael Renner ebenfalls, als er nach der DVD schaute, die er sich borgen wollte.«

Bei der nächsten Grünphase konnten sie endlich abbiegen. Lea merkte an: »Jörn ist auch alleine ins Haus gegangen, um mehr Sprit zu holen. Und Andreas wollte in Ruhe einen Whisky genießen.«

»Und Michalkes Frau habe ich gegen halb zehn fragen hören, wo ihr Mann wäre, ob der wohl ins Klo gefallen sei, das dauere ja ewig. Sämtliche weiblichen Gäste waren oft genug auf der Toilette ...«

Sie sahen einander an, dann seufzte Lea: »Mensch, ist dein Job immer so anstrengend?«

Sie überquerten den Teltowkanal. Glander lachte leise. »Du hast ja keine Vorstellung. In diesem Fall tut sich immerhin etwas, auch wenn mir nichts davon gefällt. Normalerweise sitze ich am Schreibtisch und lese endlose Zeugenvernehmungsprotokolle. Und glaube mir, PISA ist nur die Spitze des Eisbergs. Heute kriegt kaum noch jemand einen vernünftigen Satz raus, und ich brauche oft nicht nur viel Geduld, sondern auch eine Menge Phantasie, um herauszufinden, was der Zeuge genau sagen wollte.«

Jetzt lachte auch Lea. »Ich mache das Privatfernsehen dafür verantwortlich. Da laufen solche Flachzangenformate, dass es einem angst und bange wird. Jeder kleinste Vorfall wird zu einem ›voll krassen Drama, Alta‹«, imitierte sie das Kiezdeutsch, das jetzt jeder zwischen 13 und 43 zu sprechen schien. Sie fuhr fort: »Und jeder denkt, dass nur er selbst total wichtig ist und so unglaublich einzigartig. Dann diese ganzen Talentshows, Bohlen als Vorbild – was soll denn dabei auch rauskommen?«

»Noch mehr Menschen, die an Hautkrebs erkranken, weil sie zu lange auf der Sonnenbank lagen. Und noch mehr schlechte Musik.«

Lea nickte bekräftigend. »Der Mann hat mit unglaublich schlimmen Songs und mit Stillosigkeit eine Unmenge Geld gemacht.« Sie fügte grinsend hinzu: »Ich werde wohl alt, wenn ich schon anfange, von Stil zu reden. Aber über Geschmack lässt sich ja nicht streiten – sag mir, was du hörst, und ich sage dir, wer du bist.«

Glander fragte sie breit grinsend: »Disqualifiziert es mich, wenn ich Pearl Jam höre? Und Ella Fitzgerald? Darf man so was zusammen gut finden?«

»Klar darf man das. Mir gefällt das auch. Gibt es eigentlich Musik in deiner Sammlung, die dir so richtig peinlich ist?«

»Ehrlich gesagt, ja. Ich habe eine CD von Barclay James Harvest im Regal.«

Lea sah ihn kurz mit gespieltem Entsetzen an. »Nein, Martin, sag mir nicht, dass die da offen und für jedermann sichtbar steht!«

»O doch! Und gleich daneben hab ich die CDs von Bowie und den Buzzcocks platziert, und dann kommen auch schon Johnny Cash und The Clash ...«

»... die in keiner annehmbaren Sammlung fehlen dürfen. Ich habe vermutlich dieselbe CD von Barclay James Harvest wie du, aber ich bin auch ein Mädchen, ich darf das. Dafür habe ich, halt dich fest ...«, sie machte eine dramatische Pause, »...ein Album von Limahl. Das ist wirklich richtig schlimm.«

Glander lachte und entgegnete: »Ich dachte immer, das musste in jedem Mädchenzimmer der achtziger Jahre stehen, genauso wie David Hasselhof.«

»The Hoff? Nicht in meinem, vielen Dank. Meine erste LP war *The Best of Uriah Heep*. Du erinnerst dich sicher an *Lady in Black*? Das Lied wurde später mein Zahnputzsong für Duncan. Es dauert ungefähr drei Minuten, und beim Refrain machte er immer schön den Mund auf, das war super!«

Glander lachte wieder. »Hast du die Scheibe nur wegen dieses Liedes gekauft?«

Jetzt musste Lea lachen, als sie erwiderte: »Ja klar. Du kannst dir mein Entsetzen vorstellen, als ich damals das restliche Geschrammel gehört habe. Ich war zehn oder elf, meine Eltern haben sich halb schlapp gelacht. Was war deine erste selbstgekaufte Platte?«

Glander zögerte und sah sie gemessenen Blickes an. »Vader Abrahams *Lied der Schlümpfe*. Mit acht.«

Die beiden musterten einander für einen kurzen Moment. Dann brachen sie in schallendes Gelächter aus.

19

Lea und Glander hatten Glück und fanden einen Parkplatz kurz hinter dem Eingang zur Post am Hindenburgdamm. Die Tür öffnete sich automatisch, und sie warteten, bis eine ältere Dame mit einem kleinen Hund in ihrer Tasche herausgekommen war.

»Vergessen Sie es!«, sagte die zu ihnen. »Die Schlange ist endlos, mindestens vierzig Leute, da stehen Sie ewig an. Immer dasselbe: Mittagszeit, und nur die Hälfte der Schalter ist besetzt. Das war mal eine wirklich gute Filiale hier, jetzt geht die auch den Bach runter, wie alles andere. Dabei brauche ich nur ein paar Marken.«

Lea lächelte die Frau an und zeigte in Richtung Goerzallee. »Es gibt einen Post-Shop im neuen Viertel, für den Fall, dass Sie nur etwas aufgeben oder Briefmarken kaufen wollen. In dem Zeitungsladen, gleich auf der linken Seite.«

Die ältere Dame strahlte zurück. »Ach, das wusste ich gar nicht. Vielen Dank, da werden wir gleich hinfahren, der Bus müsste auch jeden Moment kommen. Einen schönen Tag noch!«

»Danke, Ihnen auch!«

Lea trat zu Glander, der im Vorraum auf sie wartete. Gemeinsam gingen sie an der Schlange vorbei, direkt an das Ende der Schalterzeile. Unter dem Gemurre der Kunden wandte sich Glander dort an den Angestellten.

»Es tut mir leid, aber Sie müssen sich schon anstellen«, sagte dieser unmittelbar und vertiefte sich wieder in das Formular, das er für die Kundin vor ihm ausfüllte.

Glander hielt ihm seine Marke hin. Der Mann schaute erstaunt.

»Ich muss dringend mit dem Leiter dieser Filiale sprechen. Würden Sie ihn bitte herholen?«

Der Mitarbeiter bat die Kundin um einen Moment Geduld und ging in den hinteren Teil der Filiale. Einen kurzen Augenblick später kam er zurück und bat Glander und Lea, ihm zu folgen. Er führte sie in ein Büro, in dem sie von einem Mann um die fünfzig erwartet wurden. Der Filialleiter trug einen dreiteiligen mittelgrauen Anzug und eine rosafarbene Seidenkrawatte zu einem weißen Hemd. Sein akkurat gestutzter Henriquatre-Bart war graumeliert, und als er Glander zur Begrüßung die Hand entgegenstreckte, blitzten kurz goldene Manschettenknöpfe auf. »Rautenberg, ich bin der Filialleiter. Was kann ich für Sie tun?«

Lea erkannte ihren Nachbarn aus dem Stolberger Ring. »Herr Rautenberg, wie schön, dass wir uns hier treffen! Sie können uns sicher helfen. Das ist Kriminalhauptkommissar Glander. Er ermittelt bei uns in der Siedlung.«

Glander sah sie überrascht an. Dick aufgetragener Charme, so hatte er sie noch nicht erlebt.

»Frau Storm, ich verstehe nicht ganz …«

Glander übernahm. »Herr Rautenberg, dies ist mein

Dienstausweis. Ich ermittle im Mordfall Hantschke, der bei Ihnen in der Siedlung passiert ist.«

Herr Rautenberg schüttelte den Kopf, während er sich den Ausweis ansah. »Eine ganz schreckliche Sache. Gerti und ich waren entsetzt, als wir davon hörten. Und das bei uns, wo es doch immer so ruhig ist. Eine ganz schreckliche Sache.« Er gab Glander den Ausweis zurück.

»Im Zuge einer Befragung von Frau Storm und anderen Nachbarn ergaben sich Hinweise darauf, dass Herr Hantschke ein Postfach bei Ihnen unterhält. Wir haben diesen Schlüssel sichergestellt.«

Rautenberg schaute sich den Schlüssel an. »Ja, das ist einer von uns. Ich darf Ihnen aber nicht so einfach das Postfach öffnen, dafür brauche ich schon einen offiziellen Durchsuchungsbefehl. Sie wissen ja, die Vorschriften ...«

Lea fluchte innerlich. Rautenberg war ein in seiner Zeile gefürchteter Pedant. Sein Vorgartenrasen war ebenso akkurat geschnitten wie sein Bart, und er sortierte jede Woche die Mülltonnen ordentlich nach den Hausnummern der Besitzer, nachdem die Müllabfuhr wieder weg war. Doch sie schluckte ihren Groll hinunter und wandte sich strahlend an den überkorrekten Nachbarn. »Herr Rautenberg, Sie haben natürlich recht. Das Problem ist nur, dass das wertvolle Zeit kostet. Herr Glander hat eine sehr konkrete Spur und ist sich sicher, dass er in diesem Postfach Beweise finden wird. So hofft er, einen weiteren Mord zu verhindern. Der Mörder hat schon zu viele Nachbarn auf dem Gewissen ...«

Herr Rautenberg wurde bleich. »Frau Storm, was meinen Sie denn damit? Wollen Sie etwa sagen, Herr Hantschke war nicht der einzige Nachbar, der ... O Gott, das ist ja furchtbar!«

Lea nickte ernst und sah Herrn Rautenberg jetzt mit einem äußerst besorgten Gesichtsausdruck an – Glander fand ihr Minenspiel geradezu oskarreif. »Nein, Herr Rautenberg, Herr Hantschke war nicht das einzige Opfer dieses Wahnsinnigen. Aber Sie müssen unbedingt Stillschweigen bewahren, sonst könnte der Mörder gewarnt sein!«

»Sie meinen, der wohnt auch noch in unserer Siedlung? Frau Storm, das ... das ist ja nicht auszudenken! Einer unserer Nachbarn ein Mörder!« Herr Rautenberg setzte sich auf die Kante seines Schreibtisches und kaute am Nagel seines linken kleinen Fingers.

Glander hielt sich weiter raus aus dem Gespräch. Lea kannte den Mann offensichtlich gut und hatte erheblich bessere Chancen, ihn dazu zu bewegen, das Fach ohne einen Durchsuchungsbefehl zu öffnen.

»Ja, es sieht leider ganz danach aus. Herr Klingbeil fiel ihm auch zum Opfer, sein Sohn wäre beinahe bei dem Brand letzte Woche umgekommen, und der Herr Hauptkommissar weiß bereits von einem weiteren Todesfall.«

Sie war wirklich gut.

»Wer weiß, Herr Rautenberg, der Mörder könnte bereits in diesem Moment auf dem Weg zu seinem nächsten Opfer sein. Aber ich verstehe natürlich, wenn Sie die Vorschriften beachten müssen.«

Rautenberg starrte einen Moment auf seine perfekt

geputzten braunen Budapester und erhob sich dann abrupt von seinem Schreibtisch. »Auf keinen Fall, Frau Storm! Herr Kommissar, das könnte ich nie mit meinem Gewissen vereinbaren. Warten Sie bitte einen Moment! Ich muss nur kurz nachschauen, das haben wir gleich ...«

Er ging um seinen Schreibtisch herum, setzte sich und tippte auf der Tastatur seines PC. »Mein Gott, dass ich so etwas mal erleben würde! Das kann man ja gar nicht glauben, hier am Stadtrand. Also, ich meine, so was passiert doch sonst nur in der Innenstadt, in Mitte oder Charlottenburg, aber doch nicht in unserer Siedlung. Hier hab ich es: *Hantschke, Wolfgang*. Das Fach hat die Nummer 358.«

»Danke, Herr Rautenberg, das ist ganz großartig von Ihnen!« Lea war tatsächlich erleichtert, dass sich der stets übergenaue Herr Rautenberg hatte überreden lassen. Glander bedankte sich ebenfalls.

Herr Rautenberg kam um seinen Schreibtisch herum und bat die beiden, ihm zu folgen. »Wir öffnen das Fach diskret. Bitte folgen Sie mir!«

Sie fanden einen Stapel Papiere in dem Postfach: Kopien von Kontoauszügen und Briefen, einige Originale sowie dreitausend Euro in bar. Glander quittierte Herrn Rautenberg die Entnahme der Unterlagen, das Geld ließ er im Fach. Er bedankte sich noch einmal beim Filialleiter und bat ihn um Diskretion, bis er wieder von Glander hören würde.

Sie verabschiedeten sich und gingen zum Wagen zurück. Glander sichtete kurz die Papiere und zog weitere Kontoauszüge heraus. Kontoinhaber waren M.

Chevalier und Arne Sabersky. Ein Brief ging an René Ritter. Hantschke verlangte darin dreihundert Euro im Monat, sonst würde er seiner Frau von der Post verraten, die er für ihn entgegennahm. Ein weiterer Brief war an Hartmut Michalke adressiert: Hanschke wollte hundert Euro für sein Schweigen.

Glander steckte die Papiere wieder in den Umschlag, den ihnen Rautenberg gegeben hatte. »Okay, wie ich dachte: Er hat für seine Nachbarn Post empfangen und sie dann mit dem Inhalt erpresst. Damit kommen wir aber nicht weiter. Wir müssen herausfinden, wer denen die Gelder überwiesen hat. Klingbeil und Albrecht hatten sicher nichts mit diesen Erpressungen zu tun, also muss die Männer etwas anderes verbinden.«

Lea überlegte nicht lange. »Die Runen! Wir fragen die Runen!«

Glanders Blick zeigte Unverständnis.

»Nein, Martin, ich habe nicht den Verstand verloren. Ich rede von meinen Nachbarinnen, den Lehmann-Sisters, Sigrun und Gudrun. Speziell von der einen, die ist nämlich bei der Deutschen Bank, soweit ich mich erinnere.«

»Und Kontonummern unterliegen dem Bankgeheimnis, soweit *ich* mich erinnere.«

»*So what!* Einen vielleicht entscheidenden Hinweis zur Aufklärung der Mordfälle geben zu können wird sie drauf pfeifen lassen, jede Wette. Oder willst du lieber den Dienstweg gehen?«

»Auf gar keinen Fall! Der Prinz bringt es fertig und bleibt zwei Tage darauf sitzen, nur weil der Hinweis von mir kommt. Wann können wir sie denn fragen?«

»Nicht vor halb zehn oder zehn heute Abend, die sind nach der Arbeit immer auf dem Gestüt und kümmern sich um ihre Pferde. Ich stecke ihnen einen Zettel in den Briefkasten, dann kommen sie rum, wenn sie zu Hause sind.«

Schweigend fuhren sie in den Dürener Weg zurück.

20

Nachdem Lea ihren Nachbarinnen eine Nachricht hinterlassen hatte, setzte sie sich mit Glander auf die Terrasse. Sie hatte ihm einen dreifachen Espresso gemacht und sich selbst einen großen Latte Macchiato.

Glander versetzte seinen Kaffee mit reichlich Zucker und rührte einen Moment still darin herum. Dann sagte er zu ihr: »Lea, ich möchte hier bei dir bleiben. Mir ist nicht wohl bei dem Gedanken, dass dir wieder etwa zustoßen könnte.«

Lea schüttelte den Kopf. »Nein, Martin, ich bin dazu noch nicht bereit, und ich brauche keinen Schutz. Ich habe Talisker.«

»Den es auch fast erwischt hätte. Lea«, appellierte er an sie, »ich will nicht in dein Bett ...«

Sie zog die rechte Augenbraue hoch.

Er fuhr fort: »Jedenfalls nicht, solange du mich nicht darin haben willst. Ich möchte nur in der Nähe sein, falls der Mörder erneut kommt.«

Wieder schüttelte Lea den Kopf. »Nein, ich lebe jetzt alleine, und ich werde mich nicht von diesem Mistkerl verschrecken lassen. Wenn du bleibst, dann habe ich vielleicht in der Zukunft vor jedem Schatten Angst. Kannst du das verstehen, Martin?«

Sie schaute wie ein weidwundes Reh, dachte Glander. Er konnte sie tatsächlich verstehen, da er schon mit vielen Opfern gesprochen hatte und wusste, dass ihre Entscheidung die richtige war. Dennoch – sie passte ihm ganz und gar nicht. Er schluckte seinen Unmut hinunter und sah sie lange an. »Du machst es mir echt nicht einfach, Lea. Aber sei's drum – wenn du irgendwas Verdächtiges hörst oder Talisker auch nur ein Nackenhaar aufstellt heute Nacht, rufst du mich sofort an, okay?«

»Ja, Martin, das mache ich. Ich danke dir.«

Gegen halb sieben ging Lea in die Küche. Sie hatte am Vormittag nach ihrer Rückkehr aus dem Krankenhaus *tiger prawns* aus dem Tiefkühler geholt, die jetzt aufgetaut waren. Lea raspelte zwei kleine Zucchini und dünstete sie mit Knoblauch und einem frischen Zweig Rosmarin in Olivenöl. Die Garnelen schwenkte sie in einer anderen Pfanne in Chiliöl. In einem großen Topf setzte sie Spaghettini auf und kochte sie für ein paar Minuten. Sie gab die Garnelen in die tiefe Pfanne zu den Zucchini und löschte das Ganze mit Weißwein und Gemüsebrühe ab. Dann fügte sie die Pasta hinzu und kochte alles noch einmal ein paar Minuten ein, bis die Spaghettini al dente waren. Als alles fertig war, stellte sie die Pfanne auf einen edel aussehenden Untersetzer und bat Glander, Platz zu nehmen.

»Lea, es riecht köstlich! Wie machst du das nur?«

Sie zuckte mit der Schulter. »Das hat sich so ergeben. Essen hat meine Familie immer irgendwie zusammengehalten. Mark war denkbar untalentiert in der Küche, deshalb habe ich gekocht, und er hat hinterher aufgeräumt. Und mit den Jahren wurde ich einfach immer versierter.«

»Wie habt ihr euch kennengelernt?«

Lea blickte hinaus in den Garten. »Auf der Suche nach der Zukunft, so pathetisch das klingt. Marks Vater war abgehauen, als Mark erst zehn war. Seine Mutter zerbrach daran, bei ihr fand er keinen Halt. Dafür aber bei seiner Großmutter, bei der er eigentlich aufwuchs. Seine Mutter brachte sich um, er wurde erwachsen, und dann starb seine Großmutter an Krebs. Da war er Mitte zwanzig, und er hatte dann niemanden mehr.«

»Sein Vater hat sich nie wieder bei ihm gemeldet?«

»Nie wieder. Nachdem Elisabeth, Marks Großmutter, gestorben war, hat er versucht, ihn zu finden. Er kam zu spät, sein Vater hatte sich zwei Jahre zuvor totgesoffen. Ich traf Mark ein paar Wochen danach im Norden von Schottland.«

»Was hatte dich dahin verschlagen?«

»Ich musste überlegen, was ich mit meinem Leben anfangen wollte. Meine Eltern starben beide, als ich zwölf war. Ich bin dann mit meiner Tante Patty nach Schottland gezogen. Sie hatte dort eine Stelle an der Uni und einen verheirateten Lover, der Geschichte lehrte. Patty war toll, sehr unkonventionell, und ich verdanke ihre vieles, aber sie war eben nicht meine Mutter. Kein Hafen, kein Paar Arme, das dich umfasst und dir Sicherheit gibt. Als ich meine Ausbildung fast abgeschlossen hatte, eröffnete Patty mir, dass sie mit Schottland und dem Professor fertig wäre und nun nach Neufundland ziehen würde, um dort eine Stelle anzunehmen. Ich musste überlegen, was mein nächster

Schritt sein würde. Und dann traf ich Mark. *The rest is history as they say ...*«

Glander wünschte sich, er hätte Lea vor zwanzig Jahren kennengelernt und wäre selbst der Kern all ihrer Erinnerungen. Er spürte eine Eifersucht auf ihren toten Mann, die er sich nie zugetraut hätte. Eigentlich hatte er sich immer für einen recht überlegenen Typ gehalten, der sich durch nichts so schnell aus der Ruhe bringen ließ. Das war auch irgendwann Jessicas Vorwurf gewesen: Er sei so unterkühlt, nicht fähig sich gehenzulassen und zu genießen. Glander musste innerlich den Kopf schütteln über all den Unsinn, den er sich hatte einreden lassen. Paartherapie, das ganze Programm, und dann hatte er bei einem Einsatz ihren Wagen im Parkhaus des Best Western gesehen. Obwohl sie angeblich mit einer Freundin nach Hamburg gefahren war. Dass sie sich seinen besten Freund und Kollegen Kai, dessen Ducati direkt neben ihrem Auto stand, zum Fremdgehen ausgesucht hatte, machte die ganze Sache nicht besser. Glander wusste genau, was ihm an Lea Storm so gut gefiel: Sie spielte keine Spielchen. Ihre Reaktionen würden immer ehrlich sein, sie hatte es nicht nötig, Umwege einzuschlagen oder zu kokettieren. Er war sich sicher, dass er sich bei ihr nie fragen müsste, ob ihr der Sex gefiel oder sie nur so tat. Doch sofort untersagte er sich, diesen Gedankenweg weiterzugehen, denn jetzt war definitiv nicht der richtige Zeitpunkt dafür.

Es klingelte an der Haustür. Lea ging öffnen.

21

»Guten Abend, Lea! Wir sind gleich rübergekommen, als wir deine Nachricht gelesen haben. Was gibt es denn?« Gudrun und Sigrun Lehmann trugen ihre üblichen Freizeit-Sportanzüge, die eine in Fuchsia, die andere in Türkis.

Lea begrüßte die beiden und kam gleich zur Sache. »Hallo! Danke, dass ihr so schnell gekommen seid. Habt ihr etwas Zeit? Martin und ich möchten euch um einen Gefallen bitten.«

Die Schwestern sahen einander an, nickten und traten ein. Lea führte sie ins Wohnzimmer, wo Glander sich erhob. Die Schwestern blickten zuerst Glander und dann Lea an.

Glander ergriff das Wort. »Werte Damen Lehmann, ich bin es, der Ihre Hilfe benötigt. Setzen Sie sich doch bitte erst einmal!«

»Na, ihr macht es aber spannend«, entgegnete Sigrun Lehmann. »Nicht, dass die Gudrun euch den Zugangscode für den großen Banksafe geben soll, den hat sie nämlich gar nicht, zumindest nicht vollständig.« Beide Schwestern glucksten. Glanders ernster Blick ließ sie allerdings schnell verstummen.

Glander begann: »Ich bin Kriminalhauptkommissar in Brandenburg und ermittle, um es gleich vorweg-zunehmen, an meinen Kollegen hier in Berlin vorbei. Was ich tue und worum ich Sie gleich bitten werde, ist also nicht ganz korrekt im Sinne der Vorschriften. Das sollten Sie wissen.«

Die Augen der Schwestern Lehmann weiteten sich. Er hatte ihre volle Aufmerksamkeit.

»Sie wissen ja, dass Lea Ihren Nachbarn Hantschke tot auf dem Mauerweg gefunden hat. So haben wir uns kennengelernt, ich war in der Nacht vor Ort. Seitdem haben wir weitere Vorfälle aufdecken können: Herr Klingbeil wurde Opfer eines Verbrechens, auf seinen Sohn wurde vermutlich ein Brandanschlag verübt, und auch Lea hätte es beinahe erwischt. Gestern habe ich dann die Leiche von Herrmann Albrecht entdeckt.«

Gudrun Lehman schaute zu Lea. »Ich brauche bitte was zu trinken. Was Starkes.«

Lea wollte schon erklären, dass ihre Whiskys noch bei der forensischen Untersuchung waren, da fielen ihr die Schlehenwehen vom alten Klingbeil ein, von denen sie noch zwei Flaschen im Keller hatte. Wortlos stand sie auf und ging eine Flasche und Gläser holen.

Glander fuhr derweil fort: »Ich habe bei Hantschke Post entdeckt, die er für Leute aus der Siedlung ent-gegengenommen hat. Er muss also als privates Postfach für einige Nachbarn fungiert haben. Wir haben unter anderem Kontoauszüge gefunden und müssen wissen, wer hinter den Überweisungen steckt. Und dabei brau-chen wir Ihre Hilfe, Gudrun.«

Die nahm einen großen Schluck von der Schlehe und hielt Lea wortlos ihr Glas hin, um sich nachschenken zu lassen. Sie schüttete den Schnaps sofort hinunter. »Das ist höchst illegal!«

»Ich weiß.«

»Ich kann dafür in Teufels Küche kommen.«

»Von mir wird niemand erfahren, dass Sie die Kontonummern identifiziert haben.«

»Was, wenn es vor Gericht geht?«

»Dann werden wir die Nummern auf offiziellem Weg noch einmal identifiziert haben. Gudrun, wir tappen total im Dunkeln und wissen nicht, was alle diese Vorfälle verbindet. Ich bin sicher, anhand einer der Kontonummern werden wir die Antwort finden.«

Gudrun nahm noch ein drittes Glas. »Gut, ich mach's. Und zwar gleich. Bevor ich kalte Füße kriege. Mein PC ist für Home-Office eingerichtet, damit ich die Mitarbeiter stichprobenartig kontrollieren kann, die ihrerseits von zu Hause aus die Bestandskundenpflege betreiben. Also, gehen wir rüber!« Mit diesen Worten nahm sie die Schlehe und erhob sich.

Die anderen drei standen ebenfalls auf und folgten ihr ins Nachbarhaus.

Zu viert standen sie dort in dem kleinen Arbeitszimmer und warteten darauf, dass Gudruns PC betriebsbereit war. Glander fragte sie derweil, wie es möglich sei, ein Konto auf einen fingierten Namen einzurichten. Soweit er wisse, brauche man für eine Kontoeröffnung einen Ausweis.

»Ja, natürlich, hier bei uns in Deutschland muss man sich für die Eröffnung eines Kontos ausweisen. Aber in manchen anderen Ländern, in Österreich zum

Beispiel, kann man ein Konto auch unter seinem Künstlernamen führen. Bei ›Donald Duck‹ wird die Sachbearbeiterin vermutlich abwinken, aber wenn der Name nicht zu abstrus klingt, wird man nicht daran gehindert. In Deutschland geht das nur, wenn der Künstlername auch auf dem Perso eingetragen ist. Oder man müsste eine Firma gründen, dann kann man dem Konto den Firmennamen geben, und die Firma kann man praktisch nennen, wie man will, solange man sie auch so ins Handelsregister eintragen lässt.«

Gudrun setzte sich an ihren Arbeitsplatz und fragte Glander nach der ersten Kontonummer. Nach wenigen Klicks verkündigte sie das Ergebnis: »Das Konto läuft auf Marlène Chevalier, und das ist der eingetragene Künstlername von René Ritter. Das ist ja ein Ding! Aber wartet mal, als Tätigkeit hat er *selbständig* angegeben und, haltet euch fest, *Travestiekünstler*! Er erhält von seinem festen Arbeitgeber jeden Monat eine Summe von dreitausend Euro auf das Konto, wie es aussieht, und dann noch unregelmäßig Beträge von einer Eventagentur, Federboah Events GbR. Und monatlich gehen zweitausend Euro an einen Benjamin Sommer in München ab, der ein Konto bei der Bayerischen Landesbank hat.«

Lea und Glander wechselten einen Blick stummen Einverständnisses. Das erklärte den Liebesbrief und die Postkarte von »Bibi«, die Svenja gefunden hatte.

Lea blickte die beiden Nachbarinnen eindringlich an. »Kein Wort zu Svenja, bitte! Das müsst ihr unbedingt für euch behalten, versprecht ihr mir das?«

Gudrun grinste schief. »Lea, ich kriege einen Heidenärger, wenn das rauskommt. Ich werde Svenja Ritter ganz bestimmt nicht auf das Doppelleben ihres Mannes stoßen. Also keine Sorge, wir verraten niemandem irgendwas.«

Sigrun nickte heftig, und Glander nannte ihrer Schwester die nächste Kontonummer.

»Hmmm. Das ist ein Konto aus dem Ausland, das über ein spezielles Konto bei der Deutschen Bank überweist. Es läuft auf den Namen *S.T. Dunstan Planning, Inc.* mit Sitz in New York. Feste monatliche Beträge in Höhe von zehntausend Euro gehen auf ein Konto von *A. Sabersky* in ... Österreich! Leute, was wird denn hier gespielt? Ist das Arne Sabersky? Was macht der mit so viel Geld in Österreich? Und was denkt der Ritter sich mit seinem Doppelleben?«

Glander antwortete ruhig: »Wir wissen es selbst noch nicht genau. Irgendjemand in dieser Siedlung hat einen niederträchtigen Plan.« Er sah Lea an, die sich ein Gähnen nicht verkneifen konnte. Der Krankenhausaufenthalt steckte ihr natürlich noch in den Knochen. »Ich sehe allerdings noch nicht, was der Täter für ein Ziel verfolgt.«

Sigrun meldete sich zu Wort. »Ich bin nicht sicher, ob das was zu bedeuten hat, aber ich erinnere mich an eine Anfrage aus New York an unsere Immobilienfirma: Es wurde nach einem großflächigen, baufähigen Grundstück hier in unserer unmittelbaren Nachbarschaft gesucht. Sie ist mir in Erinnerung geblieben, weil die Fläche in der Nähe der Parks Range liegen sollte.«

Glander sah sie fragend an. Lea gähnte erneut.

»Die Parks Range ist der alte Truppenübungsplatz

der US-Streitkräfte gleich hinter der Bahntrasse«, erklärte Sigrun kurz. Sie übernahm den Rechner, loggte sich in ihren Account ein und suchte nach der Anfrage.

Lea warf ein: »Mark ist da früher mit seinen Freunden Patronenhülsen sammeln gegangen, das hat Andreas erzählt, erinnerst du dich? Mark nannte das immer die Geisterstadt, in der die Amis Krieg spielen. Ich geh da oft joggen. Es gibt Pläne, aus dem Gelände eine Wohngegend zu machen. Das Vorhaben ist aber kompliziert, weil ...«

»... weil mittlerweile Biotope darauf entstanden sind«, fiel Glander ihr ins Wort. »Carola Sabersky hat mir davon erzählt. Und Michalke und Ritter haben sich auf der Feier darüber unterhalten, wie du mir erzählt hast.«

»Hier ist es!«, rief Sigrun. »Ich hab die Anfrage. *ST Dunstan Planning* aus New York. *Baugelände in Lichterfelde Süd oder Teltow, in unmittelbarer Nähe zur Fläche der ehemaligen Parks Range ...*«

Auf einmal spürte Glander, wie die Puzzleteile sich wie von selbst zusammenfügten. Es war dieses Gefühl, das ihn die ganzen Jahre bei der Polizeiarbeit getragen hatte: der Moment im Verlauf einer Ermittlung, in dem es in seinem Kopf klickte und er den Blick auf das große Ganze hatte. Er bedankte sich bei den Lehmann-Schwestern. »Hervorragend, vielen Dank! Das sind genau die fehlenden Details, die wir brauchten, um hoffentlich die Verbindung zwischen allen Vorfällen herstellen zu können. Ab hier mache ich alleine weiter.« Dabei sah er auch Lea an, die jetzt Mühe hatte, ihre Augen aufzuhalten. »Also dann, die Damen Lehmann, wir gehen mal wieder rüber. Und bitte, kein Wort zu irgendwem, absolutes Stillschweigen! Alles klar?«

»Alles klar!«, entgegneten beide unisono.

Nachdem ihre Nachbarin und dieser überaus charmante Kommissar gegangen waren, saßen die beiden Schwestern noch in ihrem Wohnzimmer und besprachen die aufregenden Ereignisse bei ein paar weiteren Gläschen Schlehenbrand. Es war wie im Film. Sie fühlten sich großartig.

Während Glander Lea wieder zu ihrem Haus begleitete, sinnierte er laut. »Okay, die Jungs sind alle in dieser Bürgerinitiative engagiert. Irgendwer plant eine große Sache, die was mit dem ehemaligen Truppenübungsgelände der Amis zu tun hat. In der Siedlung Monschauer Weg sterben Hausbesitzer. Ein Hauseigentümer erhält regelmäßige Überweisungen einer ausländischen Investmentfirma. Was liegt nahe?«

»Unsere Siedlung soll einem überaus lukrativen Bauvorhaben weichen.«

Er nickte. »Genau! Das muss es sein. Irgendjemand ist scharf auf die Baufläche. Aber die ist nicht frei. Also sprechen sie Sabersky an. Der ist abgegessen von seinem Job und hat vier Kinder, die alle teure Hobbys haben. Fruchtbarer Boden. Sie bezahlen ihn für Lobbyarbeit, wie sie das vermutlich nennen, nur dass der Sabersky zu weit geht.«

Lea fügte an: »Klingbeil hätte niemals verkauft. Albrecht auch nicht. So wie ich nie verkaufen würde.« Sie dachte kurz nach. »Frau Wieland, die Rohdes, die Renners, die Kellers – bei denen geht gar nichts, da bin ich sicher. Die Leute im Rest der Siedlung kenne ich zu wenig. Aber was ist mit Hantschke? Der wäre sofort ausgezogen.«

»Er hat Sabersky erpresst und musste aus dem Weg geräumt werden. Das muss das Motiv sein. Diese Firma ist scharf auf die Siedlung, weil sie da irgendwas anderes draufsetzen will. Und ihr geheimer Unterhändler dreht völlig ab und beseitigt die Leute, anstatt sie rauszukaufen.«

Lea ergänzte gähnend: »Es ist unglaublich viel Geld zu machen mit solchen Projekten, gerade hier in der Hauptstadt. Bauland ist in Berlin immer noch sehr preiswert im Vergleich zu anderen Metropolen, nicht umsonst gehört schon ein Großteil der Brachflächen und der wirklich lukrativen Immobilien in der Stadt ausländischen Investoren.«

Glander sah sie besorgt an. »Ruh du dich erst mal aus! Wir machen morgen weiter.« Er machte sich Sorgen wegen möglicher Nachwehen des Beruhigungsmittels.

Lea versicherte ihm aber, sie wäre wirklich nur müde, man hätte sie ja sonst nicht aus dem Krankenhaus entlassen. Sie habe ohnehin schon wochenlang nicht gut geschlafen, und wenn sie heute Nacht mal acht Stunden am Stück Schlaf bekäme, wäre sie wieder topfit.

Schweren Herzens ließ er sie alleine in ihrem Haus zurück. Immerhin hatte sie ihm gesagt, er solle den Schlüssel mitnehmen, nachdem er von außen abgeschlossen hatte. Er wusste, er musste Geduld haben. Auch wenn die bis dato nicht zu seinen Tugenden gehörte. Auf dem Weg zu seiner Schwester begann er also, sich ernsthaft in ihr zu üben. Was blieb ihm auch anderes übrig?

In dem kleinen Reihenmittelhaus im Dürener Weg, nicht weit von Lea, saß der Mann wieder über seiner Liste. Er würde die Sache mit Lea Storm beenden und dann im Stolberger Ring weitermachen. Schumanns hatte er zu einer Unterschrift bewegen können. Genau wie die Schmidts mit ihren beiden Blagen. Vierhunderttausend Euro waren ja auch nicht zu verachten. Er steckte seine Hand in seine Jogginghose. Sein Konto müsste mittlerweile eine ähnliche Summe aufweisen. Es war wirklich schade, dass Lea Storm so gar nicht in Frage dafür kam, das ganze Geld mit ihm zu teilen. Er dachte an sie, während er sich rieb, und stellte sich vor, wie sie vor ihm kniete und mit ihren großen grauen Augen zu ihm aufschaute.

22

Als Lea am nächsten Morgen, einem Dienstag, auf-
wachte, beinahe zwei Wochen, nachdem sie Wolfgang
Hantschke und seine Begleitung auf dem Mauerweg
gefunden hatte, war der Himmel grau. Im Radio wurde
eine Verschlechterung des Wetters angekündigt, spätes-
tens am Wochenende musste mit schweren Gewittern
gerechnet werden. Lea kümmerte sich im Allgemeinen
nicht um das Wetter, sie war für alle Witterungen ge-
rüstet und mochte es ganz gerne, bei kräftigem Regen
mit Talisker zu laufen. Dem gefiel so ein Klima sehr, je
rauher und windiger, desto besser schien es ihm draußen zu gefallen. Und wenn es dann auch noch regne-
te, fühlte er sich wie im Land seiner Vorfahren, nahm
Lea an. Wenn sie nach so einem Ausflug nach Hause
kamen, rubbelte sie ihn mit einem großen Handtuch
trocken, wischte die Steinfliesen im Flur und ging dann
selbst in die Badewanne.

An diesem Morgen fühlte sie sich immer noch erschöpft und lief nur eine verhältnismäßig kurze Strecke
mit Talisker. Danach klappte sie ihren Laptop auf und
ging ins Internet. Eine Stunde später hatte sie einige
A4-Seiten mit Notizen gefüllt. Das Bild, das sich ergab,
war äußerst interessant, und wieder einmal musste sie

sich tadeln, weil sie über Ereignisse im Ausland weitaus besser informiert war als über das Geschehen unmittelbar vor ihrer Haustür.

Der ehemalige Übungsplatz der US Berlin Brigade, die Parks Range, lag seit Abzug der US-Truppen im Jahr 1994 brach. Das Gelände umfasste rund einhundert Hektar und hatte sich zu einem Naturpark entwickelt, der seltenen Tier- und Pflanzenarten Platz bot. Der lokalen Bezirksverordnetenversammlung war an einer »Wohnumfeldverbesserung« für diesen Bereich von Lichterfelde Süd gelegen, die den Fehlplanungen, die beim Bau der sozialen Brennpunktsiedlungen in der direkten Nachbarschaft erfolgt waren, entgegenwirken sollte. Eine Bürgerinitiative, »Grüner Gürtel um Berlin (Lichterfelde Süd)«, unterstützte die Umsetzung dieser Ziele nicht nur durch aktive Lobbyarbeit im Bezirk, sondern auch auf Bundesebene. In Lichterfelde waren ausgedehnte Grün- und Erholungsflächen sowie Parks Mangelware. Vermutlich hatten sich frühere Planer keine Gedanken darüber gemacht, da es in dem Bezirk viele Wohnanlagen mit hineingewürfelten Grünflächen sowie Straßenzüge mit Eigenheimen gab, zu denen ohnehin Gärten gehörten. Im Bereich jenseits der Bahntrasse, von Leas Standort aus betrachtet, konnte man dann die Folgen so ziemlich aller städtebaulichen Fehler finden, die Berliner Städteplaner in den sechziger und siebziger Jahren in die Wege geleitet hatten. Nachdem über die Jahre auch in Berlin die Mieten und Grundstückspreise ordentlich angezogen waren, wurden immer mehr sozial schwächere Einwohner aus der Innenstadt in die sogenannten randstädtischen Wohnquartiere verdrängt.

Die Fläche der ehemaligen Parks Range aber durfte keinem flächendeckenden Bebauungskonzept zum Opfer fallen, darüber waren sich ausnahmsweise einmal alle Parteien im Bezirk einig. Dennoch gab es weder einen konkreten Nutzungsplan noch die Entscheidung, das Gelände unter Naturschutz zu stellen, obwohl der Sachverständigenrat für Naturschutz und Landschaftspflege empfahl, ein Landschaftsschutzgebiet aus dem Areal zu machen. Das Areal sollte laut dessen Gutachten als ein Naherholungsgebiet am Stadtrand dienen und nur an seinen äußeren Grenzen mit Wohnanlagen bebaut werden. Es sollte vor allem auch den Schulen und Kindergärten im Bezirk die Möglichkeit eröffnen, Natur hautnah zu erleben. Neben dem »Grünen Gürtel« machte sich auch eine Initiative aus dem angrenzenden Teltow hierfür bereits seit Jahren stark. Lea war fassungslos, als sie von dem Vorhaben des ehemaligen Eigentümers, einer österreichischen Immobilienfirma, las, auf dem Gelände ein Wohngebiet mit Golfplatz zu errichten, und ihr Entsetzen wurde nicht gemindert durch den aktuellen Stand der Planungen. Der Senat schien an seinem Vorhaben festzuhalten, mehrere tausend Wohneinheiten auf der Fläche zu errichten, und der jetzige Eigentümer, eine Berliner Immobilienfirma, die sich bislang weder durch ökologisches noch durch soziales Engagement ausgezeichnet hatte, hielt sich noch bedeckt.

Lea schauderte, als sie an die Bebauung im neuerrichteten Viertel auf dem Gelände der ehemaligen Andrews Barracks der US-Streitkräfte in Steglitz-Zehlendorf dachte. Dreistöckige Stadtvillenreihen mit gefühlten zehn Quadratmetern Gartenfläche bildeten ein Familienghetto der gehobenen Art. Es gab keinen nennenswerten Bereich, auf dem Kinder richtig toben, bolzen oder auch nur die Natur beobachten konnten. Nicht einmal an ausreichende Schulplätze war gedacht worden.

Lea grauste, wenn sie daran dachte, dass in ihrer unmittelbaren Umgebung Ähnliches entstehen könnte. Eine neue Siedlung würde die Umweltbedingungen für alle Anrainer erheblich verschlechtern. Von dem zu erwartenden täglichen Verkehrsinfarkt auf dem Ostpreußendamm und der Strecke nach Steglitz einmal ganz abgesehen.

Lea fiel Katrin Sasse ein. Sie hatte Katrin bei einem Empfang zu Ehren von Sir Norman Foster anlässlich des zehnjährigen Jubiläums der neuen Reichstagskuppel kennengelernt. Katrin hatte den Abend organisiert und Lea als Dolmetscherin gebucht. Sie gehörte zu dem Zeitpunkt dem Stab von Dr. Hans-Joachim Stelzl an, dem damaligen Direktor des Deutschen Bundestages, hatte beste Verbindungen in alle Parteien und, was für Lea im Moment viel interessanter war, ins Rote Rathaus. Ihr Mann Petrick war, soweit sich Lea erinnerte, in der Senatsverwaltung für Stadtentwicklung und Umwelt angestellt. Vielleicht konnte Katrin ein wenig Licht in das Dunkel werfen, in dem Glander und sie sich noch befanden.

Lea musste einen Moment warten, ehe sie zu Katrin durchgestellt wurde. Die freute sich aufrichtig, von ihr zu hören. »Lea Storm, wie schön, dass du dich meldest! Heißt das, ich kann dich wieder einsetzen?«

»Hallo, Katrin! Ich freue mich auch, dich mal wieder zu sprechen. Ein Weilchen werde ich noch aussetzen, aber ich arbeite daran, bald wieder anzufangen. Du, ich brauche ein paar Informationen von dir. Hast du vielleicht ein Stündchen Zeit für mich? Heute? Oder morgen?«

»Das klingt ja ominös.« Katrin überlegte kurz und sagte dann: »Wenn du es schaffst, kann ich dich um zwei zu einer späten Mittagspause treffen.«

Lea dachte einen Moment nach. »Das wäre super. Ich möchte dich gerne einladen. Wäre es dir recht, wenn wir uns im Pavillon treffen?«

»Ein klandestines Treffen? Du machst es wirklich spannend. Aber gerne, ich treffe dich dort um zwei.«

»Um zwei. Bis dann!« Lea blieben anderthalb Stunden Zeit. Sie rief Martin an.

Glander traf Lea um kurz vor eins an der S-Bahn, und sie fuhren gemeinsam bis zum Brandenburger Tor. Dann liefen sie die Ebertstraße entlang bis zur Ecke Scheidemannstraße, wo der Berlin-Pavillon lag, der neben einem Touristen-Shop auch ein Restaurant beherbergte. Dieses besaß einen recht großen Biergarten, in dem sich Lea und Glander einen Tisch am Rand suchten, im Schatten eines hohen Baumes. Von dort hatten sie einen guten Blick auf den Eingang. Als Katrin Sasse den Biergarten betrat, stand Lea auf und winkte ihr zu.

Katrin umarmte Lea und betrachtete sie dann aus einer Armeslänge Entfernung. »Gut siehst du aus! Erheblich besser als bei unserem letzten Treffen.« Sie streckte Glander, der sich erhoben hatte, mit einem fragenden Seitenblick auf Lea ihre Hand entgegen.

Er schüttelte sie und stellte sich vor. »Martin Glander. Entschuldigen Sie, dass wir Sie so überfallen, aber uns läuft die Zeit davon.«

Als sie sich gesetzt hatten, hob Lea an: »Katrin, Martin ist Kriminalhauptkommissar in Brandenburg. Ich habe eine Leiche gefunden, und er ermittelt in dem Fall. Martin, ich denke, du solltest Katrin erklären, wonach wir suchen.«

Glander sah Katrin Sasse eindringlich an. »Ich lehne mich hier sehr weit aus dem Fenster. Eigentlich ermittelt eine Berliner Dienststelle, und ich ... sagen wir, gehe einer eigenen Eingebung nach. Unser Gespräch ist also keinesfalls offiziell, und um ehrlich zu sein, es entspricht auch nicht so ganz den Vorschriften.«

Katrin blickte von Glander zu Lea. »Du hast eine Leiche gefunden? Um Gottes willen, Lea, das ist ja furchtbar! Kanntest du den Toten?«

Lea nickte, und Glander antwortete für sie: »Es waren sogar zwei Leichen: ein Nachbar von Lea und seine Begleiterin. Seitdem gab es noch vier weitere Vorfälle, die damit in Verbindung zu stehen scheinen: zwei Morde an Rentnern, einen Brandanschlag auf den Sohn des einen von ihnen und einen Mordversuch an Lea.«

Katrin sah Lea bestürzt an. »O Gott, Lea, was geht denn da vor sich?«

Glander fuhr fort: »Wir haben Kontoauszüge gefunden, die eine Verbindung zu einer ausländischen Immobilienfirma herstellen.« Er nahm einen Schluck von seinem Mineralwasser.

Katrin Sasse klappte die Karte, die vor ihr auf dem Tisch lag, wieder zu. »Ich denke, ich verzichte heute mal aufs Mittagessen. Was kann ich denn jetzt für euch tun?«

Lea übernahm das Gespräch. »Katrin, wenn du da nicht reingezogen werden willst, kann ich das gut verstehen. Ich kann dir aber versichern, dass dein Name niemals mit den Ermittlungen in Verbindung gebracht werden wird. Uns fehlt das letzte Puzzleteil, das uns das Motiv des Täters liefert. Wir glauben, dass die Siedlung, in der ich wohne, irgendeinem Bauvorhaben weichen soll und deshalb Leute gezielt umgebracht wurden. Es hat höchstwahrscheinlich etwas mit der Bebauungsplanung für das ehemalige US-Truppenübungsgelände dort unten zu tun.«

Katrins Reaktion war überraschend. Sie nahm ihr Handy aus ihrer Handtasche und tippte auf eine Kurzwahltaste. Während sie auf die Verbindung wartete, sagte sie: »Petrick. Der hat vor kurzem etwas in der Art erwähnt. Irgendeine Bürgerinitiative stresst da wohl gewaltig rum. Ich frage ihn mal, ob er was weiß.«

Glander war baff angesichts der entschlossenen Reaktion dieser Frau und noch mehr angesichts des Vertrauens, das sie in Lea haben musste. Wenn das herauskäme, wären sowohl sie als auch ihr Mann ihre Jobs und ihre Pensionsansprüche los.

»Petrick, ich bin's. Hör mal, du hast doch neulich so ein Projekt in Lichterfelde erwähnt. Hatte das mit dem alten Ami-Truppenübungsplatz zu tun?« Sie wiederholte die Antwort ihres Mannes für Lea und Glander: »Hatte es nicht. Jedenfalls nicht direkt.« Dann sprach sie wieder ins Handy. »Aha. Es ging um eine Siedlung in unmittelbarer Nachbarschaft, verstehe. Klar, eine unpopuläre Aktion, von der keiner erfahren soll, solange das andere Projekt nicht an den Start geht. Sag mal, welche Firma steckt denn dahinter?« Sie zog einen kleinen Block und einen Kugelschreiber aus ihrer Tasche und machte sich eine Notiz, die sie Glander und Lea zeigte: *S.T. Dunstan Planning, NY.*

»Danke, Schatz! Bis heute Abend! Es wird ein bisschen später bei mir. Bei dir auch? Na, dann ist ja alles wie immer. Ciao!« Katrin schob Lea den Zettel rüber. »Der Bebauungsplan für die Parks-Range-Fläche mit mindestens viertausend Wohneinheiten ist praktisch entschieden, und es gibt wohl, unter der Hand und ganz inoffiziell, einen Plan, deine Siedlung in die Planung einzubeziehen. Wie genau, weiß er nicht. Der Senat lässt keinerlei Informationen raus, weil eine Umsetzung der Eigentümer natürlich der totale PR-Gau wäre. Sie haben dem Investor aber grünes Licht für den Versuch gegeben, die Grundstücke eurer Siedlung zu akquirieren. Petrick meint, das Bebauungsprojekt muss entweder etwas bahnbrechend Neues sein oder dem Land Berlin viel Geld einbringen, sonst hätte der Senat gleich abgelehnt. Er hat nur durch Zufall Wind davon bekommen und es mir gegenüber lediglich deshalb erwähnt, weil er sich erinnerte, dass du dort in der Gegend wohnst. Dass es sich genau um deine Siedlung handelt, war uns nicht bewusst.«

Lea bat um die Rechnung. Sie schwiegen alle drei, während sie warteten. Katrin kleidete ihre Gedanken in Worte. »Ich weiß gar nicht, was ich jetzt sagen soll. Wir können ja nun nicht einfach über den nächsten Urlaub oder das Wetter reden. Das holen wir aber bald mal nach, Lea, okay?«

»Natürlich, furchtbar gerne. Ich ruf dich an, wenn diese Geschichte vorbei ist.«

»Mach das, bitte! Ihr müsst mich entschuldigen, ich muss zurück an den Schreibtisch. Pass auf dich auf, hörst du! Bis bald! Hat mich gefreut, Martin.«

»Mich auch, Katrin. Und vielen Dank, Sie haben uns sehr geholfen.«

Schweigend blickten Lea und Glander Katrin Sasse nach, als sie den Biergarten verließ. Dann beschlossen sie, ein wenig durch den Tiergarten zu bummeln und ihren nächsten Schritt zu planen. Lea dachte laut nach. »Ich kann mir nicht vorstellen, dass jemand mutwillig den Tod von Menschen in Kauf nimmt, um ein Bauvorhaben zu realisieren.«

Glander entgegnete: »Ich mir auch nicht, aber wenn genug Geld im Spiel ist, gibt es immer Leute, die über Leichen gehen. Und hier muss es um eine Menge Geld gehen.«

Sie liefen ein Stück schweigend nebeneinander. Glander hätte gerne Leas Hand genommen, aber die Situation war dafür einfach unpassend. »Ich habe eine Idee, Lea. Würdest du die Firma in Amerika anrufen und ein wenig bluffen?« Als Lea zögerte, schob er nach: »Ich weiß, das ist riskant. Es könnte gefährlich werden, aber ich werde auf dich aufpassen. So locken wir Sabersky aus seiner Deckung. Er wird Stress mit seinen Auftraggebern bekommen und versuchen, dich aus dem Weg zu schaffen.«

»Ich soll dein Lockvogel sein?«

»Ja, das scheint mir der einzige Weg, an ihn ranzukommen.«

»Und wie sieht es mit den hergebrachten Ermittlungsmethoden aus: beschatten, Telefon abhören, Informanten bestechen?«

»Lea, uns läuft wirklich die Zeit davon. Der macht immer weiter. Wer weiß, ob er sich nicht schon sein nächstes Opfer ausgesucht hat. Und er wird sein Werk bei dir beenden wollen. Er hat dich ja schon im Visier. So halten wir aber die Fäden in der Hand und sind auf ihn vorbereitet.«

»Ich habe trotzdem kein gutes Gefühl dabei.«

Jetzt nahm Glander Leas Hand, und sie unterbrachen ihren Spaziergang. »Ich weiß. Du bist schon so mutig gewesen. Wenn dir das zu viel Angst macht, dann ist das ganz in Ordnung. Allerdings musst du dann für eine Weile wegfahren, denn Sabersky wird es wieder versuchen.« Du bist ein Schwein!, schalt Glander sich selbst, du benutzt sie, um an den Täter zu kommen. Er wusste zwar, dass seine Argumentation schlüssig war, aber das machte die ganze Sache nicht besser.

Lea sah ihn erstaunt an. »Ich will nicht fliehen. Auf keinen Fall.« Sie seufzte. »Ich stecke nun mal mit drin, das lässt sich nicht mehr ändern. Also rufe ich die Amerikaner heute Abend an. Komm, wir nehmen ein Taxi und fahren heim! Mir sind hier zu viele Menschen, ich bin die Innenstadt nicht mehr gewohnt.«

23

Glander nutzte die zwei Stunden bis zum Telefonat, um kurz bei seiner Schwester vorbeizuschauen. Als er weg war, fasste Lea kurzerhand einen Entschluss, griff sich die Fotos, die sie bei Hantschke gefunden hatten, und verließ das Haus. In der Straße begegneten ihr Carola und Arne Sabersky, sie kamen mit Einkäufen von ihrem Garagenhof. Arne trug zwei Kisten Wasser. Abrupt blieb Lea stehen.

Carola rief über die Straße: »Lea, hallo! Das war vielleicht eine Party bei euch, ich habe den ganzen Sonntag Kopfweh gehabt. Nur gut, dass die Kinder nicht da waren! Mutti ist noch mit ihnen ins Kino gegangen.«

Arne Sabersky nickte Lea wortlos zu. Er setzte die Wasserkisten auf den Boden, nahm seine Brille ab und putzte sie. Als er sie wieder aufgesetzt hatte, lächelte er Lea säuerlich an. »Ich hoffe, die Nachwehen bei dir hielten sich in Grenzen.«

Du verlogener Bastard!, dachte Lea und wünschte, sie wäre ein Mann und könnte Arne Sabersky auf der Stelle niederschlagen. Leider wäre damit niemandem geholfen.

Carola sah sie fragend an. »Lea, ist alles in Ordnung mit dir? Du bist ja ganz blass.«

Die riss sich zusammen. »Alles okay, ich habe mich nur ein bisschen erkältet, glaube ich. Ich muss, bis bald!«

Arne Sabersky musterte sie eindringlich. »Dann pass mal gut auf dich auf, Lea! Hier soll ja gerade was umgehen.«

»Ja«, fügte Carola hinzu, »Yannick hat's schon richtig erwischt, und die Renners liegen wohl auch flach. Mit so einer Sommergrippe ist echt nicht zu spaßen.«

Lea ging wortlos weiter. Carola griff sich die Einkaufstüten und zog ihren Mann am Hemd, der Lea nachdenklich hinterherblickte.

Sie wollte gerade in die zweite Zeile einbiegen, als Svenja Ritter auf dem Fahrrad in den Dürener Weg einbog. Gott, das wurde ja der reinste Spießrutenlauf! Warum war sie nicht einfach zu Hause geblieben?

»Hallo, Lea, gut, dass ich dich sehe! Hast du morgen mal Zeit?«

Herrje, wie würde sie da bloß rauskommen? Lea winkte ab. »Sorry, Svenja, aber morgen ist ganz schlecht. Ich ruf dich einfach an, okay?«

Svenja sah ihr irritiert nach. Was war denn mit der los? Ein wenig hoffte sie ja, dass Lea Ärger mit diesem Martin hatte. Der sah ziemlich gut aus, fand Svenja. Viel zu schade für den ewigen Trauerkloß Lea. Vielleicht würde sie mehr über ihn erfahren, wenn sie Lea das nächste Mal sah. Er war wirklich süß.

Die Tür der Nummer 16 wurde von Jörn Groß geöffnet. »Lea! Das ist ja eine Überraschung. Was führt dich denn hierher?«

»Hallo, Jörn! Kann ich kurz reinkommen? Ich hab hier was, darüber sollten wir besser drinnen sprechen.«

Jörn sah auf den Umschlag in ihrer Hand und trat einen Schritt zur Seite, um sie hineinzulassen. »Bitte, komm rein! Lass uns am besten in die Küche gehen. Mama ist oben, der geht's heute nicht so gut. Ihre Migräne ...«

Die Küche war penibelst aufgeräumt und geputzt. Der alte Groß hatte immer die preußischen Tugenden hochgehalten, und seine Frau hatte sich auch nach seinem Tod daran gehalten. Lea nahm auf der kleinen Eckbank Platz. »Jörn, ich weiß nicht so richtig, wie ich anfangen soll ... Martin und ich haben die hier bei Hantschke gefunden. Du bist einer von Marks ältesten Freunden, und ich finde, die gehen die Polizei nichts an.« Sie schob ihm den Umschlag zu.

Jörn Groß nahm die Bilder heraus und betrachtete sie eine Weile. Dann sah er Lea an. »Ich ... Scheiße, Lea, sie ist doch meine Frau ...« Er hatte Tränen in den Augen, als er fortfuhr. »Ich war mir sicher, dass sie einen anderen hat. Annika schmeißt mich doch sonst nicht raus. Natürlich waren wir nicht immer superglücklich, aber es lief eigentlich alles ganz gut. Die Jungs waren aus dem Gröbsten raus, und dann stellt sie mir einfach die Sachen vor die Tür und redet nicht mehr mit mir. Da hab ich diesen Detektiv engagiert ...«

Lea schaute ihn mitfühlend an. »Jörn, es tut mir echt leid. Ich hab mir so was gedacht, und das muss man ja nun nicht vor der Polizei ausbreiten. Aber warum hast du die Bilder denn an Hantschke schicken lassen?«

»Mutti ist manchmal so neugierig, und sie übertreibt es auch oft mit dem Bemuttern. Es ist schon übel genug, dass ich wieder hier unterkommen muss. Ich wollte nicht, dass sie sich Sorgen macht, wo sie doch auch nicht mehr die Jüngste ist. Ich krieg das schon wieder auf die Reihe. Larissa ist ja jetzt auch da, das hilft total.«

»Hast du Hantschke dafür bezahlt?«

Groß sah sie fragend an. »Nee, wieso? Ich hab dem ab und an 'ne Flasche Wodka gegeben und manchmal mit ihm Karten gespielt. Der Hantschke war ein armes Schwein. Keine Familie, keine Freunde, nur die Töle. Irgendwie tat er mir total leid, auch wenn er so ein Kotzbrocken war. Der hatte ja echt nix, worüber er sich freuen konnte.«

»Hat er dir gegenüber mal erwähnt, dass er wegziehen wollte?«

Jörn überlegte. »Ja, immer mal wieder. Er spielte wohl mit dem Gedanken, aber ich hab das nicht so ganz ernst genommen, dafür braucht man schließlich Geld, und davon hatte der arme Schlucker nun echt nicht viel. Wenn er das Haus nicht geerbt hätte, wäre er gar nicht über die Runden gekommen.«

»Weißt du, ob Hantschke noch für andere Nachbarn Post entgegengenommen hat?«

Jörn musterte sie. »Bist du jetzt Miss Marple? Wieso hast du eigentlich mit Martin beim Hantschke rumgeschnüffelt?«

»Martin ist bei der Kripo. Er hatte da eine Ahnung, der wir nachgegangen sind. Ist nicht so ganz regelgerecht alles, aber ich glaube, er ist auf der richtigen Spur.«

Jetzt starrte Jörn sie an. »Martin ist bei der Polizei?

Das ist ja ein Ding! Und ihr zwei wollt den Mord an Hantschke aufklären?«

»Nicht nur den an ihm. Er ist nicht das einzige Opfer.«

Jörn Groß stand auf und ging zum Kühlschrank. Er nahm eine Flasche Cola heraus und trank einen ordentlichen Schluck. »Was soll denn das heißen?«

»Jörn, ich hab dir schon viel zu viel gesagt. Ich dürfte dir diese Fotos auch gar nicht geben, das ist eigentlich Beweismaterial. Ich dachte halt ...«

Er legte seine Hand auf ihre Schulter. »Lea, das ist ein ganz feiner Zug von dir. Echt. Ich frag dich auch nichts mehr, dein Kommissar wird schon wissen, was er tut. Ist also was Ernstes zwischen dir und Martin?«

Lea räusperte sich. »Ich weiß es noch nicht. Du, ich geh jetzt besser wieder. Bitte behalt das hier alles für dich, okay?«

Jörn nickte eifrig. »Na klar, versprochen! Ich schweige wie ein Grab.«

Er sah ihr nach, als sie die Zeile hinunter zur Straße ging. Mark war wirklich ein Glückspilz gewesen.

»Du hast was gemacht?« Glander starrte Lea an.

Die rechtfertigte sich viel vehementer, als sie es geplant hatte. »Martin, diese Fotos sind Jörn superpeinlich! Er ist ein alter Freund, und ich wollte ihm Unannehmlichkeiten ersparen. Er hat wirklich genug Stress wegen der Trennung.«

»Lea, das waren Beweismittel!«

»Und wer soll wissen, dass die überhaupt existierten? Der Rautenberg hat *Dokumente* quittiert bekommen, von Fotos stand da nichts. Ganz abgesehen davon, dass die ganze Aktion sowieso höchst fragwürdig war.«

Glander war sprachlos. Er ging einen Schritt auf sie zu, hielt aber inne, als er Taliskers Knurren hörte. »Ist gut, Digger, ich tu deinem Frauchen nichts.« Zu Lea gewandt sagte er zähneknirschend: »Jetzt dürfen wir diese Fotos auch nicht mehr erwähnen. Verstehst du, wir haben sie nie gesehen. Scheiße, Lea, wenn das irgendeiner rauskriegt! Ich hätte dich gar nicht mit in Hantschkes Haus nehmen dürfen. Was hab ich mir nur dabei gedacht?«

Lea versuchte einzulenken. »Ich weiß, Martin, das war Mist. Aber ich wollte nicht, dass Marks Freund auch noch mit reingezogen wird in diese unselige Geschichte.«

Dünnes Eis, Glander, sieh dich vor! Doch Glander ignorierte die Warnung in seinem Hinterkopf. »Marks Freund? Die Superclique um Mark, verstehe. Und das rechtfertigt, dass du hier Beweismaterial unterschlägst? Lea, komm mal zu dir! Vielleicht hat der Hantschke den Groß mit den Fotos erpresst ...«

Lea fiel ihm ins Wort und zischte: »Hat er nicht! Jörn und der Hantschke haben manchmal Karten miteinander gespielt, und Jörn hat ihm ab und an 'ne Flasche Wodka spendiert für den Gefallen, den der ihm getan hat. Ich kenne Jörn seit zwanzig Jahren, Martin.«

Glander raufte sich die Haare. »Jetzt hast du ihn auch noch befragt? Was hast du ihm denn alles erzählt? Ich fasse es nicht! Wenn ich geahnt hätte, dass du so eine Dummheit machst, hätte ich dich nie mit

ins Boot geholt!« Er merkte sofort, dass er zu weit gegangen war.

Lea versteifte sich und entgegnete betont ruhig:
»Eine Dummheit, mag sein. Du hast wohl keine alten
Freunde, für die du dich einsetzen würdest.« Mit einem
leisen »Das ist ziemlich traurig, Martin« stand sie auf
und ging hinaus in den Garten.

Talisker schien Glander missbilligend anzusehen,
drehte sich dann um und folgte ihr nach draußen. Glander fluchte innerlich. Er hatte es gründlich vergeigt.

Eine halbe Stunde später, um 18 Uhr, kam Lea wieder
ins Haus. Sie nahm ihr schnurloses Telefon und wählte
die New Yorker Nummer, die sie von Sigrun Lehmann
erhalten hatte. Martin nahm wortlos neben ihr Platz
und hörte dem Telefonat zu.

»*ST Dunstan Planning Incorporated. Latifah spea-
king. How may I help you?*«

»*Hi, I am calling from Berlin, Germany, with regards
to your local project. Could you put me through to the
manager in charge, please?*«

»*Hold on, mam.*«

Ein Klicken in der Leitung, dann meldete sich ein
Mann. »*Weaver.*«

»*Hi! Mr. Weaver, my name is Lea Storm and I am calling with regards to the project you are looking to realise
here in Berlin.*«

»*Yes, Ms. Storm, and how may I help you? Are you
looking to invest?*«

Weaver hatte eine tiefe, sonore Stimme und einen
Ostküstenakzent.

»I don't quite know how to put this to you but I have evidence that the man you're paying to, let's say, speed up the buying out process of the land owners on the site has been committing several murders.«

Ein kurzes Zögern am anderen Ende der Leitung verriet Lea, dass sie ins Schwarze getroffen hatte – trotz der Antwort, die er ihr gab: *»I am afraid I am not able to follow, Ms. Storm. We have not even decided on any site for this project. Your information seems to be of a pretty dubious nature.«*

»Trust me, Mr. Weaver, there is nothing dubious about three neighbours clubbed to death. There has also been a case of arson and I am assuming ...«

»I am sorry, Ms. Storm«, unterbrach Weaver sie, *»but I really cannot help you in this matter. Have a nice day, Ms. Storm.«*

Die Leitung wurde unterbrochen. Lea sah Glander an. »Der wusste ganz genau, worum es geht.«

24

Glander fragte sich, ob er das Richtige tat. Die ganze Kiste war total vertrackt. Und der Streit mit Lea machte die Sache nicht besser. Sabersky würde sicherlich hier auftauchen, die Frage war nur, wann. Es klingelte an der Tür. Als Lea öffnete, hörte er die Stimme von Prinz' Adlatus Fellner.

»Frau Storm, ist Martin Glander bei Ihnen?«

Bevor Lea antworten konnte, trat Glander in den Flur.

Fellner sah ihn kalt an und sagte: »Glander, Sie kommen sofort mit mir aufs Revier. Da hat man einige Fragen an Sie.« Die Kollegen von der Schutzpolizei bauten sich drohend hinter ihm auf.

Lea sagte gefasst: »Geh ruhig, ich komme schon klar. Talisker ist bei mir, es wird mir nichts passieren.«

»Okay, aber du passt gut auf dich auf! Und ich beeile mich.«

Fellner warf ein: »Ich denke nicht, dass Sie das in der Hand haben, Glander. An Ihrer Stelle würde ich mich auf eine lange Nacht einstellen.«

Glander würdigte ihn keines Blickes und ging die Zeile hinunter zu dem geparkten Streifenwagen. Wortlos setzte er sich auf die Rückbank.

In der Keithstraße erwartete Glander ein ganzes Emp-
fangskomitee, das im Kern aus seinem Vorgesetzten,
Kriminalrat Brachnik, dessen Chef, Kriminaloberrat
Hubertus, und Kriminaldirektor Schneller, dem beide
unterstellt waren, bestand. Die Herren wurden begleitet vom Leiter der Internen Abteilung, Torsten Rohloff,
und Olaf Krüger, einem Anwalt aus der Internen. Ebenfalls mit von der Partie waren die Kollegen aus Berlin,
Kriminalrat Kunze und Kriminaloberrat Harder, sowie
Dr. Niemann, ein Anwalt der Polizeigewerkschaft, der
Glander zur Seite stehen sollte. Eine Stenotypistin, die
ihm nicht vorgestellt wurde, saß an einem kleinen Tisch
in einer Ecke des Besprechungszimmers. Brachnik eröffnete das Gespräch, oder besser gesagt, den Einlauf,
denn Glander war klar, dass es einer werden würde.

»Kriminalhauptkommissar Glander, Ihr Kollege,
Kriminalhauptkommissar Prinz vom LKA 1 hier in Berlin, erhebt schwerste Vorwürfe gegen Sie. Er sagt, Sie
hätten Beweise und Verdachtsmomente unterschlagen
und dadurch seine Ermittlungen in einem Mordfall erheblich behindert. Entspricht das den Tatsachen?«

Dr. Niemann riet ihm, nicht zu antworten, doch
Glander winkte ab. »Der Kollege Prinz schien mir nicht
engagiert genug zu ermitteln, dies vorweg. Und ja, ich
habe einige Erkenntnisse zunächst für mich behalten.«

»Und damit wissentlich die Ermittlungen des Kollegen Prinz behindert.«

»Ich konnte keine Ermittlungstätigkeit ausmachen.
Prinz hat beim Zusammentragen der Aussagen aller
Nachbarn schlampig gearbeitet. Er hat nicht einmal
die Hauptzeugin, die die Leichen gefunden hat, selber

befragt. Seine Leute haben Beweismaterial im Haus des Mordopfers übersehen. Und als ich ihm meine Überlegungen mitteilen wollte, war er nicht interessiert, sondern verlangte einen schriftlichen Bericht.« Glander wusste, dass er die Wahrheit ganz schön verbog.

Kriminaldirektor Schneller schaltete sich ein. »Spalten Sie kein Haare, Mann! Das war Prinz' Fall, und Sie wissen ganz genau, dass Sie jede einzelne Information sofort an ihn hätten weiterleiten müssen. Das haben Sie nicht getan. Stattdessen haben Sie eine weitere Leiche gefunden. Dieser Mord hätte vielleicht verhindert werden können, wenn Sie keinen Alleingang unternommen hätten!«

Glander schüttelte den Kopf und wollte etwas entgegnen, doch Schneller schnitt ihm das Wort ab. »Sie haben bereits eine Reihe von Verweisen in Ihrer Akte, Glander. Trotz Ihrer zahlreichen Belobigungen waren hier alle froh, Sie los zu sein. Sie sind unberechenbar und halten sich nicht an die Spielregeln. Der Kriminaldienst braucht Teamplayer. Sie sind keiner. Ich habe gar keine andere Wahl, als Sie vom Dienst zu suspendieren, bis die ganze Angelegenheit geklärt ist. Mit Sicherheit wird man Sie nicht weiter als Kriminalhauptkommissar in Brandenburg einsetzen. Sie können froh sein, dass Brachnik sich für Sie stark macht. Ginge es nach mir, wären Sie ganz raus.« Schneller lehnte sich zurück und ließ seine Worte wirken. Dieser Glander war ihm schon seit Jahren ein Dorn im Auge, und er freute sich richtiggehend über diese Gelegenheit, sich seiner so elegant wie endgültig entledigen zu können. Der Mann machte nicht einmal Anstalten, sich von seinem Anwalt verteidigen zu lassen. Je schneller man ihn loswurde, desto besser für die Behörde.

Als Brachnik Glander zu erklären begann, dass er jetzt seine Ermittlungsergebnisse in Gänze vor ihnen offenlegen müsse, sah dieser auf seine Armbanduhr. Es war kurz nach acht, und draußen wurde es ganz langsam dunkel. Glander atmete tief durch. »Selbstverständlich, meine Herren. Ich müsste nur kurz austreten, wenn das gestattet ist.«

Glander ging aus dem Raum. Ohne zu zögern, lief er den Flur hinunter und verließ das Gebäude durch den Vordereingang. Er hatte es satt. Sollten sie doch ihr Exempel an ihm statuieren, es kümmerte ihn nicht mehr. Er konnte das Spiel nicht länger mitspielen, ihm blieben die Regeln einfach zu fremd. Und es stimmte: Er war kein Teamplayer. Er war ein verdammt guter Ermittler, aber das war unwichtig, wenn man sich nicht unterordnete. Er würde ihnen den Täter liefern und dann den ganzen Quatsch hinschmeißen. Glander pfiff nach einem Taxi und nannte dem Fahrer Leas Adresse.

In dem kleinen Reihenmittelhaus, nicht weit von Lea, tobte der Mann vor Wut. Er hatte einen Anruf erhalten. Sie hatten ihm gesagt, er sei zu weit gegangen, und ihm den Geldhahn zugedreht. Man würde das Projekt in Berlin abbrechen und einen neuen Standort im Ausland suchen. Sogar gedroht hatten sie ihm. Sollte er Probleme machen, würde man ihm einen Besuch abstatten. Er solle das Geld nehmen und den Mund halten. Ihm hatten sie das gesagt – ihm, der sich für sie den Arsch aufgerissen hatte! Was dachten diese Penner sich eigentlich? Sie hatten ihm sowieso viel zu wenig gezahlt. Und wem hatte er diese Scheiße zu verdanken? Lea Storm. Sie hatte die Firma angerufen, nicht zu fassen! Er würde allen zeigen, dass man so mit ihm nicht umging. Nicht mit ihm. Der Mann holte einen Koffer unter seinem Bett hervor und nahm das Jagdmesser heraus. Die tote Frau auf seinem Bett starrte mit einem Ausdruck des Erstaunens an die Zimmerdecke.

25

Lea hatte die Fenster geschlossen und ging noch einmal durchs Haus, um sich zu vergewissern, dass alles sicher war. Gerade, als sie Talisker hereinholen wollte, klingelte es. Jörn stand vor der Tür, und sie öffnete ihm.

»Jörn, was führt dich denn so spät noch rüber?«

Jörn lächelte sie freundlich an. »Ich wollte mich nur noch mal bei dir bedanken. Du kriegst doch sicher Ärger wegen dieser blöden Fotos. Ich ... also ...« Er hielt ihr etwas ungelenk eine Flasche Glencadam Old & Rare entgegen.

Ein wirklich edler Tropfen, mehr ein Sammlerstück bei einem Preis von rund dreihundert Euro. 32 Jahre alt, 2009 abgefüllt nach all den Jahren im Sherry-Fass. Kein Speyside Malt, aber man konnte ja nicht alles haben. Lea war noch immer sauer auf Glander und bat Jörn herein. Sie würde einen Teufel tun und hier schlechte Laune schieben, bis Martin wiederauftauchte. Ein sündhaft teurer Malt war jetzt genau das Richtige. »Woher hast du den denn? Komm rein!«

»Ach, den habe ich schon recht lange. Ich wollte ihn eigentlich damals mit den Jungs köpfen, als wir bei euch waren, aber dann war das irgendwie nicht die richtige Gelegenheit, weil es Mark doch schon so schlecht ging. Na ja, daraufhin habe ich ihn zur Seite gestellt und gedacht, irgendwann kommt schon der Moment, wo er passt. Und dieser Moment ist, finde ich, heute.«

»Wow, ich bin sprachlos! Das ist ein wirklich guter Whisky.«

Jörn lächelte verlegen. »Ich weiß ja, dass man dir nicht mit irgendeiner Plörre kommen kann. Ist Martin auch da?«

Leas Miene verfinsterte sich. »Nee, der musste aufs Revier. Vermutlich kriegt er da gerade ziemlichen Ärger wegen unserer Aktion und ist die Nacht über beschäftigt. Wahrscheinlich war es auch dämlich, dem Ganzen auf eigene Faust nachzugehen.« Lea entkorkte den Whisky und stellte zwei Gläser für Jörn und sich daneben.

Jörn ergriff die Flasche und schenkte generös ein. Der Malt duftete nach Schokolade und Früchten bei einer leichten Tabaknote. Beim Schwenken des Glases hinterließ er dicke, ölige Schlieren.

Lea nahm einen Schluck. Vollmundig und ganz weich, sie schmeckte Nüsse und Gewürze, und dann kam ganz sanft der Sherry hervor. Ein phantastischer Whisky! »*Jesus*, Jörn, der ist saugut!«

Jörn hatte nur an seinem Glas genippt und stellte es auf den Tisch. »Hast du vielleicht noch einen Kaffee für mich? Das Licht an deiner Hausnummer ist übrigens kaputt. Ich kann dir aber eine neue Birne reindrehen, wenn du noch eine da hast.«

Lea nickte und ging in die Küche, um Kaffee zu machen. Auf dem Küchentisch lagen die Papiere, die sie und Glander aus Hantschkes Postfach mitgenommen hatten. Während sie darauf wartete, dass die Espressomaschine heiß lief, und überlegte, ob sie noch eine Ersatzglühbirne für die Hausbeleuchtung im Keller hatte, blätterte sie durch die Belege. Einer fühlte sich dicker an als die anderen. Ein zweiter Kontoauszug klebte an dessen Rückseite. Sie löste ihn ab und sah die Kontonummer der amerikanischen Firma über den Buchungen. Ihr Blick fiel auf den Namen des Kontoinhabers. Kaltes Entsetzen packte sie.

Jörn Groß stand im Durchgang zur Küche und sah sie hasserfüllt an. Nichts war übrig von der freundschaftlichen Fassade, mit der er ihr gerade noch begegnet war. Er wirkte ganz ruhig, und sie sah das Messer in seiner Hand. Ein Bowiemesser, Lea erkannte es an der eigentümlichen Klinge. Duncan hatte sich zu seinem vierzehnten Geburtstag eines gewünscht, einer der wenigen Geburtstagswünsche, den sie ihm nicht erfüllt hatten.

Jörn zischte ihr zu: »Steh auf, Lea, und komm her zu mir!«

Leas Beine gehorchten ihr nicht sofort. »Was soll das, Jörn? Was willst du denn?«

»Was ich will? Das werde ich dir sagen, meine schöne Lea: Ich will dich haben. Und ich werde dich haben. Und dann werde ich dir weh tun. Sehr weh tun. Immer und immer wieder. Für jedes Treffen, an dem du mich nicht wahrgenommen hast. Bis du mich anflehst, dem Ganzen ein Ende zu machen.«

Wo war Talisker?

Groß deutete ihren suchenden Blick richtig. »Suchst

du deinen Hund?« Böse lächelnd fuhr er mit dem Zeigefinger seiner linken Hand über die glänzende Klinge des Jagdmessers. Dann legte er es in einer kokett anmutenden Geste gegen seine rechte Wange. »Was habe ich nur mit dem Hund gemacht? Vielleicht habe ich ihm den Hals durchgeschnitten. Dieses Messer ist wie geschaffen dafür. Vielleicht habe ich ihm auch den Bauch aufgeschlitzt und ihn einfach irgendwo liegen lassen. Wer weiß?« Er sah Lea direkt in die Augen. »Möchtest du es wissen, meine hübsche Lea?«

Wenn sie gekonnt hätte, hätte Lea Jörn das Messer in sein hässliches Gesicht gerammt und ihm das arrogante Grinsen aus der Fratze geschnitten. Sie war maßlos wütend. Auf ihn. Auf sich selbst, weil sie den entscheidenden Hinweis übersehen und ihm ahnungslos die Tür geöffnet hatte. Und auf die Angst, diese große Angst, die sie in sich keimen spürte. Sie zwang sich, ruhig zu bleiben, und entgegnete mit fester Stimme: »Nein, das möchte ich nicht. Ich kann es sowieso nicht ändern.«

Jörn blickte für einen kurzen Moment irritiert, dann fing er sich und herrschte sie an: »Ganz genau! Außerdem mache ich hier die Ansagen! Und du stehst jetzt auf und gehst hoch! Ich werde mir genau das nehmen, was Mark all die Jahre hatte und was dieser Scheißbulle jetzt von dir kriegt, du miese Schlampe.«

Lea wurde übel vor Angst. Sie erhob sich langsam und ging die Treppe hinauf.

»Los, ins Schlafzimmer! Und da ziehst du dich aus! Schön langsam.«

Das kann doch alles nicht wahr sein, dachte Lea.

Verzweifelt überlegte sie, wie sie Jörn hinhalten oder ablenken könnte. »Jörn, was soll denn das? Ich verstehe nicht, warum du so was tust. Ich dachte, wir wären Freunde.«

»Ich dachte, wir wären Freunde«, äffte er sie nach. Dann fügte er leise hinzu: »Ich werde es dir erklären, Lea. Schon als Mark dich zum ersten Mal mitbrachte, wollte ich dich haben. Du hast mich aber keines Blickes gewürdigt, du hattest nur Augen für Mark. Alle fanden wir dich geil. Wir haben oft gemeinsam überlegt, wie wir's dir besorgen können.«

Lea glaubte ihm kein Wort. Jörns Augen blitzten, und auf seiner Stirn hatte sich ein glänzender Schweißfilm gebildet.

Er fuhr fort: »Shorty, von wegen, du wirst es gleich sehen. Diese idiotischen Spitznamen. Obwohl Brise gut zu Mark passte, er war ja wie ein laues Lüftchen. Ich wette, er hat's dir nie richtig gemacht.« Jörn lachte dreckig. »Und all die Jahre ward ihr *das* Paar. Annika, die frigide Sau, konnte dir nicht das Wasser reichen, und sie hat gemerkt, dass sie nur die zweite Wahl war. Als Mark tot war, wusste ich: Das ist meine Chance!«

Seine Chance? Groß hatte offensichtlich den Verstand verloren. Lea hätte ihn auch nicht an sich rangelassen, wenn er der letzte Mann auf der Welt gewesen wäre und das Fortbestehen der Menschheit davon abhinge.

»Ich hab's der Annika ein letztes Mal so richtig besorgt, das vergisst sie nie.« Er hielt kurz inne und schien zu überlegen. »Dass sie mich tatsächlich vor die Tür setzt, war überraschend, passte aber umso besser. So hatte ich wenigstens einen Grund, wieder hier zu wohnen. Ich bin dir so oft gefolgt, du hattest keine Ahnung. Und ich habe dich beobachtet, wenn du dich umgezogen hast. Man hat einen sehr guten Blick in dieses Zimmer von einem Dach der Häuser hinten am Mauerweg. Du hast wirklich noch prächtige Titten.« Er sah sie gierig an.

Lea dachte an Martin Glander und fragte sich, ob er ihren Fehler irgendwann bemerken und sie vor Jörn retten würde. Sie musste Jörn Groß unbedingt weiter am Reden halten.

Glander gab dem Taxifahrer das Geld für die Fahrt und stieg aus. Bei den Lehmann-Sisters war die Hausbeleuchtung ausgefallen, und auch bei Lea brannte kein Licht, so dass der hintere Teil der Zeile im Dunkeln lag. Glander war seit über zwanzig Jahren Polizist, und er wäre ein mieser Ermittler, wenn er nicht im Laufe der Jahre gelernt hätte, sich auf seinen Instinkt zu verlassen. Irgendetwas stimmte hier ganz und gar nicht. Im unteren Teil von Leas Haus brannte Licht, und Glander sah Lea mit dem Rücken zum Fenster. Vor ihr stand Jörn Groß, er wurde von Lea teilweise verdeckt. Dann stand Lea auf, und beide verschwanden aus seinem Blickfeld. Verdammt, was hatte das zu bedeuten? Was machte der Groß um diese Zeit bei Lea? Glander nahm Leas Schlüssel aus der Tasche und wollte gerade unauffällig die Haustür aufschließen, als er ein leises Winseln vernahm.

26

Martin Glander fand Talisker vor dem Lavendelbeet. Der Hund lag auf der Seite und reagierte nicht, als Glander sich zu ihm kniete. Sein Kopf war blutig, neben ihm lag ein Baseballschläger. Die Augen waren geöffnet, und er atmete. Groß, dieser Dreckskerl!

Was hatten sie nur übersehen? Sie waren doch sicher gewesen, dass Arne Sabersky die Nachbarn auf dem Gewissen hatte. Waren er und Jörn Groß Komplizen? Doch das spielte jetzt keine Rolle. Er musste versuchen, Talisker zu helfen, und sich dann diesen Groß vorknöpfen. Der Hund war so wichtig für Lea, er war wie ein Teil von ihr, Glander konnte ihn nicht einfach liegen lassen.

Er wählte die Nummer des Tierarztes und bat ihn mit leiser Stimme, so schnell wie möglich zu kommen. Dann forderte er Verstärkung an. Als Letztes drückte er auf die Nummer von Frau Wieland, die keine drei Minuten später neben ihm kniete und Talisker übernahm.

Glander flüsterte: »Frau Wieland, der Mörder ist bei Lea. Ich werde da jetzt reingehen und die Sache klären. Meine Kollegen sind unterwegs, und der Tierarzt ist verständigt. Sie bleiben einfach nur beim Hund, und egal, was passiert, Sie kommen bitte auf keinen Fall ins Haus!«

Sie drückte seinen Arm, und Glander ging wieder nach vorne zur Haustür.

Auf dem Dach des Hauses, von dem Jörn Groß Lea in den vergangenen Monaten beobachtet hatte, rund einhundert Meter entfernt von Leas Schlafzimmerfenster, lag ein schlanker schwarzgekleideter Mann. Sein Gesicht war ebenfalls mit schwarzer Farbe getarnt, und man hätte seine braunen Augen nur mit Mühe im Dunkeln ausmachen können. Der Mauerweg lag verlassen in der hereinbrechenden Nacht. Der Mann brachte sein WSS-Wintores-Scharfschützengewehr zum Anschlag. Er erfasste die Zielperson, dann hielt er inne. Die Frau war dabei sich auszuziehen. Der Schütze grinste in die Dunkelheit. Das wollte er sich noch ansehen, bevor er die Zielperson ausschalten würde.

Lea stand nackt vor Groß, dem man die Erregung deutlich ansah.

»Jörn, hast du Hantschke und die anderen umgebracht?«

Er hob den Blick von ihrem Körper zu ihrem Gesicht. Seines war verzerrt vor Gier, als er antwortete: »O ja, was hast du denn gedacht? Los, leg dich hin, und ich erzähle dir, was ich mit ihnen gemacht habe!«

Lea legte sich auf ihr Bett. Tränen schossen ihr in die Augen. Sie fühlte sich so wehrlos.

Groß stellte sich ans Fußende und starrte sie mit hungrigen Augen an. Er schluckte und sagte heiser:

»Vor drei Monaten, nach einem Treffen dieser öden Bürgerinitiative, sprach mich so ein Typ an. Er wusste, dass ich klamm war, und versprach mir viel Geld, wenn ich ihm helfen würde, hier so viele Eigentümer wie möglich zum Verkauf zu bewegen. Er selber hatte schon ein paar Leute angesprochen, die nur auf ein gutes Angebot gewartet hatten. Ich plante sofort, mir als Erste diejenigen vorzuknöpfen, die niemals verkaufen würden. Ich dachte, wenn die erst mal aus dem Weg sind, ist der Rest entweder geldgeil genug oder hat mittlerweile wegen der Leute, die hier wegsterben, so die Hosen voll, dass sie ein Angebot annehmen.«

Sie musste ihn so lange wie möglich reden lassen, vielleicht fiel ihr dann doch noch etwas ein. »Frau Bauernfeind?« Lea hörte ihre Stimme, die gar nicht wie ihre klang.

»Die Alte hat gar nichts gemerkt, ich habe sie im Schlaf erstickt. Keiner hat Verdacht geschöpft, sie war ja auch ganz alleine, niemand hat sich um sie gekümmert.«

»Warst du das auch mit den Hundeködern?«

»Klar. Vorne im Monschauer Weg reden sie schon davon wegzuziehen, wenn man seine Hunde nicht mehr frei laufen lassen kann. Eine geniale Idee, findest du nicht?« Er knöpfte sein Hemd auf, während er sie weiter mit seinen Blicken verschlang.

»Aber warum den Hantschke? Der wollte doch sowieso weg von hier.«

»Hantschke war ein dummes Schwein, der wurde zu raffgierig. Er hat für einige Nachbarn Post entgegengenommen, nicht nur für mich. Aber das weißt du ja wohl. Du und dein Drecksbulle. Meine Mutter war eine dumme Punze, die hat mir ständig nachspioniert, deshalb hab ich mir die Sachen zu Hantschke schicken lassen. Er hat dann versucht, mich zu erpressen. Hat wohl irgendwann die Kontoauszüge gesehen und sich was zusammengereimt. Er wusste zwar nicht genau, was gespielt wird, aber ich musste ihn loswerden.« Jörn kicherte in sich hinein. »Hantschke, dieser versoffene Sack, hat gedacht, das wird die Nacht seines Lebens mit der Schlampe, die ich ihm organisiert habe. Sie hatte von mir die Anweisung, ihn rauszulotsen zum Mauerweg. Dort habe ich bereits auf die beiden gewartet. Ganz nackt. Meine Sachen lagen weiter weg, damit keine Spuren bleiben. Da war eine Menge Blut ...«

Seine linke Hand strich Leas Bein hoch. Sie zuckte, und er heuchelte Überraschung. »Was denn? Gefällt dir das nicht? Genieße es lieber, solange du kannst, nachher wird es nicht so angenehm für dich. Für mich wird es richtig gut.« Er bleckte die Zähne und leckte sich mit seiner kleinen Zungenspitze die Lippen. Ein ganz widerwärtiger Anblick.

Lea nahm sich zusammen, um sich auf das Gespräch zu konzentrieren. Solange er sie nur anfasste, war es nicht wirklich schlimm, sagte sie sich. Noch hatte er ihr nichts getan. »Und dann?«

»Dann war es richtig gut. Ich war voller Blut, am liebsten wäre ich schon in der Nacht bei dir eingestiegen. Der Albrecht hat nichts mitgekriegt, das hat irgendwie nicht so richtig Spaß gemacht. Beim Klingbeil war es viel besser, der hat mich lange angeschaut, bevor er ohnmächtig wurde. Das war so ein endgeiles Gefühl, das glaubst du nicht. Wie bei meiner Alten. Die habe ich erwürgt. Hast du so was schon mal gesehen? Wie einem da die Augen fast aus dem Schädel quellen?« Er trat an ihre Seite und legte ihr die linke Hand um den Hals.

Lea schluckte. »Aber warum sollen wir denn alle weg von hier? Und was hat Arne damit zu tun?«

Jörns Hand wanderte mit dem Messer ihre linke Brust entlang. Er ritzte sie leicht an der Seite, so dass ein wenig Blut auf das Laken tropfte. »Baugrund. Die brauchten ein großes Gelände für ein unglaublich prestigeträchtiges Bauvorhaben. Ich habe die Pläne gesehen. *Village Green Services & Shopping.* Ein Viertel, um den neuen Stadtteil auf dem alten Truppenübungsgelände und die Anwohner in Teltow zu bedienen. Autofrei und denkbar nachhaltig gebaut. Lauter Bioläden in Laufweite, alle Geschäfte liefern auch nach Hause, natürlich ohne Aufpreis. Sie wollten eine Ganztagsgemeinschaftsschule mit Sportanlagen vom Feinsten und einem Schwimmbad hinstellen, ein Ärztezentrum, ein Seniorenfreizeitheim. Die haben an alles gedacht. Energiegewinnung aus Sonnen- und Erdwärme, Abwärmenutzung, Dachbegrünung, das volle Ökoprogramm. Das Projekt würde Berlin und Brandenburg in der Stadtplanung ganz nach vorne bringen. Berlin würde hier mit den umliegenden Orten zusammenwachsen, das würde die Fusion mit Brandenburg forcieren. Die Region würde beispielhaft für den Kampf gegen die Zersiedelung und Zerstörung der Landschaft durch große Einkaufszentren, Baugroßmärkte und Möbelhäuser werden. Nach dem Debakel mit dem neuen Flughafen in Schönefeld würde dies das Renommee beider Länder aufpolieren. Nur diese alten, hässlichen Reihenhäuser stehen dem Erfolg im Wege ...«

Jörn nahm das Messer weg, aus drei weiteren kleinen Schnitten unter Leas Busen blutete es. Er zog die mittlere Schublade ihrer Kommode auf, nahm ein Paar Seidenstrümpfe heraus und ging wieder zum Fußende. »Und das mit Arne war doch genial, findest du nicht? Dem habe ich mit gefälschten Papieren in Österreich ein Konto eingerichtet. Wenn diese ganze Scheiße aufgeflogen wäre, hätten sie ihn erst einmal drangekriegt, und ich hätte Zeit gehabt unterzutauchen. Der wusste ja nichts von dem Konto, Hantschke hat prima dichtgehalten. Und ihr habt das alles geglaubt. Dein Martin ist 'ne Pfeife! Genau wie Mark.«

Lea wünschte sich weit weg.

»Ich fessle dir jetzt die Beine, Lea, und die rechte Hand. Dann will ich, dass du mich anfasst ...«

Lea versuchte, weiter Zeit zu gewinnen. »Und was passiert nun? Ist das Projekt gecancelt?«

In Jörns Augen stand kalter Zorn. Er führte das Messer in einem tieferen Schnitt ihren linken Oberarm entlang. Lea schrie auf vor Schmerz.

»Das haben wir dir zu verdanken. Was musstest du auch anfangen, mit dem Wichser rumzuschnüffeln! Und wenn der Penner Hantschke nicht so besoffen gewesen wäre und seinen Schlüssel in der Bude gelassen hätte, wärt ihr nie auf das Schließfach gekommen.« Er öffnete die Gürtelschnalle seiner Jeans.

Lea hoffte inständig, sie würde das Bewusstsein verlieren.

Glander überlegte, wie er am besten vorgehen sollte. Er entschied sich dagegen, unbemerkt ins Haus gelangen zu wollen. Vielmehr schloss er die Tür auf und rief ins Haus hinein: »Lea, Süße, ich bin da! Hat doch nicht so lange gedauert!«

In Leas Schlafzimmer schreckte Jörn Groß hoch, während er dabei war, Leas Arme und Beine mit den Seidenstrümpfen an die Bettpfosten zu fixieren. Er hatte das Jagdmesser zwischen ihren Schenkeln auf das Bett gelegt und strich nun mit beiden Händen über ihre nackten Beine. Er flüsterte ihr zu: »Sieh an, der Polyp. Ruf ihn hoch, aber keine Tricks!« Jörn nahm das Messer wieder in die Hand und hielt es ihr an die Kehle.

Lea hatte Tränen in den Augen. Sie hatte versucht, Jörn davon zu überzeugen, dass es doch viel schöner für sie beide wäre, wenn sie nicht solche Angst vor ihm haben müsste. Er hatte nur gelacht und erwidert, sie sei genauso dämlich wie alle Frauen – um ihre Angst ginge es ihm schließlich. Sie hatte gehofft, sie würde noch einen Ausweg finden, aber als er begann, sie zu fesseln, wusste sie, dass sie verloren war. Doch jetzt war Martin da! Sie riss sich zusammen und rief nach unten: »Martin! Ich warte auf dich im Schlafzimmer, komm doch hoch! Und bring den Balvenie mit!«

Martin hörte die Angst in ihrer Stimme, aber er war froh, ihre Stimme überhaupt zu hören. Und der Hinweis auf den Whisky war eine Warnung an ihn – denn er wusste ja, dass ihre Sammlung noch bei Harnack war. Hoffentlich hatte Groß ihr noch nichts angetan! Was für eine Waffe würde er benutzen? Glander überlegte. Der Mann war untersetzt, aber sportlich. Sich in Berlin eine Knarre zu besorgen war nicht schwer, aber das schien ihm nicht zu Jörn Groß zu passen. Der brauchte den unmittelbaren Körperkontakt mit seinen Opfern. Er hatte Klingbeil aufs Schlimmste zugerichtet und dann neben ihm gehockt, während der starb. Er hatte den Albrecht hinterrücks erschlagen und ihn verpackt, der Prostituierten die Kehle durchgeschnitten und Hantschke den Kopf eingeschlagen. Bei einem Gegner, der ihm womöglich körperlich gewachsen war, hatte er Feuer gelegt. Und Lea hatte er zu vergiften versucht. Groß würde hier bei Lea wieder sein Messer einsetzen, davon war Glander überzeugt. Er lächelte grimmig, als er die Treppe betrat, und war sich ganz und gar nicht sicher, wie das für Jörn Groß ausgehen würde.

Der schwarzgekleidete Schütze, der auf dem Dach rund hundert Meter entfernt von Leas Schlafzimmerfenster lag, fand die Szene, die er durch sein Zielfernrohr beobachtete, richtig unterhaltsam. Durch das große, lange Fenster, das den Blick auf das Treppenhaus in dem anderen Haus frei gab, sah er einen Mann die Treppe hinaufsteigen. Der war eindeutig ein Polizist. In seinem Metier entwickelte man ein feines Gespür für die Bullen, egal, in welchem Land man einen Auftrag ausführte. Der Bulle rief etwas nach oben, der Mann im Schlafzimmer trat hinter die Tür. Der Schütze war gespannt, wie es weiterginge.

27

Glander rief nach oben: »Hallo, Lea, wird das etwa wieder eine von deinen Überraschungen?«

Auf dem oberen Treppenabsatz angekommen, zog er sich sein Hemd über den Kopf und wickelte es um seinen linken Unterarm. Durch die geöffnete Tür sah er Leas nackte Beine auf dem Bett, ihre Knöchel waren an die Bettpfosten fixiert. Glander war ganz ruhig. Groß würde hinter der Tür auf ihn lauern. Leas Schlafzimmer bot kaum Möglichkeiten sich zu verbergen. Oder er wartete in dem kleinen Ankleidezimmer, das vom Schlafzimmer abging, aber Glander war auch darauf vorbereitet.

Lea sah Glander ins Schlafzimmer kommen. Er blieb im Türrahmen stehen und pfiff bei ihrem Anblick wie ein Bauarbeiter, an dem eine hübsche Frau vorbeigeht. Er hatte kein Hemd an. Damit hatte er seinen Unterarm umwickelt. Sie überlegte noch, was das zu bedeuten habe, da ging schon alles rasend schnell: Glander rammte mit seiner Schulter die Tür auf, Jörn Groß wurde voll erwischt und gegen die Wand gedrückt. Mit einem wütenden Aufschrei stieß er sich von der Wand ab und warf sich auf Glander, das Messer in der rechten Hand. Glander schnellte ihm entgegen, drückte Jörns rechten Arm weg, drehte sich in Jörn hinein und rammte ihm seinen rechten Ellbogen gegen den Kehlkopf. Dann packte er ihn am Arm und schleuderte den kleineren Mann über seine rechte Schulter. Jörn entglitt das Messer, und er schlug hart mit dem Schädel auf dem Holzboden auf. Glander kniete sich mit seinem vollen Gewicht auf ihn und schlug auf ihn ein. Viermal, fünfmal ... Es schien, als könne er gar nicht mehr aufhören.

Lea rief ihm zu: »Martin, bitte hör auf, du bringst ihn ja um!«

Der Bulle war nahkampferprobt, der Schütze hatte nichts anderes erwartet. Er hatte diesen leicht federnden Gang eines Kampfsportlers gehabt, als er die Treppe hinaufgegangen war. Der Beobachter auf dem Dach nickte anerkennend. Er hatte nur den Auftrag, die Zielperson auszuschalten. Die war aber im Moment nicht zu erfassen. Der Bulle zerrte den anderen Mann hoch und warf ihn auf den Sessel, der in einer Ecke des Zimmers stand.

Der Schütze legte an. Der Bulle blickte verwundert auf den Mann und drehte sich dann überrascht zum Fenster um. Im Nachtzielfernrohr sah es aus, als würde der Bulle ihn direkt anblicken.

Glander hatte rotgesehen, und hätte Lea nicht interveniert, hätte er immer weiter zugeschlagen. Das Adrenalin pumpte noch durch seinen Körper, als er Jörn Groß packte und ihn auf Leas sündhaft teuren Squint-Wing-Sessel in der Ecke des Schlafzimmers warf. Er überlegte gerade, womit er Groß ruhigstellen konnte, als er den roten Punkt eines Ziellasers auf dessen Stirn sah. Überrascht blickte er zum Fenster, in dem er aber nur sich selbst wie in einem Spiegel sah.

Als die Scheibe zerbarst, warf sich Glander instinktiv zur Seite, weg von Groß und dem Sessel. Lea würde renovieren müssen.

Der Schütze schulterte seine Waffe und kletterte behende vom Dach herunter. Er drückte auf eine Taste seines Handys und verschwand lautlos in die Dunkelheit.

Nur wenig später las ein Mann in den Vereinigten Staaten die eingegangene Nachricht und lehnte sich zufrieden zurück. Es waren keine weiteren Probleme zu erwarten. Die belgische Stadt, mit der sie das Projekt umsetzen würden, hatte schon ihre Zustimmung signalisiert. Die Konten waren gelöscht, das Firmenbüro in New York geräumt, keine Spur würde zu ihnen führen. Das Vorhaben war zu lukrativ, um eine negative Berichterstattung in den Medien zu riskieren. Niemand hatte ahnen können, dass ihr Mann vor Ort so durchdrehen würde. Er sollte den Leuten Geld bieten, aber sie doch nicht umbringen, *Jesus, what a sicko!* Sie hatten ihn gerade noch ausschalten können, bevor er noch mehr Schaden angerichtet hätte. Für die armen Schweine, die er schon auf dem Gewissen hatte, war es leider zu spät. Der Mann nahm einen Schluck von seinem Bourbon und war zufrieden.

28

Lea starrte auf Jörn Groß' Kopf. Sie konnte einfach nicht wegsehen. Glander sprang auf und setzte sich zwischen sie und den toten Mann. Er zerschnitt ihre Fesseln und sah sich ihre Schnittwunden an. Die am Arm blutete recht stark. Glander zerriss ihr dünnes Betttuch und verband sie notdürftig. Den Rest des Lakens legte er über sie. Er wollte gerade zu einer Entschuldigung ansetzen, als der Einsatztrupp die Treppe hochpolterte. Glander hielt Lea im Arm, als sich der Kollege Prinz vor ihnen aufbaute und zu zetern begann. »Mann, Glander, Sie sind erledigt! Was bilden Sie sich eigentlich ein? Sie werden Strafzettel schreiben, wenn ich mit Ihnen durch bin! Wenn man Sie nicht in die Asservatenkammer steckt!«

Glander ignorierte ihn einfach. Er nahm Lea hoch und trug sie, in die Bettdecke gewickelt, in ihr Gästezimmer. Die Männer des Einsatzkommandos machten alle wortlos Platz, und Glander hörte Fellner zu Prinz sagen: »Nicht jetzt, Rolf!«

Glander saß auf dem Rand des Gästebetts und wusste nicht, wohin mit sich. Der Notarzt hatte Leas Wunden versorgt, am Arm würde sie wohl eine Narbe zurückbehalten, die anderen Schnitte würden gut verheilen.

Lea sagte kein Wort und hielt sich nur an ihm fest. Er war sich nicht sicher, ob er sich je verzeihen würde, dass er sie als Lockvogel benutzt hatte. Das war das Problem mit den schönsten Plänen – oft wurden sie durch unvorhergesehene Ereignisse durchkreuzt. In diesem Fall hätte es Lea das Leben kosten können.

Glander wusste nicht, was er getan hätte, wenn Groß sie schwerer verletzt hätte. Er hatte kein Mitleid mit dem Mann. Statt Festnahme und Strafverfahren hatte ihn der Tod ereilt. Offenbar hatte er jemandem im Wege gestanden. Ein Krimineller war durch einen anderen Kriminellen eliminiert worden. Glander hieß keine Form der Selbstjustiz gut, dennoch würde er wegen Groß keine Träne vergießen. Er strich Lea eine Strähne aus dem Gesicht. »Lea, ich ...«

Sie richtete sich auf und sah ihn an, die Decke hielt sie vor der Brust zusammen. »Martin, es ist alles in Ordnung. Mir ist nichts passiert. Ich hatte eine unglaubliche Angst, aber du bist rechtzeitig gekommen. Ich bin froh, dass alles vorbei ist.«

Glander wusste, dass der Rummel jetzt erst richtig losging, behielt dieses Wissen aber für sich. »Ich hatte eine Höllenangst um dich. Wenn ich mich nicht verdrückt hätte aus der Runde mit meinen Vorgesetzten ... Ich darf gar nicht daran denken, was er dir vielleicht angetan hätte! Und ich bin schuld daran.«

»Mach dir keine Vorwürfe, Martin! Ich habe mitgespielt, obwohl ich wusste, dass es nicht ungefährlich ist. Wir haben einen Fehler gemacht, wir hätten die Papiere besser durchsehen sollen. Aber alles ging dann so schnell, wir hatten diesen blöden Streit, du musstest aufs Revier, und dann habe ich einfach nicht mehr daran gedacht ...«

»Lea, du bist auch keine Ermittlerin, den Fehler habe *ich* zu verantworten. Und fast hätte ich dich deswegen verloren.«

Er blickte so verzweifelt, dass Lea ihn umarmte. »Du hast mich aber nicht verloren. Und du wirst mich auch nicht verlieren. Aber, Martin ...« Sie zögerte. »Ich will nicht, dass du heute Nacht bei mir bleibst. Nicht heute Nacht. Sonst wird uns immer belasten, was geschehen ist. Ich werde Frau Wieland bitten, mich aufzunehmen. Morgen sehen wir dann weiter. Kannst du das verstehen?«

Glander küsste sie auf die Stirn. »Ja, das kann ich. Ich lasse einen Beamten vor Frau Wielands Haus postieren und einen in ihrem Garten, damit ihr sicher schlafen könnt.«

Lea zuckte plötzlich zusammen, und in ihrem Blick lag wieder Furcht. »Tally! Was ist mit ihm, Martin?«

Er sah sie traurig an. »Ich weiß es nicht. Ich habe ihn im Garten gefunden, schwer verletzt. Frau Wieland war bei ihm, ich habe den Tierarzt gerufen, aber ich kann dir nicht sagen, ob ...«

Lea sprang auf und lief wieder in ihr Schlafzimmer, das dünne Laken um sich gerafft. Die Beamten von der Spurensicherung wollten sie erst bremsen, doch Fellner signalisierte ihnen, dass sie sie durchlassen sollten. Lea holte Klamotten, lief danach ins Bad und zog sich dort in Windeseile an. Glander erwartete sie an der Treppe und ging ihr hinterher, als sie hinunterrannte. Vor dem Haus trafen sie auf Frau Wieland.

»Lea, Gott sei Dank, es geht Ihnen gut!«

»Wo ist Tally? Ist alles in Ordnung mit ihm?«

Frau Wieland nahm Leas Hände in ihre. »Er hat eine schwere Schädelverletzung, der Tierarzt musste ihn mitnehmen und wird ihn in seiner Praxis eingehend untersuchen und gegebenenfalls operieren. Ich wollte nur kurz Bescheid sagen und dann hinterherfahren.«

Leas Blick ging zu Glander. »Martin, bring mich bitte dahin! Ich muss zu Tally!«

»Lea, die lassen uns hier jetzt nicht weg ...«

Wieder war es Fellner, der intervenierte. Er stand im Hauseingang und sagte: »Glander, diese Ermittlungen sind so was von verkorkst, auf diese Missachtung der Vorschriften kommt es jetzt auch nicht mehr an. Bringen Sie Frau Storm zu ihrem Hund, und wenn sie sich vergewissert hat, dass es ihm gutgeht, kommen Sie beide direkt aufs Revier!«

Lea war schon auf dem Weg zum Auto, als Glander dem Kollegen zunickte. »Danke, Fellner! Wir kommen so schnell es geht in die Keithstraße.«

»Hoffentlich geht es dem Hund gut. Bis später! Wir haben hier noch eine Menge zu tun.«

Das war keineswegs übertrieben. Fellner ließ das Haus der Familie Groß durch das SEK absichern und forderte ein zweites Spurensicherungsteam an. Das fand Gerlinde Groß tot im Ehebett. Ihr Sohn musste sie im Laufe des Tages erwürgt haben, die genaue Todeszeit würde der Pathologe feststellen. Im Keller des Hauses entdeckten die Ermittler in einem verschlossenen Schrank ein Päckchen Doppelkopfkarten, einen Satz

Autoschlüssel, die wohl Hermann Albrecht gehörten, und die Brieftasche von Wolfgang Hantschke. Sie stießen ferner auf einen Ehering in einem Samtbeutel mit der Gravur *Erna, 12.08.1959*, eine Trophäe von Frau Bauernfeind, wie sich später herausstellte. Im Arbeitszimmer fanden sie im Schreibtisch Groß' Liste. Sie enthielt 95 Namen, von denen 5 ausgestrichen waren. Weiterhin fielen ihnen Fotos in die Hände, die Lea in verschiedenen Situationen zeigten: beim Joggen mit ihrem Hund, beim Ausziehen in ihrem Schlafzimmer, beim Einkaufen auf dem Markt und im Gespräch mit Nachbarn. Einen Hinweis darauf, warum man Jörn Groß eliminiert hatte, fand man indes nicht.

Leas Hände zitterten, als sie die Tür zu der Tierarztpraxis öffnete. Glander hatte Dr. Riemann vom Auto aus angerufen und ihr Erscheinen angekündigt. Riemann war ein sehr engagierter Tierfreund, und Lea war froh, dass er unter seiner Notfallnummer immer zu erreichen war. Für ihn existierten keine Sprechzeiten, hoffentlich war das Taliskers Glück. Es drehte ihr fast den Magen um, so große Angst hatte sie um ihren Hund. Sie nahmen im Wartezimmer Platz, doch es hielt Lea nicht lange auf ihrem Stuhl. Unruhig lief sie im Raum hin und her. »Martin, was ist, wenn ...«

Glander stand auf und umfasste ihre Schultern. »Lea, Doktor Riemann ist so schnell er konnte bei Talisker gewesen. Ich bin sicher, er wird alles tun, was in seiner Macht steht, um deinen Hund zu retten.« Er glaubte seinen Worten zwar selber nicht so ganz, denn er hatte ja den Baseballschläger und das viele Blut gesehen, andererseits strotzte Talisker vor Kraft, so dass es durchaus vorstellbar schien, dass er sich wieder erholte.

Lea lehnte sich an ihn, ihre Schultern begannen zu zucken. Die Anspannung der letzten Stunden löste sich in einem Weinkrampf, der sie regelrecht schüttelte. Glander hielt sie fest, strich ihr über die Haare und sprach leise auf sie ein. Ihr Atem beruhigte sich nach einigen Minuten, und sie löste sich aus seiner Umarmung, hielt aber seine Hände fest. Als sie ihn ansah, so ganz verheult, mit geröteter Nase und nassen Wimpern, spürte Glander es ganz deutlich: Er hatte sich bis über beide Ohren in Lea Storm verliebt. Es gab gar keinen Zweifel mehr, geschweige denn ein Zurück.

Sie mussten noch eine Viertelstunde warten, dann öffnete sich die Tür zum OP-Raum der Praxis, und Dr. Riemann trat heraus. Er lächelte Lea voller Herzlichkeit an und erlöste sie von der quälenden Ungewissheit. »Es geht Talisker den Umständen entsprechend gut. Dieser Hund hat einen echten Dickschädel, das hat ihn gerettet. Er hat wirklich eine ungewöhnlich starke Schädeldecke. Der Schlag hat einen Riss verursacht, aber der Schädel ist unversehrt geblieben. Talisker hat ein Schädel-Hirn-Trauma, und ich habe ihm ein Schlafmittel gespritzt, um ihn erst einmal ruhigzustellen. Ich würde ihn gerne ein bis zwei Tage hierbehalten, falls es doch noch zu einer Hirnblutung kommen sollte.«

»Meine Nachbarin sagte, er habe mit offenen Augen dagelegen ...«

»Dieses Starren war sicherlich eine Schockreaktion. Hunde reagieren so. Ich hatte mal einen, der von einem Pferd ein paar Meter über die Weide geschleudert worden war. Er hatte innere Verletzungen, aber die Reaktion war genau dieselbe. Machen Sie sich bitte keine Sorgen, ich passe gut auf ihn auf und rufe Sie morgen an, wenn er wieder wach ist.«

»Kann ich ihn sehen?«

»Selbstverständlich, kommen Sie! Aber er schläft, wie ich Ihnen sagte.«

Das war Lea egal, sie wollte Talisker nur sehen und sicher sein, dass er lebte. Ihr Hund lag im OP-Raum auf einer Matratze, die von einer niedrigen Wand aus Schaumstoff ummantelt war.

Riemann schmunzelte. »Talisker ist so groß, dass er in keines unserer Körbchen passt. Ich musste ein wenig improvisieren, damit er sich nicht den Kopf stößt.«

Lea kniete sich neben ihren schlafenden Hund und flüsterte ihm etwas ins Ohr. Dann stand sie auf und schüttelte Riemann die Hand. »Ich danke Ihnen. Vielen, vielen Dank, Doktor Riemann! Ich weiß, dass er bei Ihnen in allerbesten Händen ist. Wirklich, vielen Dank!«

Sie waren schon auf halbem Weg in die Keithstraße, als Glander sie fragte, was sie zu dem Hund gesagt hatte. Sie sah ihn an und lächelte sanft. »*An LamhDiathan seall ort.* Die Götter mögen über dich wachen. Gälisch.«

Glander nickte. Ja, das passte.

29

Es wurde eine lange Nacht. Für Glander. Lea entließ man nach einer ersten kurzen Aussage und brachte sie mit einem Streifenwagen in den Dürener Weg. Frau Wieland hatte ihr im kleinen Zimmer im oberen Stock ihres Hauses das Sofabett gerichtet. Sie hatte Lea direkt ins Bett gesteckt, und es hatte keine fünf Minuten gedauert, da war die tief eingeschlafen.

Während Lea in Morpheus' Armen ruhte, sah sich Glander den drei Richtern des Hades gegenüber. Er nahm nicht an, dass ihr Urteil Elysium lauten würde.

Kriminaldirektor Schneller kam ohne Umschweife zur Sache. Er schlug mit der Faust auf den Tisch und hatte beinahe Schaum vor dem Mund, als er Glander anherrschte: »Haben Sie denn komplett den Verstand verloren, Glander? Sie entfernen sich unerlaubt aus einer Befragung, und als Nächstes finden wir sie neben dem hingerichteten Mörder!« Er beruhigte sich wieder, holte tief Luft und fragte Glander allen Ernstes, was er mit der Waffe gemacht habe, mit der Groß getötet wurde.

In diesem Moment wurde Glander plötzlich klar, was er tun würde. Er würde den Polizeidienst quittieren. Sollten diese inkompetenten Arschkriecher ihre

Machtspielchen doch ohne ihn weiterbetreiben! Glander hatte schon öfter mit dem Gedanken gespielt, als privater Ermittler weiterzumachen. Doch immer, wenn er kurz vor einer endgültigen Entscheidung gestanden hatte, war ein Fall dazwischengekommen. Dieser Fall sollte sein letzter gewesen sein, auch wenn er gar nicht offiziell ermittelt hatte. Er sah die Männer vor ihm mit einem Blick an, der Bände sprach, und entgegnete ruhig: »Schneller, der Verstand scheint *Ihnen* abhandengekommen zu sein. Der Mann wurde aus etlicher Entfernung mit einem Scharfschützengewehr erledigt. Ich habe mir die Eintrittswunde nicht genau angesehen, aber dem Fresko nach zu urteilen, das die Austrittswunde an der Schlafzimmerwand von Frau Storm hinterließ, war es eine 9×39-Millimeter-Patrone oder etwas in der Größenordnung.«

Brachnik, links außen in der Reihe, musste sich abwenden, damit niemand sein Grinsen sah. Er wusste, dass Glander geliefert war. Schneller wollte seinen Kopf, und er würde ihn bekommen – aber eines musste er seinem Hauptkommissar lassen: Der war einfach gut.

Glander war dieses Grinsen keineswegs entgangen. Er würde Brachnik vermissen. Der war beileibe kein Schreibtischmensch, und Glander wusste, dass er es schon häufig bereut hatte, nun *Führungs- und Managementaufgaben im höheren Vollzugsdienst* wahrnehmen zu müssen, wie es so schön in der Stellenausschreibung geheißen hatte. Schnellers Gesicht hatte wieder diesen ungesunden, rötlichen Farbton angenommen, den nur Rolf Prinz noch übertreffen konnte, der ein wirklich ansehnliches Purpur hinbekam. Unbeeindruckt fuhr

Glander fort: »Der Mörder wurde von einem Profi eliminiert. Ich habe herausfinden können, dass er von einer amerikanischen Immobilieninvestmentfirma viel Geld erhalten hat, und bin mir recht sicher, dass er dafür bezahlt wurde, die Anwohner aus der Siedlung Monschauer Weg zum Verkauf ihrer Häuser zu überreden. Doch dann begann er sie zu töten. Lea ... Frau Storm hat er erzählt, dass die Siedlung einem lukrativen Bauvorhaben weichen sollte. Im Übrigen wird sie Ihnen auch bestätigt haben«, fügte er mit einem leicht hämischen Gesichtsausdruck in Richtung Kriminaldirektor Schneller hinzu, »dass ich keine Waffe bei mir hatte, als ich das Schlafzimmer betrat.« Glander erhob sich.

Die Männer ihm gegenüber sahen einander fragend an.

»Meine Herren, es war ein wirklich langer Tag. Ich werde mich jetzt an einen Ihrer Rechner hier setzen und meinen Bericht verfassen. Und danach werde ich meine Kündigung aufsetzen.« Damit verließ er den Raum.

Schneller hob an, etwas zu sagen, doch Brachnik schüttelte nur den Kopf. Schneller schloss seinen Mund wieder und blickte auf die Unterlagen, die vor ihm auf dem Tisch lagen. Die Tür machte kaum ein Geräusch, als Glander sie hinter sich schloss.

Es dauerte gut zwei Stunden, bis der Bericht fertig war. Die Kündigung war in drei Minuten formuliert und ausgedruckt. Glander suchte Brachnik im Konferenzraum auf und drückte ihm beide Dokumente in die Hand.

Brachnik nahm sie entgegen und sah Glander an.

»Bist du wirklich sicher, dass du das tun willst, Glander? Ich weiß von einer offenen Stelle in Baden-Württemberg, da könnte ich sicherlich ein gutes Wort für dich einlegen.«

Glander winkte ab. »Lass mal, Brachnik, das ist nett von dir, aber ich will ganz raus. Und das Letzte, was ich momentan vorhabe, ist, Berlin zu verlassen.«

Brachnik schmunzelte. »Die Storm hat es dir wohl ganz schön angetan, was?«

Glanders Blick zeigt alles andere als Widerspruch. Die beiden Männer schüttelten einander die Hände, dann umarmte Brachnik seinen besten Ermittler und wünschte ihm alles Gute. Zum zweiten Mal innerhalb von 24 Stunden ging Glander den Flur entlang und trat durch den Hauptausgang auf die Keithstraße.

30

Die Kriminaltechniker gingen am folgenden Tag erneut durch Leas Haus und betrachteten den Tatort noch einmal mit frischem Blick. Ihr Zuhause würde noch einige Tage von der Polizei in Beschlag genommen werden. Zumindest würde ihr Schlafzimmer abgesperrt bleiben.

Lea musste noch einmal in die Keithstraße, damit ihre Aussage aufgenommen werden konnte. Glander hatte weder auf ihren Anruf noch auf eine SMS reagiert, und so fuhr sie alleine auf das Präsidium. Man begegnete ihr mit großer Höflichkeit und behielt sie keine Minute länger dort als nötig. Als sie wieder auf die Straße trat, lehnte Glander an der Motorhaube ihres Wagens.

»Martin! Ich hatte versucht, dich zu erreichen.«

Er sah mit einem verlegenen Lächeln zu Boden. »Ich muss geschlafen haben wie ein Stein, und das Handy lag auf dem Küchentisch meiner Schwester. Es tut mir leid, Lea.«

»Ist ja nicht schlimm, die waren sehr nett zu mir.«

Beide schwiegen. Dann fragte Glander sie: »Kann ich bei dir mitfahren? Ich muss dir was sagen.«

Sie nickte und öffnete den Wagen. »Klar, steig ein!«

Sie fuhren ein Stück die Martin-Luther-Straße hinunter, bis Lea sagte: »Macht es dir was aus, mir beim Essen zu sagen, was du mir sagen möchtest?«

»Nein, natürlich nicht.«

Lea bog in die Belziger Straße ab, überquerte die Eisenacher und begann, einen Parkplatz zu suchen. Sie hatten Glück, ein Auto machte gerade eine Lücke frei. Lea und Glander liefen die Belziger Straße hoch bis zur Akazienstraße und suchten sich einen Platz vor dem Ladengeschäft Südwind auf der Ecke. Lea bestellte an der Theke Brot, Schinken, Salami, Käse, eingelegtes Gemüse und Mineralwasser für sie beide. Dann setzte sie sich zu Glander an den Tisch. »Also, was willst du mir sagen?«

»Ich habe meinen Job hingeschmissen.«

»Warum? Ich dachte, du bist gerne bei der Kripo.«

»Ich ermittle zwar gerne und fange die Bösen, wenn du so willst. Und ich mag es, Dingen auf den Grund zu gehen. Aber die Kripo hat mich schon sehr viele schlaflose Nächte gekostet. Du hast keine Vorstellung von der Bürokratie, dem Geschleime und der Ignoranz vieler Kollegen und Vorgesetzten.«

Lea nickte. »Wenn die alle so sympathisch sind wie der Prinz, weiß ich, wovon du sprichst.«

»Prinz ist kein Einzelfall, sondern symptomatisch für das System. Er hält den Kopf schön unten, nutzt seine Leute aus und schleimt seine Vorgesetzten zu. Die wissen das, aber da sie fast alle auf dieselbe Weise zu ihren Posten gekommen sind, geht keiner von ihnen dagegen vor, und das miese Spiel geht immer weiter. Viele Beamte, die wirklich was draufhaben und engagiert sind, gehen in die innere Emigration, beginnen zu trinken oder satteln um.«

»So wie du jetzt.«

»Ja, so wie ich jetzt. Ich werde Merve fragen, ob sie mit mir eine private Ermittlungsagentur aufzieht.«

»Privatdetektei Glander.«

»Celik und Glander. Ich würde der Dame den Vortritt lassen, wenn sie einsteigt.«

Warum empfand Lea nur so eine Abneigung gegen Merve Celik, kaum fiel deren Name? Sie kannte die Frau doch gar nicht. Du willst Martin ganz für dich haben, musste sie sich eingestehen, und es passt dir nicht, dass er eine andere Frau gut findet. Er würde mit der sehr viel Zeit verbringen, und Lea ahnte, dass Merve Celik eine besondere Frau war. Was würde das für sie beide bedeuten?

Glander hatte ihr Mienenspiel interessiert verfolgt. Es war ihr nicht recht, dass er mit Merve zusammenarbeiten wollte, und das gefiel ihm. Es bedeutete, dass ihr etwas an ihm lag. Gut, sie würden beide noch an der Sache mit dem gegenseitigen Vertrauen arbeiten müssen, aber es war ein Anfang. Er nahm ihre Hand, um seinen folgenden Worten mehr Nachdruck zu verleihen. »Lea, ich will das durchziehen. Ich habe schon so oft darüber nachgedacht, und jetzt hat das Schicksal mir die Entscheidung abgenommen. Merve ist eine tolle Frau, aber vor allem ist sie eine großartige Ermittlerin. Ich will mit ihr arbeiten, nicht mein Leben mit ihr teilen. Das will ich mit dir.«

Lea sah ihn an. Sein Blick war offen und aufrichtig. Er war unrasiert, was Mark nie gestanden hatte, sie aber bei Martin ausgesprochen attraktiv fand. Er strahlte Kraft und Sicherheit aus. Sie vertraute ihm und fühlte sich in seiner Gegenwart ruhig und voller Zuversicht. Warum also sollte sie noch länger um den heißen Brei herumreden? Sie hatte doch bloß Angst vor ihren eigenen Gefühlen. Was hatte sie denn zu verlieren, zum Teufel? Gar nichts. Das Leben konnte verdammt kurz sein, wie sie zur Genüge erfahren hatte. *Time to stop wasting time.* Sie erwiderte Glanders Händedruck, zog seine Hand an ihre Lippen und küsste seine Fingerspitzen. »Okay. Dann lass es uns versuchen.«

Auf dem Präsidium in der Keithstraße saß Staatsanwalt Wernicke einem entnervten Hauptkommissar Prinz gegenüber. Beide hatten die Aussagen von Lea Storm und Martin Glander gelesen, und Prinz hatte zwei Kollegen darauf angesetzt, die von beiden genannte Firma in New York ausfindig zu machen. Nach mehrstündigen Recherchen hatten die beiden mit leeren Händen dagestanden. Es gab keine Firma unter diesem oder einem ähnlichen Namen, nicht in New York und auch nirgends sonst in den Vereinigten Staaten. Eine weltweite Internetsuche lief noch. Das Konto, zu der die Kontonummer gehörte, war gelöscht und ließ sich zu keinem Unternehmen mehr zurückverfolgen, die Spur verlief sich auf den Niederländischen Antillen. Dem Staatsanwalt wurde schnell klar, dass sie so keine Lorbeeren einheimsen würden. Es gab zu viele offene Fragen. Der Anruf aus dem Roten Rathaus hatte am Ende dafür gesorgt, dass er eine gewagte Entscheidung traf: Sie würden diesen Fall abschließen. Man würde verlautbaren, dass ein wahnsinniger Serienmörder, während er sich seiner Festnahme widersetzte, tödlich verletzt wurde.

Die Gründe für die Morde lagen in der gestörten Psyche des Täters. Sie würden Glanders Kündigung in ein Ausscheiden in gemeinsamem Einverständnis ändern und ihm eine Abfindungssumme anbieten, sofern er Lea Storm dazu bewegen konnte, diesen Ausgang des Falles zu akzeptieren und Stillschweigen zu bewahren.

Glander war glücklich. Ein Gefühl, das er schon so lange nicht mehr gespürt hatte. Sie hatten gezahlt und waren Hand in Hand die Belziger hinunter in die Eisenacher geschlendert. Dort nahmen sie aus dem »Wine & Whisky« eine Flasche Aberlour mit und fuhren danach ins Haus seiner Schwester nach Teltow. Er packte seine Sachen zusammen und schrieb Melanie einen Zettel. Er würde sie im Laufe der nächsten Tage anrufen.

Am frühen Abend liefen sie am Teltowkanal entlang zum thailändischen Restaurant in der Goerzallee. Nach dem Essen schlenderten sie durch die Lindenstraße und dann durch den alten Kern des Eifelviertels mit seinen kopfsteingepflasterten Nebenstraßen und schönen alten Backsteinhäusern zwischen Ostpreußendamm und Bahntrasse zurück in den Dürener Weg. Die Nacht war warm, und sie tranken den Malt auf Leas Terrasse. Obwohl sie schon fast den ganzen Nachmittag miteinander geredet hatten, gingen ihnen die Themen nicht aus. Es gab so viel voneinander zu erfahren, und sie saßen bis weit nach Mitternacht im Garten. Am Schluss prosteten sie sich mit dem Glencadam zu, der fast Leas letzter Malt geworden wäre.

Dann bat Lea Glander, bei ihr zu bleiben.

Epilog

In einem kleinen Büro der Fachabteilung Stadtplanerische Konzepte der Senatsverwaltung für Stadtentwicklung und Umwelt saß eine ältere Sekretärin vor einem Aktenvernichter, den sie mit kleinen Stapeln von Papier fütterte. Die Überschrift *Village Green Services & Shopping* fiel ihr ins Auge, doch darunter konnte sie sich nichts vorstellen – und wollte es auch gar nicht. Sie sollte schließlich nur die Papiere vernichten. Schulterzuckend dachte sie an die neue Einbauküche, die sie von der außertariflichen Zulage finanzieren würde, die sie ab sofort erhielt.

Aus Leas Küche

Die Glander-wird-schwach-Guacamole
(für 4 Personen)

2 mittelgroße reife Avocados
2 EL frischer kleingehackter Koriander
1 kleine Tomate, kleingewürfelt
2 TL Limettensaft
2 TL kleingehackte Jalapeños
1 Knoblauchzehe, kleingehackt und angedrückt
Prise Salz

1 EL Koriander, 1 TL Jalapeños und 1 Knoblauchzehe
mit den Avocados grob pürieren, Limettensaft dazugeben und alles vermischen. Danach 1 EL Koriander
und 1 TL Jalapeños sowie die Tomatenstückchen
unterheben. Mit warmen Tortillachips/Weizentortillas
servieren.

Schnelle Rauke (nicht nur) fürs Grillbüfett
(für 4 Personen)

1 Schale / 1 großes Bund Rucola / Rauke
mind. 150 g Parmesan
frischer Knoblauch nach Belieben, kleingehackt und
angedrückt
3 EL Olivenöl (oder nach Belieben)
1 EL weißer Balsamicoessig (im Verhältnis 3 zu 1 zum Öl)
Salz, weißer Pfeffer

Rauke putzen und mundgerecht rupfen. Parmesan
grob darüberhobeln. Olivenöl, Balsamicoessig, Salz,
weißen Pfeffer verrühren, frischen Knoblauch dazugeben. Alles gut vermischen, und das Dressing über
Rauke und Parmesan geben. Salat schwenken, nur
kurz ziehen lassen und servieren.

Leas Pfannengarnelenrosmarinspaghettini
(für 4 Personen)

250 g Riesengarnelen / Tiger prawns (TK)
250 g Spaghettini
3 Knoblauchzehen, feingehackt und angedrückt
3 EL gutes Olivenöl
2 kleine Zucchini
3 frische Rosmarinzweige
1 Glas trockener Weißwein
150 ml Gemüsebrühe
1 EL Chiliöl

Beide Zucchini in feine Streifen hobeln und in einer tiefen Pfanne in Olivenöl anbraten, Knoblauch und Rosmarin dazugeben, mit Weißwein ablöschen und köcheln lassen. Auf einer separaten Pfanne die aufgetauten Riesengarnelen im Chiliöl kurz anbraten und zu den Zucchini geben. In einem Topf parallel dazu die Spaghettini für 2 Minuten kochen, abgießen und ebenfalls zu den Zucchini geben. Die Gemüsebrühe dazugießen und alles so lange köcheln, bis keine Flüssigkeit mehr übrig ist und die Spaghettini bissfest sind. Auf Tellern anrichten und mit Olivenöl beträufelt servieren.

Kleines Nachwort,
großer Dank

Das Eifelviertel existiert so nicht. Alle Personen und ihre Taten sind meiner Phantasie entsprungen. Die Bebauungsplanung für das ehemalige US-Truppenübungsgelände in Berlin-Lichterfelde gibt es allerdings tatsächlich, und sie macht vielen Anwohnern große Sorgen. Der »Loch Ness Pub« ist nur in meinen Büchern auch sonntags geöffnet, sei aber allen Liebhabern guter Malts ans Herz gelegt (www.loch-ness-pub.de).

Ich bedanke mich ganz herzlich bei: Steph Hillier *for believing I could do it in the first place and for all your encouragement in own dire times*; Regina und Sven Wesely für euer ermutigendes Feedback zum allerersten Entwurf; Sabine Lehmann für deine unerschütterliche Bestärkung und die wunderbare Skizze; Tile von Damm für den *pep talk* vor dem Felsenkeller; meiner Mutter, die mir die Liebe zum Lesen vermittelt und für ein Haus voller Bücher gesorgt hat; Professor Marcus und Elke Motzkus, nicht nur, weil der Professor so prima klingt; und bei meinen Testleserinnen Kathrin Wenzek, Gabi Frick und Susanne Gojowczyk.

Dr. Norbert Jaron, Ina Lorenz, Dörthe Gaettens und dem Team des Jaron Verlags danke ich aufrichtig für ihre Unterstützung, ihre wichtigen Einwände und für die Chance, überhaupt gelesen zu werden.

Dir, Eric, danke ich von Herzen dafür, dass du damals im »Emerald Isle« gesagt hast, was du gesagt hast, auch wenn wir nicht mehr ganz sicher sind, was es genau war, das du sagtest. *Anns a' bheatha seo, agus a' bheatha ri teachd.*